Mark Twain, seudónimo de Samuel Langhorne Clemens, nació en Florida, Missouri, en 1835. Pasó su infancia y adolescencia en Hannibal, a orillas del río Mississippi. En 1861 viajó a Nevada como ayudante personal de su hermano, que acababa de ser nombrado secretario del gobernador. Más tarde, en San Francisco, trabajó en *The Morning Call*. En 1866 realizó un viaje de seis meses por las islas Hawái y al año siguiente embarcó hacia Europa. Resultado de este último viaje fue uno de sus primeros éxitos editoriales, *Inocentes en el extranjero*, publicado en 1869. En 1876 publicó su segunda obra de gran éxito, *Las aventuras de Tom Sawyer*, y en 1884 la que los críticos consideran su mejor obra, *Las aventuras de Huckleberry Finn*. Murió en 1910 en Redding, Connecticut.

R. Kent Rasmussen, doctor en historia, es uno de los expertos en Mark Twain más reconocido. Ha escrito numerosos libros acerca de Mark Twain y ha editado varias de sus obras. Sus ensayos más célebres son *Quotable Mark Twain* y el galardonado *Mark Twain A to Z*, que más tarde revisó y presentó en dos volúmenes bajo el título *Critical Companion to Mark Twain*.

Simón Santainés es un traductor e intelectual nacido en Cataluña que, tras la Guerra Civil, centró su actividad en el mundo editorial. Ha traducido autores de la talla de Mary Shelley, Mark Twain y André Gide.

MARK TWAIN

Las aventuras de Tom Sawyer

Introducción de
R. KENT RASMUSSEN

Traducción de
SIMÓN SANTAINÉS

PENGUIN CLÁSICOS

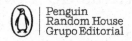

Penguin
Random House
Grupo Editorial

Título original: *The Adventures of Tom Sawyer*

Primera edición: enero de 2016
Sexta reimpresión: enero de 2022

PENGUIN, el logo de Penguin y la imagen comercial asociada son marcas registradas
de Penguin Books Limited y se utilizan bajo licencia.

© 2014, 2016, Penguin Random House Grupo Editorial, S. A. U.
Travessera de Gràcia, 47-49. 08021 Barcelona
© Simón Santainés, por la traducción
© 2014, R. Kent Rasmussen, por la introducción
Publicada con el permiso de Penguin Books, un sello de Penguin Publishing Group,
una división de Penguin Random House LLC
© 2016, Neus Nueno, por la traducción de la introducción
Diseño de la cubierta: Penguin Random House Grupo Editorial
Ilustración de la cubierta: © Gallardo

Printed in Spain – Impreso en España

ISBN: 978-84-9105-166-4
Depósito legal: B-25.864-2015

Compuesto en M. I. Maquetación, S. L.
Impreso en Prodigitalk, S. L.

PG 5 1 6 6 A

Índice

INTRODUCCIÓN

Como es sabido, Mark Twain definió un «clásico» como «un libro que la gente alaba pero no lee». Si hubiera estado pensando en *Las aventuras de Tom Sawyer*, podría haberle dado la vuelta a la definición y referirse a su novela como un libro que la gente lee pero no necesariamente alaba. Y, sin lugar a dudas, la gente la ha leído. Desde que se publicó por primera vez en 1876, *Tom Sawyer* jamás ha dejado de reimprimirse, se ha traducido al menos a sesenta lenguas y ha dado origen a más de mil ediciones distintas. Aunque su continuación, *Las aventuras de Huckleberry Finn* (1885), se considera con razón su mejor obra, no cabe duda de que *Tom Sawyer* es el libro más leído de Mark Twain. Basta con examinar cualquier colección familiar de sus obras para comprobar en casi todos los casos que el volumen más gastado es el de *Tom Sawyer*. Por supuesto, existe otra razón que lo explica. Es probable que, además de ser el más leído, acostumbre a ser el más manejado por los niños. Siempre ha sido así. Menos de una década después de que se publicara, Orion Clemens, el hermano mayor de Mark Twain, le escribió acerca de una familia de Iowa cuyo ejemplar de *Tom Sawyer* «fue leído y prestado hasta que hubo que volver a encuadernarlo».

El hecho de que *Tom Sawyer* siempre haya sido popular entre los lectores jóvenes ha contribuido sin duda a la percepción de que es fundamentalmente un libro infantil, y por ello no debe considerarse una obra seria. Sea o no cierto, resulta significativo que Mark Twain la escribiera pensando en los lectores adultos. Sin embargo, pese a ser un gran escritor, no siempre era el mejor juez de su propia obra, y fue necesario que su buen amigo y confidente literario William Dean Howells le dijera qué clase de libro había escrito en realidad. Cuando Mark Twain concluyó la novela en julio de 1875, escribió a Howells: «No es un libro juvenil, en absoluto. Solo será leído por adultos. Solo está escrito para adultos». También expresó su deseo de publicarlo por capítulos en *Atlantic Monthly*, una revista dirigida por Howells que, desde luego, no iba destinada a los niños. Cuando en noviembre de ese mismo año Howells leyó por fin el manuscrito, quedó cautivado y admitió haber permanecido despierto hasta tarde para acabarlo, «simplemente porque no podía dejarlo». Seguía diciendo:

> Es el mejor relato juvenil que he leído en mi vida. Será un inmenso éxito. Pero creo que deberías tratarlo explícitamente como historia para chicos. Si lo haces, los mayores lo disfrutarán igual; y te equivocarías si lo presentaras como un estudio del personaje de un chico desde el punto de vista de los adultos.

Al alabar el libro como una gran «historia para chicos», Howells se imaginaba sin duda cómo atraerían las «aventuras» del título a los lectores jóvenes, en especial a los varones. Sin embargo, aunque Howells lo convenció de lo poco sensato que resultaba promocionar el libro como literatura de adultos, Mark Twain no pudo resistir la tentación de utilizar el prefacio para atraerlos:

> Aunque el objeto principal del libro es divertir a la gente joven, espero que no por ello será rechazado por hombres y mujeres, ya que entró en mis propósitos recordar a los adultos, de una manera agradable, cómo eran en su juventud, cómo se sentían, pensaban y hablaban, y qué empresas tan raras acometieron a veces.

Aquí Mark Twain esgrime un buen argumento. En la novela abundan pasajes destinados a los lectores adultos, y es probable que algunos de ellos dejen indiferentes e incluso desconcertados a los lectores más jóvenes. Por ejemplo, el capítulo V describe cómo el solemne inicio de un servicio religioso es interrumpido por «las risitas y los murmullos del coro en la galería. El coro siempre reía y murmuraba durante todo el servicio». Esas líneas podrían divertir a algunos niños, pero probablemente se les escaparía la llamativa ironía de las dos siguientes: «Una vez hubo un coro de iglesia que tenía educación, pero no recuerdo dónde [...] creo que era en algún país extranjero». Esas frases sugieren en gran medida el cinismo de Mark Twain acerca de los servicios religiosos. Casi todo el capítulo XXI contiene comentarios igual de cínicos sobre la «tarde de los exámenes» en la escuela del pueblo que van dirigidos a los adultos.

Un pasaje aún más claramente destinado a los adultos pone fin al famoso episodio del capítulo II, en el que Tom consigue que otros chicos le paguen por blanquear una valla, un episodio que, por casualidad, podría ser también el más apreciado por el público infantil. Es evidente que los lectores adultos pueden captar la ironía presente en el triunfo de Tom. No obstante, para asegurarse de que sacaban las conclusiones adecuadas, Mark Twain manifestó de forma explícita la lección moral de Tom:

> Tom [...] había descubierto, sin saberlo, una gran ley de la actividad humana, a saber: que para que un hombre o un muchacho codicie una cosa solo hace falta que la cosa sea difícil de alcanzar. Si Tom hubiera sido un gran filósofo lleno de sabiduría, como el autor de este libro, hubiese comprendido que el trabajo consiste en lo que el hombre se ve obligado a hacer, y que el juego consiste en lo que el hombre no se ve obligado a hacer.

Resulta dudoso que los lectores jóvenes extraigan enseñanza alguna de un pasaje como este. Lo cierto es que muchos deben de sentirse molestos por la irrupción de comentarios irrelevantes y tal vez incomprensibles acerca de flores artificiales, molinos de rueda, escaladas y carruajes de pasajeros.

En su prólogo a la reimpresión de *Tom Sawyer* por parte de Oxford University Press en 1996, el novelista E. L. Doctorow formuló algunas observaciones sobre la dualidad del público del libro: «Podemos leer con la mirada de un niño o con la de un adulto, y con una resolución focal diferente para cada una». Por otra parte, Doctorow sugirió que el mundo en el que vive Tom Sawyer se compone de «dos formas de vida distintas y, en su mayor parte, irreconciliables, el Niño y el Adulto». Doctorow acierta al afirmar que los niños y los adultos de ese mundo tienen culturas diferentes que chocan continuamente y generan fricciones. Esas diferencias se reflejan en las perspectivas cambiantes de los lectores del libro.

Aunque Mark Twain tenía razón al pensar que el público adecuado para *Tom Sawyer* eran los lectores adultos, no es difícil entender por qué el libro siempre ha sido popular entre los lectores jóvenes. Aunque a los niños estadounidenses modernos pueda resultarles muy extraño el escenario en el que está ambientado, es decir, el Medio Oeste de mediados del siglo XIX, no deja de reconfortarles la sensación de gran libertad que transmite el libro. En contraste con las rutinas rígidamente estructuradas por las que se rige la vida cotidiana de los niños modernos —desde las aulas y los programas extraescolares hasta las clases de música, los deportes reglados y otras actividades supervisadas por adultos—, la vida de los niños en el mundo de *Tom Sawyer* aparece casi desestructurada. Aparte de la obligación de asistir a la escuela y a los servicios religiosos, Tom y sus amigos están tan poco vigilados que pueden escaparse sin más a un bosque para jugar a Robin Hood, irse al río para nadar o pescar, y en general hacer lo que les apetezca lejos de la supervisión de adultos entrometidos.

La tía Polly trata de controlar a Tom, pero desde la primera página del libro, cuando este se le escurre de las manos y desaparece saltando una valla, queda claro que su control es precario en el mejor de los casos. La mujer se limita a suspirar y piensa: «Esta tarde hará novillos y no me quedará otro remedio que hacerle trabajar mañana para castigarlo». En efecto, Tom hace novillos (no se toma muy en serio la obligación de ir a la escuela), y lo que sucede cuando Polly le hace trabajar al día siguiente proporciona otro ejemplo de su independencia: convierte una tarea aburrida en un gran éxito empresarial y obtiene un dinero que lo llevará a otro gratificante éxito en la iglesia al día siguiente. Pocos lectores jóvenes pueden resistirse a compartir sus triunfos, sobre todo porque se producen a costa de sus rivales.

Los primeros triunfos de Tom son también demostraciones de su inventiva. En una época en la que los avances que harían posible el cine, la radio, la televisión, los ordenadores, los videojuegos y los teléfonos móviles aún quedaban en un futuro muy lejano, los niños del mundo tecnológicamente primitivo de Tom necesitaban pocas cosas para encontrar formas de entretenerse y divertirse. Tom solo precisa un cubo de pintura y una brocha para alzarse desde la pobreza hasta la riqueza. (En un capítulo posterior, otro muchacho utiliza un pincel para obtener una clase de triunfo muy diferente.) Los utensilios de los niños pueden ser simples, pero muchos de sus juegos —como Robin Hood, la guerra, los piratas y las bandas de ladrones— son complejos. Buena parte del placer que les procura su vida sencilla se despliega en su propia imaginación.

En la época de Mark Twain, las opciones literarias a disposición del público infantil eran mucho menores que ahora. El propio Mark Twain, ávido lector desde una edad temprana, se sintió frustrado de niño por lo limitado de sus opciones en materia de lectura. En la autobiografía que compuso posteriormente recordaba los libros que le permitían tomar prestados de su escuela dominical como «aburridos [...] pues no había ni un solo chico malo en toda la estantería. Todos eran chicos buenos y chicas buenas y por desgracia poco interesantes, pero eran mejor acompañamiento que ninguno, y me alegraba contar con su compañía y desaprobarla». En esta declaración se encuentra una de las semillas que daría origen a *Tom Sawyer*.

Uno de los escritores de libros infantiles más leídos antes de 1876, el año en que se publicó por primera vez *Tom Sawyer*, era Jacob Abbott, un pastor congregacionalista entre cuyas numerosas obras se hallaban muchos relatos didácticos para niños. Los libros más populares de Abbott fueron los protagonizados por Rollo, publicados entre la década de 1830 y la de 1850. Con títulos como *Rollo trabajando, Rollo jugando* y *Rollo en el Atlántico*, cada cuento pretendía enseñar a los jóvenes lectores una lección moral. Otro autor, William Taylor Adams, más conocido por su seudónimo, Oliver Optic, escribió más de cien libros infantiles muy populares, sobre todo para chicos, durante la segunda mitad del siglo XIX. La mayoría de sus relatos estaban protagonizados por muchachos intrépidos y sanos que llevaban a cabo improbables hazañas heroicas en emocionantes aventuras. Otro autor prolífico y muy leído de aquellos tiempos era Horatio Alger, Jr. Su libro más famoso, *Ragged Dick; Or, Street Life in New York with the Bootblacks* (1868), trata de un chico pobre que alcanza la respetabilidad de la clase media gracias al trabajo duro, la determinación y una sinceridad incondicional. Tras este libro, que tuvo una enorme influencia, Alger escribió docenas de libros sobre el mismo tema. Las obras de estos y otros autores de la época trataban sobre todo de chicos y chicas buenos que superaban las penalidades y la adversidad hasta conseguir el éxito y la respetabilidad. Los orígenes de los jóvenes héroes podían ser difíciles, pero su carácter era siempre honesto.

Cuando se publicó *Tom Sawyer*, su pequeño protagonista debió de parecer a los lectores jóvenes una agradable alternativa a los personajes bien educados que poblaban la mayoría de los libros que leían. En comparación, sin duda lo consideraron un «chico malo». Aunque es huérfano, Tom procede de un hogar respetable. Sin embargo, incumple las normas sin cesar, hace novillos, detesta ir a la iglesia, ignora las instrucciones de los adultos y se embarca en aventuras prohibidas e incluso peligrosas, todo ello bastante soso desde la óptica actual, tal vez, pero sin duda exquisitamente subversivo para los niños del siglo XIX. No obstante, aunque a muchos lectores jóvenes de esa época pudiera gustarles la idea de escapar del control de los adultos, su conciencia debía de imponerles un mensaje diferente: en realidad es mejor ser bueno que malo. Así, debían de sentirse satisfechos al intuir que, a pesar de tener un mal comportamiento tan interesante, en el fondo Tom pertenece a una categoría «segura» de chico malo. Es cierto que incumple las normas, pero nunca lo hace para perjudicar a alguien. De hecho, jamás se muestra malvado de forma deliberada. Además, no solo se preocupa mucho por sus amigos y su familia, sino que también corre riesgos peligrosos y hace sacrificios generosos para beneficiarlos. Con todo, la cuestión de si es bueno o malo queda sin resolver a lo largo de la mayor parte del libro. Únicamente en el capítulo XXIII, cuando lleva a cabo un acto de auténtico heroísmo, algunos de sus conciudadanos piensan que podría llegar a ser presidente de Estados Unidos… «si escapaba a la horca». Hasta que la novela alcanza su clímax, sus perspectivas de futuro no parecen nada seguras.

Como chico en esencia bueno que experimenta mucha diversión y emoción mientras aparenta ser malo, Tom Sawyer es similar a su moderno descendiente literario, Harry Potter, la figura central de la que constituye quizá la serie de novelas más exitosa jamás publicada. Al parecer, la creadora de Harry, la autora británica J. K. Rowling, nunca ha reconocido en público su deuda con Mark Twain, pero es difícil imaginar que no se inspirase al menos parcialmente en *Tom Sawyer*. Las semejanzas entre los chicos y sus aventuras son demasiado llamativas para que todas sean mera coincidencia.

Aunque nunca se especifica la edad de Tom Sawyer, podría tener once años, como Harry Potter al principio de la saga de siete volúmenes. Ambos son huérfanos y han sido criados por la hermana de su madre muerta. Tom vive con un hermanastro, Sid, que es su enemigo número uno, a quien detesta. El principal enemigo de Harry es Dudley, su primo, con quien vive y al que desprecia. El mejor amigo de Tom es Huckleberry Finn, «el joven paria del pueblo», el chico más pobre y de peor reputación con que podría trabar amistad. El mejor amigo de Harry es Ron Weasley, no exactamente un chico de mala reputación, aunque como miembro de una familia empobrecida suele ser objeto de insultos y de bromas irrespetuosas. Harry comparte la mayoría de aventuras con Ron y su amiga común Hermione Granger. Por su parte, Tom vive sus aventuras más angustiosas con Huck y con su novia Becky Thatcher. Pero las semejanzas entre Tom y Harry no acaban aquí.

Aunque tanto a Harry Potter como a Tom Sawyer se les conoce por incumplir las normas y desobedecer a la autoridad, ambos tienen un gran corazón, corren riesgos una y otra vez para proteger a los demás y al final salen triunfantes como héroes. Se podría argumentar que el hecho de que Harry sea un brujo con poderes mágicos lo hace completamente distinto a Tom, pero lo cierto es que casi ocurre lo contrario. Tom, que cree a ciegas en el poder de la magia, está del todo convencido de que la mujer a quien llaman «la vieja Hopkins» es una auténtica bruja. Además, cree que los gatos muertos pueden curar las verrugas, que los rituales y los hechizos bien ejecutados pueden ayudar a encontrar canicas perdidas y que cualquiera que incumpla un juramento firmado con sangre y con «lúgubres ceremonias y hechizos» morirá enseguida. En realidad, su creencia en la magia, y sobre todo su miedo a las consecuencias de romper un juramento de sangre, tiene la suficiente fuerza para contribuir a impulsar el argumento de *Tom Sawyer*. Lo más probable es que, si a Tom le dieran la oportunidad de tener poderes mágicos como los de Harry, los aceptara entusiasmado. Por otra parte, sus aventuras a medianoche con Huck en el cementerio y en la casa encantada tienen un cariz espeluznante que sugiere la acción de fuerzas sobrenaturales, igual que en los relatos de Harry Potter. La última y más peligrosa aventura de Tom tiene lugar cuando Becky y él se pierden en la cueva de McDougal, donde se encuentra con el mal que más teme. ¿Puede ser mera coincidencia que la mayoría de novelas de Harry Potter acaben con Harry enfrentándose al mal en escenarios oscuros como mazmorras, similares a las profundidades de la cueva de McDougal?

Tanto si *Tom Sawyer* influyó en la creación de Harry Potter como si las semejanzas son pura coincidencia, los millones de jóvenes lectores de hoy en día que gozan de los libros de J. K. Rowling encuentran en ellos gran parte de los mismos placeres que los que los preceden han encontrado siempre en el libro de Mark Twain. Tanto Tom como Harry se enfrentan a la adversidad, luchan contra el mal y son incomprendidos, aunque al final salen triunfantes. Los logros de Harry están repartidos a lo largo de siete libros, cada uno de los cuales cubre un año de su vida. Tom vive siete triunfos distintos en el espacio de pocos meses, pero la estructura de la novela hace que el período de tiempo transcurrido parezca mucho más largo. Además, el propio personaje parece crecer deprisa y madurar de forma significativa.

El primer éxito de Tom tiene lugar al principio de la novela, en el capítulo II, cuando consigue que otros muchachos le paguen por blanquear la valla que la tía Polly le ordena pintar como castigo por hacer novillos. A los niños les encantan los timadores, y no hay mejor timo que convencer a otros para que te paguen por hacer tu propio trabajo. El próximo triunfo de Tom llega enseguida, gracias al primero. Al día siguiente se lleva a la iglesia el botín que obtuvo enjalbegando y se lo entrega a otros chicos a cambio de los «billetes» concedidos en la escuela dominical por recitar versículos bíblicos. Ese día Thatcher, el distinguido juez del condado, visita esa escuela, cuyo superintendente arde en deseos de «mostrar un prodigio» con los billetes suficientes para recibir una Biblia como premio por haber recitado dos mil versículos de la Sagrada Escritura. Tom deja atónitos tanto al superintendente como a los lectores al presentarse con el número de billetes exigido para reclamar la recompensa, y a continuación se regocija con «la gloria y el esplendor» que conlleva recibirla y compartir el escenario con el gran juez.

En una obra posterior, Mark Twain escribió que «ser envidiado es la mayor alegría del ser humano». El placer que causa el hecho de ser envidiado es un tema persistente a lo largo de su producción, además de un concepto que los niños entienden bien. Desde luego, parece ser la mayor alegría de Tom Sawyer, y no cabe duda de que los lectores jóvenes, más que los adultos, se regocijan con su triunfo en la escuela dominical precisamente por eso. Por otra parte, si el segundo logro resulta aún más dulce es porque Tom lo alcanza comprando los billetes a muchos de los chicos de los que obtuvo su botín el día anterior. No hace falta que los jóvenes lectores estén familiarizados con el dicho «si me engañas una vez, tuya es la culpa; si me engañas dos, es mía» para apreciar las dimensiones del segundo triunfo de Tom.

Los lectores adultos interpretan el episodio de la escuela dominical de forma un tanto distinta. Una vez más, Mark Twain se dirige a ellos. Tras recibir una Biblia y ser admirado por el gran juez, Tom es humillado enseguida cuando este y su esposa lo animan a demostrar sus conocimientos bíblicos nombrando a los dos primeros apóstoles de Cristo. Después de carraspear nervioso, Tom suelta: «¡David y Goliat!». Puede que los jóvenes lectores ignoren que la respuesta correcta es

Simón y Andrés, pero deberían ser conscientes del tremendo error cometido por Tom. Sin embargo, el breve epílogo de Mark Twain al episodio debe de dejarlos desconcertados: «Corramos un caritativo velo sobre el resto de la escena». ¿Acaso Mark Twain simplemente fue perezoso cuando decidió escribir esta frase en lugar de contar el fracaso que debió de producirse a continuación, o supuso que los lectores adultos obtendrían mayor placer imaginando por sí mismos la escena siguiente que leyendo cualquier descripción que pudiera ofrecerles?

El tercer triunfo de Tom, más calculado que los dos primeros, tiene lugar al concluir su aventura pirata en la isla de Jackson, con Huck Finn y Joe Harper. Tom averigua por casualidad que, como sus amigos y él llevan mucho tiempo desaparecidos, sus vecinos suponen que se han ahogado en el río y han preparado su funeral. Por sugerencia suya, los chicos aparecen de improviso en su propio funeral. Les reciben con tanta alegría que, cuando Tom se da cuenta de la envidia de los demás niños, lo considera «el momento más halagador de su vida». Aunque sin duda es un triunfo a ojos de los niños, su logro debe de parecer miserable a ojos de los adultos. Tom alcanza la gloria aprovechándose del dolor que sienten quienes lloran su supuesta muerte, un dolor que podría haberles ahorrado haciéndoles saber antes que él y sus amigos seguían con vida. Sin embargo, su comportamiento egoísta se debe más a la inconsciencia juvenil —tal como señala la tía Polly— que a una verdadera insensibilidad. No pretende hacer daño a los demás, simplemente es descuidado.

Una parte del proceso de maduración que experimenta Tom a lo largo de la novela consiste en aprender a pensar más en los sentimientos de los otros y menos en sus propios intereses. Este cambio resulta muy evidente en sus dos triunfos siguientes. En el capítulo XX, Tom y Becky tienen una típica disputa infantil y dejan de hablarse en la escuela. Durante la hora del almuerzo Tom entra en el aula vacía y sobresalta a

Becky, que está examinando un libro misterioso que ha dejado el maestro en un cajón de su mesa sin cerrar con llave. Con las prisas por devolver el libro a su lugar, Becky desgarra la primera página casi por la mitad. Acto seguido, la emprende cruelmente con Tom, acusándolo de tener la intención de traicionarla. Pese a la irritación y los deseos de venganza, Tom no piensa acusarla, pero solo porque sabe muy bien que el maestro se las arreglará para que Becky confiese su delito. También le satisface mucho la certeza de que la azotará. Sus pensamientos sobre el asunto revelan su actitud condescendiente hacia las chicas. «¡Qué curiosas tontuelas son las chicas! —piensa—. No la han azotado nunca en la escuela. ¡Boberías! ¿Qué es una azotaina? Bah, es propio de una chica: piel fina y corazón de polluelo.» Incluso se siente un poco orgulloso de no delatar a Becky, pero solo porque cree que «las caras de las muchachas se delatan siempre. No saben disimular», y que por lo tanto será azotada sin su intervención. Cuando el maestro busca al responsable de dañar el libro interrogando a todos los niños, uno tras otro, acaba tocándole a Becky. Al ver la expresión de espanto de la muchacha, unos sentimientos nuevos e inesperados impulsan a Tom a ponerse en pie de un salto y proclamar: «¡He sido yo!».

La nobleza de su abnegación va más allá de soportar «la paliza más inhumana» que jamás ha dado el maestro y quedarse después de clase durante dos horas. Su mayor sacrificio consiste en infringir la regla no escrita de los chicos que impone la obligación de negar siempre las travesuras en la escuela. Se gana así el desprecio de sus compañeros de clase, que observan perplejos su «increíble locura». Desde luego, los lectores jóvenes pueden apreciar el sacrificio de Tom al soportar una paliza brutal, pero quizá solo los lectores más mayores comprenden la importancia de su otro sacrificio. Por una vez, el triunfo de Tom no radica en ganarse la envidia de sus compañeros, sino en realizar un sacrificio doble solo por amor. Aunque no actúa esperando recompensa, la mirada de gratitud y adoración que recibe de Becky cuando se adelanta para recibir la paliza parece «la paga suficiente de cien azotainas». Cuando sale de la escuela, Becky le pregunta, agradecida: «Tom, ¿cómo has podido ser tan noble?». Al enterarse más tarde de que Tom salvó a Becky de una paliza, el juez Thatcher, el padre de la muchacha, califica la acción de «mentira noble, generosa y magnánima».

El quinto triunfo de Tom alcanza cotas aún más altas, al exigirle un sacrificio mayor que puede poner en peligro su vida. Uno de los principales hilos argumentales de la novela empieza en el capítulo IX, cuando Tom y Huck presencian un asesinato en el cementerio del pueblo, que visitan a medianoche a fin de llevar a cabo un ritual para quitar las verrugas. Por pura casualidad, ven cómo el borracho del pueblo, Muff Potter, y el «mestizo asesino» llamado indio Joe ayudan al doctor Robinson a profanar una tumba reciente y luego se enzarzan en una pelea que acaba con Joe matando al médico mientras Potter está inconsciente. Después de huir asustados, los chicos hacen un juramento de sangre: nunca revelarán lo que han visto. Al día siguiente se quedan asombrados al oír afirmar a Joe que Potter mató al médico y ver que no cae fulminado al instante. A lo largo de los catorce capítulos siguientes, a Tom le remuerde la conciencia al imaginar a Potter siendo ahorcado injustamente. Cree que si rompe su juramento de sangre diciendo la verdad sobre el asesinato puede morir, y que si eso no ocurre el indio Joe puede matarlo. Asume así un doble riesgo mortal cuando acaba testificando en el juicio de Potter. Su aparición inesperada en la sala causa otra sensación, y de nuevo Tom se encuentra siendo «el héroe del pueblo». Sin embargo, esta vez su logro le sale caro. No muere, pero «el indio Joe aparecía en todos sus sueños y siempre con la sentencia de muerte en la mirada». Como Voldemort, el «Señor Oscuro» que persigue a Harry Potter, el indio Joe representa el mal en estado puro, y Tom tiene razones de peso para temer por su propia vida.

El sexto triunfo de Tom no es tan propio de un niño aventurero como de un joven valiente e ingenioso. Cuando Becky celebra el picnic del que se habla al principio del libro, Tom y ella se pierden durante varios días en la laberíntica cueva de McDougal. Durante la terrible prueba, Tom se esfuerza por animar a Becky, que parece resignada a morir, y le oculta que ha visto al indio Joe en la cueva. Justo cuando creen haber perdido toda esperanza, Tom encuentra una abertura por la que pueden escapar. Por segunda vez, regresa al pueblo de entre los muertos y es ensalzado como un héroe. A diferencia del regreso en apariencia milagroso a su propio funeral, esta vez su triunfo es el resultado de un auténtico acto de valor, y todos los lectores pueden aplaudirlo, cualquiera que sea su edad. A estas alturas de la historia, los lectores que se hayan preguntado qué clase de persona es Tom deben aceptar la posibilidad de que en realidad sea un verdadero héroe. Llegar a esa conclusión contribuye a apreciar aún más lo que ocurre a continuación.

Antes del episodio de la cueva, Tom y Huck dedican un tiempo a excavar en busca de un tesoro enterrado por los piratas cerca de una casa supuestamente encantada. Están dentro de la casa cuando el indio Joe —disfrazado de «mexicano sordomudo» para evitar que lo detengan por asesinato— y su nuevo compinche encuentran una caja de monedas de oro bajo las tablas del suelo. A pesar de los riesgos que supone enfrentarse a esos criminales, los chicos deciden descubrir dónde esconden el tesoro para apropiarse de él. Así, lo que empieza siendo una aventura infantil que consiste en encontrar un tesoro enterrado se vuelve real y peligroso. El episodio de la cueva interrumpe la implicación de Tom en la búsqueda del tesoro, dejando que Huck desempeñe un papel heroico al impedir que el indio Joe asalte a la viuda Douglas. Más tarde, cuando Tom se recupera del mal rato pasado en la cueva y averigua que Joe ha muerto allí dentro, atina al deducir que los delincuentes han escondido el oro cerca del punto en el que le vio. Con la ayuda de Huck, regresa a la cueva y encuentra el oro. Mientras tanto, en señal de reconocimiento por la reciente muestra de heroísmo de Tom y Huck, los habitantes del pueblo se reúnen para honrar a los chicos y sorprenderlos con regalos. Este acontecimiento prepara la escena para la mayor sorpresa del propio Tom y su triunfo más espectacular: revelar a sus vecinos que Huck y él han hallado doce mil dólares en monedas de oro. A los lectores, sobre todo a los jóvenes, les gusta que sus héroes tengan éxito, y es difícil imaginar que una novela sobre un chico pueda tener un final más satisfactorio.

Resulta poco probable que esos lectores jóvenes que tanto saborean el mayor triunfo de Tom presten atención al desafortunado destino del indio Joe, salvo para sentir alivio ante la imposibilidad de que siga amenazando a Tom y a Huck. Sin embargo, Mark Twain ofreció a los adultos un mensaje distinto, informándolos de que el entierro de Joe fue una ocasión festiva a la que acudió la gente de varias millas a la redonda. Muchos «confesaron que casi se habían divertido tanto en el entierro como si hubiesen asistido a la ahorcadura». A pesar del sentimiento general de alivio causado por la muerte, ha habido un movimiento en el pueblo para solicitar al gobernador que perdone sus delitos. Aquí Mark Twain habla solo para los adultos:

> [...] se habían celebrado elocuentes reuniones entre ríos de lágrimas, y se había designado una comisión de mujeres sentimentales para que fuesen a ver y a llorar al gobernador, vestidas de riguroso luto, y le suplicaran que fuese un poco clemente y pisotease su deber. Se calculaba que el indio Joe había matado a cinco habitantes del pueblo, pero ¿qué importaba eso? Aunque hubiese sido el mismo Satanás, habría habido un grupo de imbéciles dispuestos a garrapatear sus nombres en una súplica de perdón y a verter en ella alguna lágrima procedente de sus transpirables y permanentemente descompuestos depósitos hidráulicos.

Estos pasajes recogen otro tema muy presente en las obras de Mark Twain: la tendencia de mucha gente a sentir más compasión por los delincuentes que por las víctimas. En *Huckleberry Finn*, por ejemplo, cuando Huck trata de conseguir ayuda para unos criminales atrapados en un vapor abandonado, le gustaría que la viuda Douglas supiera lo que estaba haciendo: «Seguramente se hubiera sentido orgullosa de mí, por ayudar a aquellos pícaros, porque los pícaros y los que se encuentran en la miseria son la clase de gente que más parecen interesar a la viuda y a las personas buenas».

Tom Sawyer suele considerarse con razón un libro para chicos. No solo el protagonista y sus mejores amigos son chicos, sino que además la narración tiene un matiz antifeminista, como demuestran los pensamientos despectivos de Tom sobre las chicas en la escena del aula. El prefacio de Mark Twain declara que el libro está destinado «a la gente joven», pero su historia otorga poca importancia a las chicas. Los únicos personajes femeninos significativos son Polly, la tía de Tom, su prima Mary y su novia, Becky Thatcher. Polly, a quien se llama reiteradamente «la anciana», es en esencia una figura asexuada cuyo género es relevante sobre todo porque le permite expresar sentimientos afectuosos por Tom con más facilidad que si fuera un personaje masculino. Mary, inspirada en la hermana mayor de Mark Twain, Pamela Clemens, aparece con frecuencia, pero su papel se limita a ayudar a Tom a prepararse para ir a la iglesia y a preocuparse por él cuando tiene problemas. Si desapareciera de la novela, su ausencia apenas se notaría.

El personaje de Becky Thatcher está muy ligado al de Tom en la percepción popular del libro, pero ni siquiera ella desempeña un gran papel, aparte de comportarse con coquetería, reaccionar ante las iniciativas de Tom y necesitarlo para que la rescate del peligro. Su nombre se menciona casi en la mitad de los capítulos, pero deja de contribuir a impulsar la historia una vez que se reconcilia con Tom en el capítulo XX. Mark Twain es conocido por crear pocos personajes femeninos fuertes en su obra, y Becky constituye un enigma tan grande que es aún más difícil calcular su edad que la de Tom, quien parece hacerse mayor mientras ella se mantiene mucho más joven. Para cuando Mark Twain empezó a escribir *Huckleberry Finn*, se acordaba tan poco de Becky que la única vez que aparece su nombre en esta novela escribió «Bessie Thatcher». El autor corrigió el error en las galeradas, pero a los tipógrafos se les pasó por alto la corrección, y el nombre «Becky» no fue restituido hasta cien años después de la primera edición estadounidense.

La rival de Becky por el afecto de Tom, su antigua novia Amy Lawrence, sale aún peor parada que la primera en *Tom Sawyer*. Se dice que adula a Tom y es mencionada en cinco capítulos. Sin embargo, la única vez que conversa realmente con él su único comentario es una sola palabra. Mientras tanto, la creciente impaciencia de Tom por su «jovial parloteo» es otro reflejo de su actitud infantil de desaprobación hacia las chicas en general.

A pesar del tratamiento que *Tom Sawyer* da a los personajes femeninos, a las chicas les gustó tanto el libro como a los chicos. Muchas de las cartas que Mark Twain recibió de lectores jóvenes estaban escritas por chicas. Por ejemplo, en 1883, una niña de nueve años de Ohio llamada Florence Dean Cope (casualmente, pariente lejana de William Dean Howells) le pidió a Mark Twain que escribiera otro libro sobre Tom Sawyer, a quien describió como «perfecto». En 1907, Florence Benson, una neoyorquina de catorce años, definió a Tom como «el chico más simpático que he conocido en mi vida». En 1891, Fannie James, una niña de once años de Wisconsin, fue aún más lejos:

Soy una niña que vive en Eau Claire y admira *Huckleberry Finn* y *Tom Sawyer*. Aunque soy una chica, me gustaría jugar con ellos y meterme en esos líos, y me encantaría encontrar doce mil dólares. No me gustó que llevaran el gato muerto al cementerio, porque quiero mucho a los gatos y no dejaría que mataran a ninguno ni por todas las verrugas del mundo.

Por más que las chicas hayan disfrutado leyendo *Tom Sawyer*, no han dejado de observar los prejuicios sexistas del libro. En el prólogo a su libro *Lighting Out for the Territory*, publicado en 1997, la distinguida académica Shelley Fisher Fishkin recordaba haber pensado de niña que «Huck y Tom podían ser muy divertidos», aunque «consideraba a Becky Thatcher una pelma». De joven, la novelista Lenore Hart tenía una opinión similar de Becky, que le parecía más «llorona, romántica y tonta» que las chicas de verdad. Años después se propuso resolver esa deficiencia escribiendo *Becky: The Life and Loves of Becky Thatcher* (2008), una novela en la que una Becky anciana relata la historia de su vida y empieza corrigiendo las «mentiras» de Sam Clemens en *Tom Sawyer*. La Becky de Hart afirma que «nunca fui esa criatura pálida y débil de rizos rubios que parecía salida de una litografía sentimental. Era dura como un chico y tenía mis propios secretos». Anhelaba «formar parte de la banda descontrolada de Tom», e incluso estaba con Tom y Huck la noche en que vieron cómo mataban al doctor Robinson en el cementerio.

Posteriormente, Mark Twain expresó opiniones favorables al feminismo, pero ninguna de ellas resulta evidente en *Tom Sawyer*, en cuyo mundo se castiga a los chicos en la escuela obligándolos a sentarse con las muchachas. En la «tarde de los exámenes», las «señoritas» recitan composiciones sentimentales y melancólicas, como «las madres de las señoritas, las abuelas y todos los antepasados de sexo femenino hasta las Cruzadas».

Por cierto, Mark Twain podría haber destinado gran parte de ese capítulo a los adultos, pues su humor consiste sobre todo en el insoportable tedio de los discursos de los niños.

Esos pasajes constituyen una clara denuncia de la triste monotonía de los ejercicios como la «tarde de los exámenes» en todas las escuelas. «No existe ninguna escuela en nuestro país donde las señoritas no se sientan obligadas a terminar sus composiciones con un sermón […]. Pero dejémoslo ahí, porque la verdad casera es desabrida.»

Los niños que leen todo ese capítulo se ven recompensados con un final muy cómico: los sufridos alumnos de la clase del señor Dobbins se vengan de las crueldades del maestro, ligeramente borracho, bajando un gato desde el techo por encima de su cabeza mientras este se esfuerza por dibujar un mapa en la pizarra. El gato le quita la peluca y deja al descubierto su calva, que uno de los chicos le ha dorado cuando echaba una cabezada. «La fiesta quedó interrumpida al instante. Los muchachos se habían vengado. Acababan de empezar las vacaciones.»

En definitiva, ¿para quién es más adecuado *Tom Sawyer*, para los niños, para los adultos o para ambos? Fuesen cuales fuesen las intenciones de Mark Twain, está claro que durante más de un siglo ha deleitado a niños y adultos, así que tal vez la pregunta más pertinente sea si los niños y los adultos leen el mismo libro. Por esta razón, es fundamental que los lectores tengan siempre presente la perspectiva que ellos mismos aportan a *Tom Sawyer* mientras lo leen.

R. Kent Rasmussen
2014

CRONOLOGÍA

30 IX 1835   Samuel Langhorne Clemens —más tarde conocido como Mark Twain— nace en Florida, un
pueblo del nordeste de Missouri. Es el sexto de
los siete hijos de John Marshall y Jane Lampton
Clemens, y sobrevivirá a todos sus hermanos, a
su esposa y a tres de sus cuatro hijos.

1839-1853   Vive en Hannibal, una población de Missouri si-
tuada a orillas del río Mississippi en la que se
inspirará más tarde para crear San Petersburgo,
el pueblo ficticio de *Tom Sawyer* y *Huckleberry
Finn*. Tras dejar la escuela a los once años, hace
trabajos de impresión para periódicos locales,
entre ellos el de su hermano Orion, y escribe relatos cortos y ensayos.

24 III 1847   La muerte de John Marshall Clemens deja a su
familia sumida en la pobreza.

1853-1856   Sam Clemens abandona Missouri para trabajar
como impresor en San Luis, Filadelfia y Nueva
York. Tras regresar al Medio Oeste, desempeña
un trabajo similar para Orion en el sur de Iowa.

V 1857 - III 1861	Pasa dos años formándose como piloto de barcos de vapor en el Mississippi —sobre todo bajo la dirección de Horace Bixby— y dos años más trabajando como piloto titulado.
13 VI 1858	El vapor *Pennsylvania* explota al sur de Memphis, hiriendo de gravedad a su hermano menor, Henry, que muere ocho días después.
12 IV 1861	Estalla la guerra de Secesión cuando los confederados atacan Fort Sumter, en Charleston, Carolina del Sur. Clemens, que está en Nueva Orleans, no tardará en tener que renunciar a su carrera de piloto cuando la guerra interrumpa el tráfico de vapores en el curso inferior del Mississippi.
VI 1861	Clemens se une durante dos semanas a una compañía de milicianos confederados llamada a filas por el gobernador del estado.
VII 1861	Cruza las llanuras con su hermano Orion, que ha sido nombrado secretario del gobernador del Territorio de Nevada, creado recientemente.
VII 1861 - IX 1862	Lleva a cabo labores de minero en el oeste de Nevada.
IX 1862 - V 1864	Trabaja como periodista para el *Virginia City Territorial Enterprise*.

3 II 1863	Utiliza por primera vez el seudónimo «Mark Twain» en un reportaje escrito en Carson City para el *Enterprise*.
VI 1864 - XII 1866	Tras mudarse a California, durante un tiempo breve realiza tareas de periodista para el *The Morning Call*, hace prospecciones en las agotadas minas de oro de los condados de Tuolumne y Calaveras, y escribe para diversas publicaciones.
18 XI 1865	La publicación de su relato sobre una rana saltadora en el *Saturday Press* de Nueva York contribuye a forjar su reputación en todo el país.
III - VIII 1866	Visita las islas Hawái como corresponsal del *Sacramento Union*. A su regreso a San Francisco, inicia una larga y exitosa carrera como conferenciante hablando de las islas en el norte de California y el oeste de Nevada.
14 V 1867	Publica su primer libro, *La célebre rana saltadora del condado de Calaveras*.
VI - XI 1867	Recorre la costa europea del Mediterráneo y de Tierra Santa en el crucero *Quaker City*. Sus cartas de viaje a los periódicos de San Francisco y Nueva York se reimprimen en numerosas ocasiones, lo que aumenta su reputación. A su regreso, Elisha Bliss, de la American Publishing Co. (APC) de Hartford,

Connecticut, lo invita a escribir un libro sobre sus viajes, que se convertirá en *Inocentes en el extranjero*.

III - VII 1868   Visita California por última vez para asegurarse los derechos de sus cartas de viaje frente al *San Francisco Alta California*. Durante su estancia termina de escribir el libro con la ayuda de Bret Harte.

20 VII 1869   APC publica *Inocentes en el extranjero*, el primero de los cinco libros de viajes escritos por Clemens y la obra más vendida en vida del autor, así como el libro de viajes estadounidense más vendido del siglo XIX.

VIII 1869   Clemens adquiere una participación en el *Buffalo Express* y se convierte en uno de los redactores del periódico. Tras instalarse en Buffalo, Nueva York, inicia la primera de varias giras de conferencias por el este del país.

2 II 1870   Se casa con Olivia (Livy) Langdon, hija de un acaudalado magnate del carbón de Elmira, Nueva York. Los recién casados se instalan en una casa de Buffalo que les regala el padre de Livy.

7 XI 1870   Nace el primer hijo de la pareja, un niño llamado Langdon. Solo vivirá veintidós meses.

II 1871   Isaac Sheldon publica *Mark Twain's Burlesque Autobiography and First Romance*, cuya primera parte es sobre todo una farsa sobre unos antepasados imaginarios. Más tarde Clemens lamentaría haber publicado este relato.

III 1871   Tras un año de desgracias familiares, Clemens vende su casa de Buffalo y su participación en el *Express* y se muda a Elmira, donde su familia se aloja en la Quarry Farm de la hermana de Livy, Susan Crane. A lo largo de las dos décadas siguientes, la familia pasará la mayoría de los veranos en la granja, donde Clemens escribirá gran parte de sus obras principales.

X 1871   Su familia se instala en Hartford, Connecticut, antes de que el autor inicie otra prolongada gira de conferencias. Nace su primera hija, Susy, en el mes de marzo siguiente. En septiembre de 1874 la familia se trasladará a una magnífica casa nueva, donde residirá hasta 1891.

29 II 1872   APC publica *Pasando fatigas*, un relato embellecido de los años de Clemens en el Lejano Oeste y Hawái.

VIII - XI 1872   Clemens visita por primera vez Inglaterra, país al que no tardará en regresar con su familia.

XII 1873   APC publica *La edad dorada*, novela de Clemens y su vecino de Hartford, Charles Dudley Warner. Las partes escritas por Clemens giran en torno a acontecimientos inspirados en la historia de su propia familia.

VI 1874	Clemens empieza a escribir en serio *Tom Sawyer* durante el mismo mes en el que nace su segunda hija, Clara.
I - VIII 1875	Publica en el *Atlantic Monthly Viejos tiempos en el Mississippi*, su primera obra larga sobre la navegación a vapor, en una serie compuesta por siete partes.
5 VII 1875	Informa a William Dean Howells que ha terminado de escribir *Tom Sawyer* y se pone a dramatizar el relato.
21 VII 1875	APC publica *Mark Twain's Sketches New and Old*.
5 XI 1875	Entrega a APC el manuscrito de *Tom Sawyer*.
9 VI 1876	*Tom Sawyer* se publica primero en Inglaterra porque la edición estadounidense se retrasa.
28 VI 1876	Belford Brothers, de Canadá, publica una edición pirata de *Tom Sawyer* que no tarda en inundar los mercados americanos.
c. 8 XII 1876	APC publica la primera edición estadounidense de *Tom Sawyer*.
17 XII 1877	Clemens pronuncia un discurso burlesco en un banquete celebrado en Boston con ocasión del cumpleaños del poeta John Greenleaf Whittier que más tarde le causará un gran bochorno.

IV 1878 - VIII 1879	Viaja por Europa occidental con su familia.
12 XI 1879	Pronuncia un discurso triunfante en Chicago en honor al general Ulysses S. Grant en una reunión del ejército de la Unión.
13 III 1880	APC publica *Un vagabundo en el extranjero*, relato novelado de diversos episodios de los recientes viajes europeos de Clemens.
12 XII 1881	James Osgood, de Boston, publica *El príncipe y el mendigo*, novela de Clemens sobre unos muchachos que se intercambian los papeles en la Inglaterra del siglo XVI.
IV - V 1882	Clemens viaja en vapor desde San Luis, Missouri, hasta Nueva Orleans, y luego remonta el río hasta Saint Paul, Minnesota, a fin de reunir material para su futuro libro *La vida en el Mississippi*.
17 V 1883	James Osgood publica *La vida en el Mississippi*, obra que amplía los artículos de «Viejos tiempos en el Mississippi» y añade material nuevo procedente del regreso de Clemens al río en 1882.
1 V 1884	Clemens funda su propia editorial, Charles L. Webster & Co., con Webster, su sobrino político, como presidente de la empresa.

VII 1884	Empieza a escribir una continuación inacabada de *Huckleberry Finn* que se publicará el 20 de diciembre de 1968 en la revista *Life*, con el título de «Huck Finn y Tom Sawyer entre los indios».
10 XII 1884	Chatto & Windus publica por primera vez *Huckleberry Finn* en Inglaterra. La editorial se convertirá en la única casa inglesa autorizada por Clemens.
18 II 1885	Webster publica tardíamente en Estados Unidos *Huckleberry Finn*.
10 XII 1889	Webster publica *Un yanqui en la corte del rey Arturo*, una novela de Clemens sobre un estadounidense contemporáneo que regresa a la Inglaterra del siglo VI.
27 X 1890	Jane Lampton Clemens, la madre del autor, muere a los ochenta y siete años de edad.
VI 1891 - V 1895	La familia cierra la casa de Hartford —a la que nunca regresará— y se va a vivir a Europa para reducir sus gastos. Mientras recorre Europa occidental, Clemens realiza numerosos viajes breves a Estados Unidos para cuidar de sus intereses comerciales en declive.
V 1892	Webster publica *El conde americano*, una novela de Clemens sobre un estadounidense que afirma ser heredero de un condado inglés.

1893-1894	Clemens publica *Tom Sawyer en el extranjero*, primero como novela por entregas en *St. Nicholas* y luego como el último libro editado por su firma, Webster & Co., que quiebra en abril de 1894.
28 XI 1894	APC publica *La tragedia de Wilson Cabezahueca*, una novela sobre la esclavitud y el mestizaje, ambientada en un pueblo ficticio de Missouri inspirado en Hannibal.
IV 1895 - IV 1896	*Harper's Magazine* publica por entregas la novela *Juana de Arco, La asombrosa aventura de la Doncella de Orleáns*, que más tarde es editada en forma de libro por Harper and Brothers, la nueva editorial estadounidense autorizada por Clemens, que pronto empezará a reeditar todos sus libros en ediciones uniformes.
V 1895 - VII 1896	Clemens abandona Inglaterra con su familia para iniciar una gira de conferencias por todo el mundo. Tras veranear en Elmira, Livy, su hija Clara y él viajan a la Columbia Británica, desde donde cruzan el Pacífico hasta Hawái, Fiyi, Australia y Nueva Zelanda, atraviesan el Índico hasta Sri Lanka, India y Sudáfrica, y regresan a Inglaterra. Mientras tanto, sus hijas Susy y Jean se quedan en Elmira. Los beneficios de la gira saldan las deudas de su editorial, y el autor vuelve a Estados Unidos, donde es recibido como un triunfador.

VII 1896 - X 1900	Después de que su hija Jean se reúna con ellos, la familia permanece en Europa cuatro años más.
18 VIII 1896	Su hija Susy muere de meningitis espinal mientras Clemens está en Inglaterra.
VIII - IX 1896	Publica por entregas *Tom Sawyer, detective* en el *Harpers's New Monthly Magazine*.
13 XI 1897	Harper y APC publican el quinto libro de viajes de Clemens, *Viaje alrededor del mundo, siguiendo el Ecuador*, un relato relativamente sobrio de su periplo por todo el planeta.
11 XII 1897	Muere Orion Clemens.
15 X 1900	Tras una ausencia ininterrumpida de cinco años, Clemens vuelve a Estados Unidos con su familia y alquila una casa en Nueva York.
10 IV 1902	Harper publica *Historia detectivesca de dos cañones*, una novela breve en la que aparece Sherlock Holmes como detective incompetente.
V 1902	Clemens visita por última vez Hannibal y el río Mississippi en el transcurso de un viaje a Columbia para recibir el título de doctor *honoris causa* por la Universidad de Missouri.

XI 1903 - VI 1904	La familia Clemens se traslada a Florencia, Italia, con la esperanza de que el clima suave sea beneficioso para la frágil salud de Livy, la esposa y madre.
14 I 1904	Clemens empieza a dictar su autobiografía a la secretaria de su familia, Isabel Lyon.
5 VI 1904	Livy muere en Florencia. El resto de la familia no tarda en regresar a Estados Unidos.
31 VIII 1904	Fallece Pamela Clemens Moffett, última hermana superviviente del autor.
IX 1904 - VI 1908	Clemens se instala en la Quinta Avenida de Nueva York, donde es encumbrado como orador e invitado a banquetes.
5 XII 1905	El coronel George Harvey, presidente de Harper and Brothers y director del *Harper's Weekly*, organiza un gran banquete en el restaurante Delmonico's de Nueva York para celebrar el septuagésimo cumpleaños de Clemens.
I 1906	Albert Bigelow Paine se traslada a casa de Clemens para empezar a trabajar como su biógrafo autorizado.
VI - VII 1907	Clemens hace su último viaje transatlántico para recibir el título de doctor *honoris causa* por la Universidad de Oxford, en Inglaterra.

18 VI 1908	Clemens se traslada a su último hogar, Stormfield, una casa de nueva construcción en las afueras de Redding, Connecticut.
8 IV 1909	Publica ¿*Ha muerto Shakespeare?*
24 XII 1909	Su hija menor, Jean, muere de un ataque al corazón sufrido durante una crisis epiléptica.
I - IV 1910	Visita las Bermudas en su último viaje fuera de Estados Unidos. Cuando su salud se deteriora gravemente, Paine viaja hasta allí para acompañarlo de regreso a casa.
21 IV 1910	Samuel Langhorne Clemens muere de un infarto en su casa, Stormfield, a los setenta y cuatro años de edad. Tres días después es enterrado en el cementerio Woodlawn de Elmira, donde, con el tiempo, se dará sepultura a todos los miembros de su familia.
18 VIII 1910	Nace en Stormfield la única nieta del autor, Nina Gabrilowitsch, hija de Clara.
IX 1910	William Dean Howells publica *My Mark Twain*, un homenaje personal a su íntimo amigo.
VIII 1912	Paine, albacea literario de Clemens, publica su obra en tres volúmenes, *Autobiografía*. A lo largo del siguiente cuarto de siglo editará y publicará numerosas antologías de obras de Clemens inéditas hasta entonces.

1917-1918   Se estrena la adaptación cinematográfica muda de *Tom Sawyer* en dos partes: *Tom Sawyer* y *Huck and Tom; Or, the Further Adventures of Tom Sawyer*. Jack Pickford, hermano de Mary Pickford, interpreta a Tom, y Robert Gordon a Huck.

II 1920   Se estrena la adaptación cinematográfica muda de *Huckleberry Finn*.

XII 1930   Se estrena la primera adaptación cinematográfica sonora de *Tom Sawyer*, con Jackie Coogan en el papel de Tom y Junior Durkin en el de Huck Finn.

VIII 1931   Se estrena la primera adaptación cinematográfica sonora de *Huckleberry Finn*, con los mismos protagonistas que la versión de *Tom Sawyer* del año anterior.

XII 1931   Expira el *copyright* estadounidense de *Tom Sawyer*. No tardan en publicarse numerosas ediciones no autorizadas.

9 IV 1937   Paine muere en New Smyrna, Florida. Bernard DeVoto lo sucede como editor de los Mark Twain Papers.

II 1938   David O. Selznick estrena la primera adaptación cinematográfica en color de *Tom Sawyer*, con Tommy Kelly en el papel de Tom.

III 1939   Metro-Goldwyn-Mayer estrena *Las aventuras de Huckleberry Finn*, con Mickey Rooney en el papel de Huck y Rex Ingram en el de Jim.

1940   Expira el *copyright* estadounidense de *Huckle-berry Finn* y empiezan a aparecer nuevas ediciones no autorizadas.

I 1946   DeVoto renuncia a su puesto de editor de los Mark Twain Papers. Tres años más tarde, su sucesor, Dixon Wecter, trasladará la colección a la Universidad de California en Berkeley.

1960   Metro-Goldwyn-Mayer estrena la primera adaptación cinematográfica en color de *Huckleberry Finn* bajo el título de *Las aventuras de Huckleberry Finn*, con Eddie Hodges en el papel de Huck y el boxeador Archie Moore en el de Jim.

19 XI 1962   Muere en San Diego, California, Clara Clemens Samossoud, la última hija viva de Clemens.

16 I 1966   Muere en Los Ángeles Nina Gabrilowitsch, la única nieta y última descendiente directa de Clemens.

1970   El académico John Seelye publica *The True Adventures of Huckleberry Finn*. En 1987 publicará una versión revisada.

13 X 1972   El servicio de Correos estadounidense emite el sello de ocho centavos «Tom Sawyer», utilizando una ilustración de Norman Rockwell.

IV 1973   Reader's Digest estrena la adaptación cinematográfica musical de *Tom Sawyer*, con

Johnny Whitaker en el papel de Tom, Jeff East como Huck Finn y Jodie Foster en el de Becky Thatcher.

IV 1974   Reader's Digest y United Artists estrenan la adaptación cinematográfica musical de *Huckleberry Finn*, con Jeff East nuevamente en el papel de Huck, Paul Winfield en el de Jim, Harvey Korman en el del rey y David Wayne en el del duque.

III 1975   Ron Howard, de veintiún años, interpreta a Huck en una producción televisiva de *Huckleberry Finn*, con Antonio Fargas en el papel de Jim.

1980   University of California Press publica la primera edición corregida de *Tom Sawyer*, basándose directamente en el material del manuscrito original, preparado por los editores de los Mark Twain Papers.

VII 1981   Kurt Ida interpreta a Huck en una nueva adaptación televisiva de *Huckleberry Finn*, con Brock Peters en el papel de Jim.

1982   Georgetown University Library publica una edición facsímil en dos volúmenes del texto original escrito a mano de *Tom Sawyer*.

II 1984   Se estrena en Broadway *Big River*, una adaptación musical de *Huckleberry Finn* que gana varios premios.

1985   University of California Press publica la primera edición de *Huckleberry Finn* corregida por los editores de los Mark Twain Papers.

II - III 1986   Public Broadcasting System emite la adaptación de cuatro horas de *Las aventuras de Huckleberry Finn* durante cuatro semanas, con Patrick Day en el papel de Huck, Samm-Art Williams en el de Jim y Lillian Gish en el de la señora Loftus.

II 1991   Se encuentra en Los Ángeles la desaparecida primera mitad del manuscrito original de *Huckleberry Finn*, justo cuando Victor A. Doyno se dispone a publicar *Writing* Huck Finn: *Mark Twain's Creative Process*.

IV 1993   La producción de Disney de *Las aventuras de Huck Finn* presenta al futuro hobbit Elijah Wood en el papel de Huck y a Courtney B. Vance en el de Jim.

13 X 1993   El servicio de Correos estadounidense emite el sello «Huckleberry Finn» en su serie «Youth Classics».

1995   Se estrena la nueva adaptación cinematográfica de *Tom Sawyer*: *Tom y Huck*, protagonizada por Jonathan Taylor Thomas en el papel de Tom y Brad Renfro en el de Huck.

IV 1996   Random House publica la primera edición de *Huckleberry Finn* incorporando material procedente del manuscrito redescubierto en 1991.

2001   University of California Press publica en su colección Mark Twain Library la primera edición de *Huckleberry Finn* que integra todo el material procedente del manuscrito encontrado en 1991. Le seguirá una edición académica dos años más tarde.

Las aventuras de Tom Sawyer

*Este libro está dedicado afectuosamente
a mi esposa*

La mayor parte de las aventuras que se cuentan en este libro ocurrieron realmente; una o dos fueron experiencias propias, y el resto de muchachos con quienes fui a la escuela. Huck Finn está sacado de la vida real; Tom Sawyer también, pero no de un solo individuo; es un conjunto de las características de tres muchachos que traté y, por tanto, pertenece al orden arquitectónico compuesto.

Las extrañas supersticiones que aparecen se las creían al pie de la letra los chiquillos y los esclavos del Oeste durante la época en que se desarrolla la historia, es decir, hace treinta o cuarenta años.

Aunque el objeto principal del libro es divertir a la gente joven, espero que no por ello será rechazado por hombres y mujeres, ya que entró en mis propósitos el recordar a los adultos, de una manera agradable, cómo eran en su juventud, cómo se sentían, pensaban y hablaban, y qué empresas tan raras acometieron a veces.

EL AUTOR
Hartford, 1876

I

DIABLURAS DE TOM

—Tom!

Silencio.

—¡Tom!

Silencio.

—¿Dónde se habrá metido ese muchacho? ¡Oye, Tom!

Silencio.

La anciana se bajó las gafas y echó una ojeada a la estancia por encima de ellas; luego se las volvió a colocar y miró por debajo. Pocas veces o nunca miraba a través de las gafas para fijarse en un ser tan insignificante como un muchacho; eran un atributo de dignidad, el orgullo de su corazón, y estaban destinadas a «figurar», no a servir; del mismo modo hubiese podido mirar a través de un par de tapaderas de estufa. Se quedó perpleja un instante y luego dijo, no con fiereza, pero en voz bastante alta para que la oyeran los muebles:

—Ya verás si te pongo la mano encima lo que...

No concluyó la frase, ya que se había agachado para hurgar con la escoba por debajo de la cama, por lo que precisaba aliento para puntuar los escobazos. Solo resucitó al gato.

—No hay manera de atrapar a ese granuja.

Se dirigió hacia la puerta abierta, se detuvo allí y recorrió con la mirada las tomateras y las plantas de estramonio que constituían el jardín. Ni rastro de Tom. Entonces levantó la voz al tono exigido por la distancia y gritó:

—¡Tooom!

A su espalda oyó un ligero ruido y se volvió con el tiempo justo de atrapar a un niño pequeño por el faldón de la chaqueta y detener su huida.

—No sé cómo no se me había ocurrido que estarías en la despensa. ¿Qué hacías ahí dentro?

—Nada.

—¡Nada! Mírate las manos. Y mírate la boca. ¿Qué son esas manchas?

—No lo sé, tía.

—Bueno, yo sí que lo sé. Eso es mermelada. Te he dicho mil veces que si no dejabas en paz la mermelada te arrancaría la piel. Dame aquella vara.

La vara se agitó en el aire; el peligro era inminente.

—¡Mire a su espalda, tía!

La anciana se dio la vuelta enseguida, asiéndose las faldas para apartarlas del peligro. Entretanto el muchacho se escapó, saltando por el alto vallado de estacas, y desapareció.

La tía Polly se quedó unos instantes perpleja y luego se echó a reír suavemente.

—Maldito chico, ¿es que no aprenderé nunca? ¿No me ha hecho ya bastantes jugarretas como esa para que espere atraparlo ahora? Pero un tonto viejo es el peor tonto que existe. Ya lo dice el refrán, «perro viejo no aprende trucos nuevos». Y, válgame el cielo, si cada día la treta es diferente, ¿cómo va una a saberla de antemano? Parece que sepa exactamente cuánto puede atormentarme sin hacerme perder la cabeza, y que si puede distraerme un minuto o hacerme reír, se me pasa el enfado y no puedo darle un cachete. No cumplo mi deber con el muchacho; esa es la verdad y bien lo sabe Dios. Ahorrar el palo hace al muchacho malo, como dice la Biblia. Estoy pecando y sufro por los dos, lo sé. El chico es de la piel de Barrabás, pero al fin y al cabo es el hijo de mi difunta hermana, pobrecilla, y no tengo valor para azotarle. Cada vez que le perdono me remuerde la conciencia, y cada vez que le pego se parte mi viejo corazón. Es cierto que hombre nacido de mujer tiene una vida corta y llena de tribulaciones, como dicen las Escrituras, y convengo en que así es. Esta tarde hará novillos y no me quedará otro remedio que hacerle trabajar mañana para castigarlo. Me duele hacerle trabajar los sábados mientras los demás muchachos tienen fiesta, pero él aborrece el trabajo más que nada en el mundo, y poco o mucho tengo que cumplir con mi deber o seré la ruina del chico.

Tom hizo novillos y se divirtió mucho. Volvió a casa justo a tiempo para ayudar a Jim, el muchacho de color, aserró la leña para el siguiente día y partió las teas antes de la cena; por lo menos llegó a tiempo para contarle sus hazañas a Jim, mientras este hacía las tres cuartas partes del trabajo. El hermano menor de Tom (o, mejor dicho, su hermanastro), Sid, había concluido ya su parte en la tarea (recoger las astillas). Sid era un niño tranquilo y de temperamento poco dado a las aventuras.

Mientras Tom cenaba, escamoteando azúcar cuando se le ofrecía la oportunidad, la tía Polly le hacía preguntas profundísimas y llenas de artificio para atraparlo en revelaciones perjudiciales. Como muchas otras almas candorosas, tenía la vanidad de creerse dotada de un talento especial para la diplomacia oscura y misteriosa, y le gustaba considerar sus sencillas tretas como maravillas de sagacidad.

—Tom, hacía bastante calor en la escuela, ¿verdad? —dijo.

—Sí, señora.

—Mucho calor, ¿no?

—Sí, señora.

—¿No te han dado ganas de darte un chapuzón, Tom?

Un leve temor se apoderó de Tom, una especie de inquieta sospecha. Escrutó el rostro de la tía Polly, pero no descubrió nada. Entonces dijo:

—No, señora; bueno, no muchas.

La anciana extendió la mano, palpó la camisa de Tom y dijo:

—Pero ahora no tienes mucho calor. —Y se enorgulleció al pensar que había descubierto que la camisa estaba seca sin que nadie adivinara que esa era su intención. Pero Tom sabía, a despecho de su tía, de dónde soplaba el viento, así que se anticipó a la siguiente jugada.

—Algunos nos hemos mojado la cabeza bajo la bomba; la mía está húmeda aún. ¿Ve?

La tía Polly se ofendió al pensar que había pasado por alto aquel detalle acusador, perdiéndose una pista. Entonces tuvo otra ocurrencia.

—Tom, supongo que no te has arrancado el cuello de la camisa de donde lo cosí para mojarte la cabeza, ¿verdad? Desabróchate la chaqueta.

La inquietud desapareció del rostro de Tom. Abrió la chaqueta. El cuello de la camisa estaba sólidamente cosido.

—¡Bribón! Bien, ya puedes marcharte. Estaba convencida de que habías hecho novillos y te habías ido a nadar. Te perdono, Tom. Creo que eres una especie de gato escarmentado, como dice el refrán, y mejor de lo que pareces... esta vez.

Le apesadumbraba el fracaso de su sagacidad, y al mismo tiempo estaba contenta de que Tom hubiese observado, por una vez, una conducta obediente.

Pero Sidney dijo:

—Pues yo diría que usted le cosió el cuello con hilo blanco, y ahora es negro.

—¡Claro que lo cosí con hilo blanco! ¿Por qué lo dices? ¡Tom!

Pero Tom no esperó el desenlace. Mientras escapaba hacia la puerta, dijo:

—Siddy, de esta te acordarás.

Una vez que estuvo en lugar seguro, Tom examinó dos largas agujas que llevaba prendidas en las solapas de la chaqueta, enhebradas las dos, una con hilo blanco y la otra con negro.

—No se habría dado cuenta a no ser por Sid —dijo Tom—.

¡Caramba! Algunas veces cose con hilo blanco y otras con hilo negro. Ya podría decidirse por uno de los dos; yo no puedo estar siempre llevando la cuenta. En cuanto a Sid, ¡vaya si lo aporreo! ¡Recibirá su merecido!

En el pueblo, Tom no pasaba por el muchacho modelo, pero conocía muy bien al chico que ostentaba ese título... y lo detestaba con toda su alma.

Al cabo de dos minutos, o menos aún, ya había olvidado todos sus infortunios. No porque sus infortunios fuesen para él un ápice menos duros y amargos de lo que son para un hombre los suyos propios, sino porque un nuevo y poderoso interés los dominó y los expulsó de su pensamiento, igual que los hombres se olvidan de las desgracias con la exaltación de nuevas empresas. El nuevo interés era una valiosa novedad en el arte de silbar que había aprendido recientemente de un negro, y Tom anhelaba practicarla sin estorbos. Consistía en un peculiar silbido de pájaro, una especie de líquido gorjeo, producido por el contacto de la lengua con el paladar a cortos intervalos, en mitad de la música; es probable que el lector lo recuerde si ha sido alguna vez muchacho. Con diligencia y atención logró perfeccionarlo enseguida, y entonces se encaminó calle abajo con la boca llena de armonías y el alma rebosante de gratitud. Sus sentimientos eran muy parecidos a los del astrónomo que ha descubierto un nuevo planeta, y en lo que respecta al placer intenso, profundo y puro, no cabe duda de que el muchacho aventajaba al astrónomo.

Las tardes de verano eran largas. No había oscurecido aún. Al poco rato Tom dejó de silbar. Un desconocido estaba ante él; un chico más alto que Tom. Un forastero de cualquier edad o sexo era una curiosidad impresionante en el sosegado pueblecillo de San Petersburgo. Además, el muchacho iba bien vestido, bien vestido en un día entre semana. Eso era sencillamente asombroso. Llevaba un gorro primoroso, y una chaqueta de tela azul abrochada, nueva y elegante, al igual que los pantalones. Calzaba zapatos, y era viernes. Hasta llevaba una corbata, un pedazo de cinta brillante. Tenía un aire de ciudad que le removía las entrañas a Tom. Cuanto más contemplaba Tom esa espléndida maravilla, más arrugaba la nariz y más ordinarias y vulgares le parecían sus propias prendas. Ninguno de los dos muchachos habló. Si el uno se movía, el otro también, pero solo de costado, en círculo; se mantenían cara a cara, mirándose a los ojos. Al fin Tom dijo:

—Te puedo aporrear.

—Quisiera verlo.

—Pues lo puedo hacer.

—No, no puedes.

—Sí que puedo.

—No puedes.

—Puedo.

—No puedes.

—Sí.

—No.

Hubo una pausa llena de inquietud. Entonces Tom dijo:

—¿Cómo te llamas?

—No es asunto tuyo.

—Pues me encantaría que lo fuera.

—¿Y por qué?

—Cállate, o lo será.

—No me callo. Veamos.

—Vaya, te crees muy ingenioso, ¿eh? Si me da la gana, te puedo aporrear con una mano atada a la espalda.

—Bueno, ¿y por qué no te da la gana? Yo sí que puedo hacerlo.

—Pues lo haré, si sigues diciendo majaderías.

—Vaya, sí, he visto familias enteras en el mismo apuro.

—¡Qué sabio! Tú te crees alguien, ¿no? ¡Puf! ¡Qué sombrero!

—Puedes abollarlo si no te gusta. Te desafío a que lo toques, y si te atreves recibirás lo tuyo.

—Eres un embustero.

—Y tú otro.

—Tú hablas mucho y no haces nada.

—¡Largo de aquí!

—Oye, si sigues dándome la lata, te abro la cabeza con una piedra.

—¡Sí, claro que lo harás!

—Sí que lo haré.

—Pues ¿por qué no lo haces? ¿Por qué solo dices que lo harás? ¿Por qué no te atreves? Porque tienes miedo.

—Yo no tengo miedo.

—Sí que tienes.

—No.

—Sí.

Otra pausa y más miradas y movimientos circulares, uno en torno al otro. No tardaron en encontrarse hombro contra hombro. Tom dijo:

—¡Largo de aquí!

—¡Vete tú!

—No quiero.

—Yo tampoco.

Continuaron así, cada uno con un pie formando ángulo igual que un estribo, empujándose con toda el alma y fulminándose con miradas de odio. Pero ninguno de los dos conseguía ventaja. Después de forcejear hasta quedarse encendidos y sofocados, cedieron con cautela, y Tom dijo:

—Eres un cobarde y un niño de teta. Se lo diré a mi hermano mayor, que puede hacerte papilla con el dedo meñique, y ¡ya verás cómo te deja!

—¿Qué me importa a mí tu hermano mayor? Yo tengo un hermano que es mayor que él y, es más, puede arrojar por encima de esa valla al tuyo.

(Ambos hermanos eran imaginarios.)

—Eso es mentira.

Tom trazó una línea en el suelo con el dedo gordo del pie y dijo:

—¡A ver si pisas la raya! Si lo haces te aporrearé hasta que no puedas tenerte en pie. Atrévete y recibirás de lo lindo.

El chico forastero pisó enseguida la línea y dijo:

—Tú has dicho que lo harías; veámoslo ahora.

—No me busques las cosquillas y ándate con cuidado.

—Bien, has dicho que lo harías; ¿por qué no lo haces?

—¡Voto va! Por dos centavos lo hago.

El forastero sacó dos monedas de cobre del bolsillo y las ofreció con escarnio. Tom las echó al suelo de un manotazo. Un instante después los dos muchachos rodaban por el suelo revolcándose en el polvo, agarrados como dos gatos, y durante un minuto se tiraron del pelo y de la ropa, se apuñaron y se arañaron la nariz, cubriéronse de polvo y de gloria. Luego la confusión adquirió forma y a través de la niebla de la batalla surgió Tom, sentado a horcajadas sobre su contrincante y aporreándolo con los puños.

—Di «me rindo» —dijo.

El otro muchacho solo se debatió para liberarse. Estaba llorando, sobre todo de rabia.

—Di «me rindo». —Y el aporreo prosiguió.

Al fin el forastero emitió un sofocado «¡Me rindo!», Tom dejó que se pusiera en pie y dijo:

—Eso te enseñará. Más vale que la próxima vez mires con quién te metes.

El chico forastero se alejó sacudiéndose el polvo de la ropa y exhalando profundos suspiros; de vez en cuando se volvía, movía la cabeza y amenazaba a Tom con lo que le haría «la próxima vez que lo encontrase en la calle». Tom le contestó con algunas palabras mordaces y se alejó triunfalmente, pero apenas se había dado la vuelta, cuando el otro agarró una piedra, se la tiró a la espalda y luego se puso a correr como un antílope. Tom persiguió al traidor hasta su casa, y así descubrió dónde vivía. Se quedó ante la puerta de entrada durante un rato, desafiando al enemigo para que saliera, pero el enemigo solo le hizo muecas desde la ventana y declinó la invitación. Al final apareció la madre del enemigo y regañó a Tom, llamándolo muchacho malo, ordinario y perverso, y le ordenó que se fuera. Se alejó, pues, pero le dijo que el chico ya se las pagaría.

Aquella noche llegó bastante tarde a casa, y al entrar cautelosamente por la ventana descubrió una emboscada preparada por su tía; cuando esta vio el estado de sus ropas, la resolución de convertir la fiesta del sábado en cautiverio y dura labor se volvió firme e inamovible.

II

EL GLORIOSO ENJALBEGADOR

Llegó la mañana del sábado, y el mundo veraniego era luminoso, suave y pletórico de vida. Había una canción en todos los corazones; y si el corazón era joven, la canción asomaba a los labios. Había alborozo en cada rostro y efluvios de primavera en todas partes. Los algarrobos estaban en flor y su fragancia llenaba el aire. La colina de Cardiff, más allá del pueblo y dominándolo, estaba verde por la vegetación, y se extendía a suficiente distancia como para parecer un país de ensueño, pacífico y atractivo.

Tom apareció en la acera con un cubo de yeso diluido en agua y una brocha de largo mango. Examinó la valla y toda su alegría le abandonó, mientras una profunda melancolía se apoderaba de su espíritu. Treinta yardas de valla de nueve pies de altura. La vida le pareció vacía, y la existencia una pesada carga. Suspirando, mojó la brocha y la pasó a lo largo de la tabla superior; repitió la operación dos veces más, comparó el insignificante trazo blanqueado con el infinito continente de valla virgen y, desanimado, se sentó en un cajón de madera. Jim hizo su aparición saltando ante la entrada, con un pozal de hojalata, cantando *Buffalo Girls*. Acarrear agua desde la fuente municipal siempre había sido una tarea odiosa a los ojos de Tom, pero de repente no se lo pareció. Recordó que siempre había gente en la fuente. Chicos y chicas blancos, mulatos y negros siempre estaban allí esperando su turno, descansando, cambiando objetos, peleándose, luchando y alborotando. Y recordó que, aunque la fuente solo estaba a ciento cincuenta yardas de distancia, Jim no regresaba nunca con el cubo de agua hasta al cabo de una hora y, aun así, la mayoría de las veces alguien tenía que ir a buscarlo.

—Oye, Jim, yo iré a buscar el agua si tú blanqueas un poco —dijo Tom.

Jim sacudió la cabeza y contestó:

—Imposible, amito Tom. La señora me ha dicho que fuera yo a buscar el agua y que no me parase con nadie. Ha dicho que suponía que el amito Tom me pediría que blanquease y ha añadido que no le hiciera caso, que me ocupara de mi trabajo, y ha dicho que ella ya se ocuparía del blanqueo.

—Vamos, no hagas caso de lo que ha dicho, Jim. Esa es su manera de hablar. Dame el pozal, no tardaré ni un minuto. Ella no se enterará.

—Ay, no me atrevo, amito. La señora me cortará el pescuezo. Vaya si lo hará.

—¡Ella! Si nunca pega a nadie; solo golpea la cabeza con el dedal, y eso no hace daño a nadie. Habla mucho, pero sus palabras no duelen, a no ser que se ponga a llorar. Jim, te daré algo estupendo. Te daré una canica blanca.

Jim empezó a vacilar.

—¡Una canica blanca, Jim! Una canica que siempre gana.

—Sí, es una canica maravillosa, ya lo veo. Pero, amito Tom, tengo muchísimo miedo de que la señora...

—Y, además, si quieres te enseñaré el dedo herido del pie.

Jim solo era humano; semejante tentación era excesiva para él. Dejó el pozal en el suelo, cogió la bala blanca y se inclinó sobre el dedo del pie de Tom con indescriptible interés, mientras este último quitaba la venda. Un instante después Jim volaba calle abajo con el pozal y un zumbido a su espalda, Tom enjalbegaba con vigor, y la tía Polly se retiraba del campo de batalla con una zapatilla en la mano y la mirada triunfante.

Pero la energía de Tom no duró. Al pensar en los planes de diversión que tenía para aquel día, sus pesares se multiplicaron. No tardarían en aparecer los muchachos que tenían libertad y que se entregarían a toda clase de expediciones deliciosas. ¡Cómo se burlarían de él, al verlo trabajar! Este pensamiento lo abrasó como el fuego. Sacó todas sus riquezas terrenales y las examinó: fragmentos de juguetes, balas y desechos; lo suficiente, tal vez, para comprar un canje de trabajo, pero no lo bastante para comprar media hora de auténtica libertad. En consecuencia, se guardó los escasos tesoros en el bolsillo y abandonó la idea de intentar comprar a los muchachos. En ese sombrío y desesperado instante, ¡tuvo una ocurrencia repentina! Nada menos que una idea grandiosa y magnífica.

Enarboló la brocha y se puso a trabajar con calma. Al cabo de poco hizo su aparición Ben Rogers, precisamente el muchacho, entre todos, cuyas burlas más había temido. Los pasos de Ben eran una mezcla de saltitos, brincos y botes, prueba suficiente de la ligereza de su corazón y de sus grandes perspectivas. Iba mordisqueando una manzana y a intervalos emitía un largo y melodioso chillido, seguido de un ding, dong, dong, ding, dong, dong en un tono grave, ya que se imaginaba que era un barco de vapor. Al acercarse, disminuyó la velocidad, se colocó en medio de la calle, se inclinó hacia estribor y orzó con pesadez, laboriosa pompa y meticulosidad, pues estaba personificando al *Big Missouri* y consideraba que tenía un calado de casi nueve pies de agua. Hacía al mismo tiempo el papel de barco, de capitán y el de las campanas del motor, de manera que tenía que imaginarse situado en el puente superior dando órdenes y ejecutándolas.

—¡Alto, contramaestre! Din, ding, ding.

Adelantó la proa y Ben se arrastró despacio hacia la acera.

—¡Marcha atrás! Din, ding, ding.

Estiró los brazos, que quedaron rígidos a los lados.

—¡Máquina a babor! ¡Ding, ding, ding! ¡Quiuu! ¡Chu, chu, chuuu! ¡Chuuu!

Entretanto, su mano derecha describía majestuosos círculos, ya que representaba una rueda de cuarenta pies.

—¡Marcha atrás a babor! ¡Ding, ding, ding! ¡Chu, chu, chuuu!

La mano izquierda empezó a describir círculos.

—¡Alto a estribor! ¡Ding, ding, ding! ¡Alto a babor! ¡Adelante a estribor! ¡Alto! ¡Virad con cuidado! ¡Ding, ding, ding! ¡Chu, chuuu! ¡Fuera esa relinga de gratil! Deprisa, muchachos. Atención, el cable de amarre, ¿qué esperáis vosotros ahí? ¡Sujetadlo al poste! ¡Acostad el muelle, ahora, venga! ¡Pare las máquinas, contramaestre! ¡Ding, ding, ding! ¡Chu, chu, chu! —decía dándole a las llaves de prueba.

Tom seguía blanqueando; no prestaba la menor atención al vapor. Ben le observó un momento y dijo:

—¡Hola! Tú eres el poste de amarre, ¿eh?

Ninguna respuesta. Tom contemplaba sus últimos toques con una mirada de artista, luego daba otra suave pincelada con la brocha y volvía a contemplar el resultado. Ben se le acercó. Al ver la manzana, a Tom se le hizo agua la boca, pero continuó trabajando.

—Hola, chico, tienes que trabajar, ¿eh? —dijo Ben.

Tom se volvió repentinamente y dijo:

—¡Ah! Eres tú, Ben. No te había visto.

—Oye, yo me voy a nadar. ¿No te gustaría venir? Pero tú prefieres trabajar, por supuesto, ¿verdad? Claro que sí.

Tom miró un instante al muchacho.

—¿A qué llamas tú trabajo? —preguntó.

—Ah, ¿eso no es trabajar?

Tom prosiguió su tarea y contestó con indiferencia:

—Tal vez lo sea, y tal vez no. En todo caso, a Tom Sawyer le gusta.

—Vamos, ¿me estás diciendo que te gusta?

La brocha siguió moviéndose.

—¿Gustarme? No veo por qué no habría de gustarme. ¿Es que un chico tiene cada día la oportunidad de blanquear una valla?

Eso le dio otro cariz al asunto. Ben cesó de mordisquear la manzana. Tom movía exquisitamente la brocha de un lado a otro, retrocedía para observar el efecto, añadía un brochazo aquí y allá y juzgaba de nuevo el efecto obtenido. Ben contemplaba cada movimiento con creciente interés y se sentía cautivado.

—Oye, Tom, déjame enjalbegar un poco.

Tom reflexionó, estuvo a punto de consentir, pero cambió de idea:

—No, no, no es posible, Ben. La tía Polly es muy exigente con esta valla, con el trozo que da a la calle, ¿sabes?; pero si fuese la valla de la parte trasera, yo no tendría inconveniente, y ella tampoco. Sí, tiene una manía especial con esta parte de valla; ha de hacerse con mucho cuidado; creo que no hay un muchacho entre mil, quizá entre dos mil, que pueda blanquearla como a ella le gusta.

—¿De veras? ¡Vamos, déjame probar! Solo un poco; yo te dejaría, si estuvieras en mi lugar, Tom.

—Ben, yo te dejaría blanquear encantado; pero la tía Polly... Jim quiso hacerlo, pero ella no le dejó; Sid quiso hacerlo y tampoco se lo permitió. ¿Comprendes ahora mi situación? Si empiezas a pintar esta valla y ocurre cualquier cosa...

—No temas, tendré tanto cuidado como tú. Déjame probar, Tom. Oye, te daré el corazón de la manzana.

—Sí, pero... No, Ben, ahora no. Tengo miedo...

—Te la daré toda.

Tom entregó la brocha con la preocupación pintada en el rostro pero con alegría en el corazón. Y mientras el antiguo vapor *Big Missouri* trabajaba y sudaba al sol, el artista retirado se sentaba sobre un barril, dejaba colgar las piernas, hincaba el diente en la manzana y planeaba la matanza de nuevos inocentes. No faltó material; iban apareciendo otros muchachos; venían a burlarse, pero se quedaban a blanquear. Cuando Ben estuvo rendido, Tom vendió el siguiente turno a Billy Fisher a cambio de una cometa en buen estado; y cuando terminó Billy, Johnny Miller adquirió los siguientes derechos por una rata muerta y un cordel con que hacerla voltear... y así sucesivamente, hora tras hora. Y al llegar a media tarde, el pobre muchacho de la mañana nadaba literalmente en la abundancia. Además de los objetos ya mencionados tenía doce canicas, un fragmento de cítara, un trozo de botella de cristal azul para mirar a través, un cañón hecho con un carrete, una llave que no podía abrir nada, un pedazo de yeso, un tapón de cristal de garrafa, un soldado de plomo, un par de renacuajos, seis cohetes, un gatito bizco, una manecilla de puerta, un collar de perro —pero sin el perro—, un mango de cuchillo, cuatro pedazos de corteza de naranja y un arruinado y viejo bastidor de ventana.

Tom se dijo que, a fin de cuentas, el mundo no era tan desagradable. Había descubierto, sin saberlo, una gran ley de la actividad humana, a saber: que para que un hombre o un muchacho codicie una cosa solo hace falta que la cosa sea difícil de alcanzar. Si Tom hubiera sido un gran filósofo lleno de sabiduría, como el autor de este libro, hubiese comprendido que el trabajo consiste en lo que el hombre se ve obligado a hacer, y que el juego consiste en lo que el hombre no se ve obligado a hacer. Y ello le hubiera ayudado a comprender por qué construir flores artificiales o atarearse en un molino de rueda es trabajo, mientras que jugar a bolos o escalar el Mont Blanc es pura diversión. En Inglaterra hay acaudalados caballeros que conducen carruajes de pasajeros de cuatro caballos, en trayectos diarios de veinte o treinta millas en verano, porque este privilegio les cuesta sumas considerables; pero si se les ofreciese una paga por el servicio, la diversión se convertiría en trabajo, y entonces renunciarían a ella.

El muchacho reflexionó unos instantes sobre el cambio sustancial que habían sufrido sus mundanas riquezas, y luego se encaminó al cuartel general para el informe.

III

OCUPACIONES BÉLICAS Y AMOROSAS

Tom se presentó ante la tía Polly, que estaba sentada junto a la ventana abierta de una agradable sala de la parte trasera, que era una mezcla de dormitorio, comedor y biblioteca. El balsámico aire estival, la quietud llena de reposo, el perfume de las flores y el soñoliento zumbido de las abejas habían obrado su efecto, y la tía Polly estaba dando cabezadas sobre su labor de calceta, pues no tenía más compañía que el gato y este se le había dormido en el regazo. Como medida preventiva, se había colocado las gafas sobre su cabeza gris. Estaba tan segura de que Tom habría desertado hacía un buen rato que se maravilló al ver que se entregaba a ella de un modo tan audaz.

—¿Puedo ir a jugar ya, tía? —le preguntó.

—¿Qué dices? ¿Tan pronto? ¿Cuánto trabajo has hecho?

—Está todo hecho, tía.

—Tom, no mientas, ya sabes que no puedo soportarlo.

—No miento, tía; está todo hecho.

La tía Polly concedió poco crédito a tal afirmación. Salió a verlo por sí misma; y ya le hubiese contentado encontrar un veinte por ciento de verdad en la declaración de Tom. Al ver toda la valla blanqueada, y no solo blanqueada, sino recubierta de varias capas, y con la añadidura de una franja blanca en el suelo, su asombro fue casi indescriptible.

—Jamás lo hubiera creído. No hay que darle vueltas; si te lo propones, sabes trabajar, Tom. —Y diluyó el cumplido añadiendo—: Aunque confieso que son rarísimas las ocasiones en que te lo propones. Bien, vete a jugar; pero no tardes una semana en volver, o habrá zurribanda.

Le impresionó tanto el esplendor de su proeza que se llevó a Tom a la despensa, eligió una manzana de las más hermosas y se la ofreció acompañada de una edificante disertación sobre el valor y el sabor que adquiere un regalo conseguido sin pecado y con virtuoso esfuerzo. Y mientras terminaba el discurso con un florido párrafo de las Escrituras, Tom escamoteó una torta de nueces.

Cuando salía dando saltos, vio a Sid que comenzaba a subir la escalera exterior que llevaba a las habitaciones traseras del segundo piso. Había grumos de tierra a mano, y en un abrir y cerrar de ojos el aire se llenó de ellos. Pasaban disparados en torno a Sid como una granizada, y antes de que la tía Polly pudiese reunir sus asombradas facultades y socorrerlo, seis o siete terrones habían alcanzado su objetivo y Tom había desaparecido ya al otro lado de la valla. Existía una puerta de entrada, pero por lo general Tom tenía demasiada prisa para usarla. A la sazón su alma rebosaba paz, ya que había saldado su cuenta pendiente con Sid respecto al asunto del hilo negro.

Tom bordeó el grupo de casas y se encaminó a una fangosa avenida que discurría por detrás del establo de las vacas de su tía. Poco después se encontraba a salvo de los peligros de captura y castigo, y se dirigía apresuradamente a la plaza mayor del pueblo, donde dos bandos de muchachos se habían reunido con fines bélicos, según una cita previa. Tom era general de uno de esos ejércitos y Joe Harper (su amigo más querido) era general del otro. Esos dos grandes estrategas no consentían pelear en persona —pues ello era más propio de sus subalternos—, por lo que se sentaban juntos sobre una pequeña eminencia y dirigían las operaciones mediante órdenes transmitidas por medio de edecanes. El ejército de Tom consiguió una gran victoria tras una batalla duramente disputada. Entonces se contaron los muertos, se cambiaron los prisioneros, se acordaron las condiciones para la próxima discordia y se fijó día para la batalla; luego se alinearon los ejércitos, partieron, y Tom se encaminó a su casa solo.

Al pasar por delante de la residencia de Jeff Thatcher, vio a una muchacha desconocida en el jardín, una deliciosa criatura de ojos azules y cabellos rubios peinados en dos largas trenzas, con una bata de verano y un pantalón con puntilla. El héroe recién coronado de laureles fue vencido sin disparar un tiro. Una tal Amy Lawrence se esfumó de su corazón y no dejó siquiera un recuerdo. Había creído amarla locamente, había considerado que su amor era adoración, y de pronto se dio cuenta de que solo era una pequeña debilidad evanescente. Había empleado meses en conquistarla; ella se había rendido hacía apenas una semana; Tom había sido el muchacho más feliz y más orgulloso del mundo durante siete únicos días y de repente, en un instante, Amy había desaparecido de su corazón como un forastero que termina su visita imprevista.

Admiró ese nuevo ángel a escondidas, hasta que vio que ella le había descubierto; entonces pretendió ignorar que ella estaba presente y comenzó a «exhibirse» en toda clase de absurdas acciones infantiles, a fin de ganar su admiración. Se entregó a esos grotescos disparates durante un rato; pero de repente, en mitad de unos peligrosos ejercicios gimnásticos, miró de soslayo y vio que la niña volvía hacia la casa. Tom se acercó a la valla y se apoyó en ella pesaroso, abrigando la esperanza de ver a la muchacha quedarse un ratito más. Ella se detuvo al subir los peldaños y se dirigió hacia la puerta. Tom exhaló un profundo suspiro cuando ella puso el pie en el umbral. Pero se le iluminó el rostro enseguida, al ver que la adorada tiraba un pensamiento por encima de la valla antes de desaparecer.

El muchacho echó a correr y dobló la esquina, deteniéndose a poca distancia de la flor; luego se protegió los ojos con la mano y se puso a mirar calle abajo como si hubiese descubierto algo de interés en aquella dirección. Poco después recogió una paja e intentó sostenerla sobre la nariz, con la cabeza inclinada hacia atrás, y mientras se movía de un lado a otro, con gran esfuerzo, se acercaba cada vez más al pensamiento; al fin su pie desnudo descansó sobre la flor, sus flexibles dedos se cerraron y, renqueando, se alejó con el tesoro y desapareció al doblar la esquina. Pero tan solo un minuto, el tiempo de encerrar la flor en el interior de la chaqueta, junto al corazón, o junto al estómago, pues no estaba muy versado en anatomía y tampoco era muy exigente.

Volvió y estuvo rondando la valla hasta que oscureció, «exhibiéndose» como antes, pero la muchacha no volvió a mostrarse, aunque Tom se consoló un poco pensando que entretanto ella había estado cerca de alguna ventana presenciando sus atenciones. Al final regresó a casa de mala gana, con su pobre cabeza llena de visiones.

Durante toda la cena se mostró tan animado que su tía se preguntó «qué demonio se le habría metido en el cuerpo». Recibió una buena reprimenda por los terrones lanzados a Sid, pero no pareció importarle gran cosa. Trató de robar azúcar ante las mismas narices de su tía y obtuvo un buen golpe en los nudillos.

—Tía, usted no pega a Sid cuando coge azúcar —dijo.

—Sid no da tantos quebraderos de cabeza como tú. Si no te vigilara, tendrías siempre las manos en la azucarera.

La tía Polly se dirigió a la cocina, y Sid, feliz en su inmunidad, se apoderó de la azucarera con una gloriosa jactancia que a Tom le pareció insoportable. Sin embargo, el recipiente le resbaló de los dedos, cayendo y rompiéndose en mil pedazos. Tom estaba extasiado. Era tal su arrobamiento que hasta se mordió la lengua y guardó silencio. Se dijo que no diría una palabra, ni siquiera cuando entrara la tía, sino que continuaría callado hasta que ella le preguntase quién había cometido el daño; y él se lo diría entonces, y nada habría comparable en el mundo como ver aquel dechado de perfecciones «atrapado». Era presa de tal exaltación que apenas pudo dominarse cuando entró la anciana y se quedó en pie ante el estropicio, descargando relámpagos de ira por encima de sus gafas. Tom dijo para sí: «¡Ahí viene!». Y un instante después rodaba por el suelo. La poderosa mano se alzaba ya para pegar de nuevo, cuando Tom exclamó:

—¡Deténgase! ¿Por qué me zurra a mí, si ha sido Sid?

La tía Polly se detuvo, perpleja, y Tom imploró con los ojos el bálsamo de la piedad. Pero cuando recobró el uso de la palabra, la tía Polly solo dijo:

—De todos modos, no creo que haya sido inútil. Seguramente habrás hecho alguna otra desvergonzada travesura mientras no estaba aquí.

Entonces le remordió la conciencia y sintió el intenso deseo de decir algo amable, pero juzgó que equivaldría a confesar que se había equivocado, cosa prohibida por la disciplina. En consecuencia, guardó silencio y prosiguió sus tareas con el corazón apesadumbrado. Tom, enfurruñado en un rincón, exaltaba sus pesares. Sabía que la tía Polly, en el fondo de su corazón, estaba arrepentida, y la conciencia de ello le recompensaba tristemente. Pero no daría muestras de reconocimiento ni las aceptaría. Sabía que una afanosa mirada lo envolvía de vez en vez, a través de un velo de lágrimas, pero se negó a percatarse de ella.

Se imaginaba a sí mismo yaciendo en un lecho, enfermo de muerte, y a su tía inclinada sobre él implorando una breve palabra de perdón; pero él volvía el rostro hacia la pared y moría sin pronunciar aquella palabra. ¡Ah! ¿Cómo se sentiría ella, entonces? También imaginaba que lo traían del río muerto, con el ensortijado pelo mojado y el triste corazón inmóvil. Y la tía Polly se le echaba encima y de sus ojos caía una lluvia de lágrimas, y sus labios suplicaban a Dios que le devolviese al muchacho y prometían que nunca, nunca más volvería a ofenderlo. Pero él seguiría allí, frío, blanco e inerte, pobre víctima cuyos pesares habían encontrado fin. Exacerbó tanto sus sentimientos con esos patéticos sueños que tuvo que tra-

gar saliva a menudo porque se atragantaba; y sus ojos nada-
ban en un mar de agua que rebosaba al parpadear, y descendía
y goteaba desde la punta de la nariz. Y el cultivo de su dolor
era tan voluptuoso para él que no pudo soportar la intrusión
en el mismo de ninguna alegría mundana ni de ningún goce
discordante; era demasiado sagrado para tales contactos; y
por eso, poco después, cuando su prima Mary entró bailando
de alegría al verse de nuevo en casa tras haber pasado una interminable semana en el campo, se levantó y salió entre nubes
y tinieblas por una puerta, mientras ella traía cantos y luz de
sol por la otra.

Deambuló lejos de los lugares que solían frecuentar los
muchachos y buscó parajes desolados que armonizaran con
su estado de ánimo. Una balsa de troncos en el río le pareció
una invitación y, sentándose sobre el borde, contempló la tenebrosa extensión de agua, mientras deseaba ahogarse repentina e inconscientemente, sin pasar por el desagradable trámi-
te inventado por la naturaleza.

Entonces se acordó de la flor. La sacó, arrugada y marchita, y se acrecentó poderosamente su siniestra felicidad. Se
preguntó si, cuando se enterara, ella le compadecería. ¿Llora-
ría y desearía tener derecho a echarle los brazos al cuello para
consolarle? ¿O se apartaría de él fríamente como el resto del
mundo hostil? Tal perspectiva le produjo tanta agonía y un
dolor tan placentero que la cultivó en su pensamiento dándole vueltas y más vueltas y situándola bajo nuevas y variadas
luces, hasta que la agotó. Al final se levantó con un suspiro y
se alejó en la oscuridad.

A eso de las nueve y media o las diez pasó por la desierta
calle en que vivía la Adorable Desconocida; se paró un momento; ningún sonido llegó a su atento oído; una vela proyectaba un opaco fulgor sobre la cortina de una ventana del
segundo piso. ¿Estaba allí la sagrada presencia? Escaló la valla
y se deslizó a escondidas entre las plantas hasta situarse bajo
aquella ventana; la miró un buen rato con emoción; entonces

se tendió en el suelo, allí mismo, boca arriba, y unió las manos sobre el pecho aguantando la pobre flor marchita. Y así hubiera querido morirse, a la intemperie, en un mundo frío, sin ningún abrigo sobre su desvalida cabeza, sin una mano amiga que le secara el sudor mortal de la frente, sin un rostro amado que se inclinara piadosamente sobre él cuando llegase el estertor de la agonía. Y así lo vería ella al asomarse a la ventana en la mañana alegre, y entonces... ¿derramaría una lágrima sobre su pobre cuerpo inerte, exhalaría un suspiro al ver aquella vida joven y brillante echada a perder y tan prematuramente tronchada?

La ventana se abrió, la voz discordante de una criada profanó la sagrada quietud y un diluvio de agua empapó el cuerpo tumbado del mártir.

El remojado héroe se puso en pie de un salto exhalando un bufido. Un zumbido como de proyectil rasgó el aire mezclado con el murmullo de un juramento, siguió un ruido de cristales rotos, y una forma menuda y vaga saltó la valla y desapareció a toda prisa en las tinieblas.

Poco rato después, mientras Tom, desnudo ya para acostarse, examinaba su ropa empapada a la luz de una vela de sebo, Sid se despertó; pero si sintió el más ligero impulso de hacer «alusiones», lo pensó mejor y guardó silencio, pues había un no sé qué peligroso en la mirada de Tom.

Tom se acostó prescindiendo de la retahíla de las plegarias, y Sid tomó nota mentalmente de la omisión.

IV

EXHIBICIONES EN LA ESCUELA DOMINICAL

El sol se levantó sobre un mundo tranquilo y resplandeció sobre el pacífico pueblecillo como una bendición. Una vez concluido el desayuno, la tía Polly encabezó las prácticas religiosas de la familia: empezaron con una plegaria compuesta de sólidas capas de citas bíblicas, unidas entre sí por una fina argamasa de originalidad; y desde la cima de las mismas leyó un torvo capítulo de la Ley de Moisés, como si se hallara en el mismísimo Sinaí.

Entonces Tom se ajustó el cinturón, por decirlo así, y se lanzó a la tarea de «aprender sus versículos». Sid había aprendido su lección unos días antes. Tom hizo acopio de todas sus energías para fijar en su memoria cinco versículos, y eligió una parte del sermón del monte, porque no encontró versículos más cortos. Al cabo de media hora Tom tenía una idea general bastante vaga de su lección, pero no pasaba de ahí, porque su mente atravesaba el campo entero del pensamiento humano y tenía las manos ocupadas en perturbadoras recreaciones. Mary cogió el libro para hacerle recitar, y Tom intentó abrirse paso a través de la niebla.

—Bienaventurados los... los...

—Pobres...

—Sí, pobres; bienaventurados los pobres... y... y...

—En espíritu...

—En espíritu; bienaventurados los pobres de espíritu, porque ellos... ellos...

—De ellos...

—Porque de ellos... Bienaventurados los pobres en espíritu, porque de ellos es el reino de los cielos. Bienaventurados los que lloran, porque ellos... ellos...

—Re...

—Porque ellos... ellos...

—R, E, C, I...

—Porque ellos erre, e, ce. ¡Ay, no sé qué es eso!

—¡Recibirán!

—Ah, ¡recibirán! Porque ellos recibirán... porque... llorarán... bienaventurados los que recibirán... los que... los que llorarán, porque ellos recibirán... ¿qué recibirán? ¿Por qué no me lo dices, Mary? ¿Por qué eres tan mezquina?

—¡Ay, Tom, qué cabeza tienes! Si yo no quiero hacerte rabiar. No es esa mi intención. Debes volver a estudiarlo. No te desanimes, Tom, lo aprenderás, y si lo aprendes te daré una cosa muy bonita. Los buenos chicos deben estudiar.

—Está bien. Oye, ¿qué es, Mary?, dime qué es.

—No te preocupes, Tom. Ya sabes que si digo que es una cosa bonita, lo es.

—No lo dudo, Mary. Muy bien, lo estudiaré otra vez.

Y lo estudió otra vez, y bajo la doble presión de la oscuridad y de la futura ganancia lo hizo con tanto ímpetu que logró un triunfo magnífico. Mary le regaló un flamante cuchillo Barlow que valía doce centavos y medio; y la convulsión de dicha que le recorrió el cuerpo a Tom lo sacudió hasta los cimientos. A decir verdad, el cuchillo no cortaba nada, pero era un «auténtico» Barlow y eso encerraba una inconcebible grandiosidad, aunque si los muchachos del Oeste han pensado alguna vez que tal arma podía ser falsificada en propio menoscabo, es algo que permanece en el misterio y que tal vez no se descubra jamás. A Tom se le ocurrió hacer con él unas muescas en el aparador y se disponía a comenzar en el escritorio cuando fue exhortado a vestirse para asistir a la escuela dominical.

Mary le dio una jofaina de hojalata llena de agua y un pedazo de jabón, y Tom salió fuera y dejó la jofaina sobre un pequeño banco; entonces sumergió el jabón en el agua y lo dejó en el fondo; se subió las mangas de la camisa, vertió el agua en el suelo y luego entró en la cocina y comenzó a secarse la cara con mucho ahínco en la toalla que colgaba detrás de la puerta. Pero Mary le arrebató la toalla y dijo:

—¿No te da vergüenza, Tom? No debes ser tan malo. El agua no te hará ningún daño.

Tom se quedó un poco desconcertado. Llenaron la jofaina de nuevo, y esta vez Tom permaneció ante ella un ratito, haciendo acopio de fuerzas; respiró hondo y comenzó. Al entrar luego en la cocina, con los ojos cerrados y buscando a tientas la toalla, un honroso testimonio de agua jabonosa le goteaba del rostro. Pero al levantar la cara de la toalla, se pudo comprobar que el lavado aún no era perfecto, pues el territorio limpio se detenía abruptamente ante la barbilla y las quijadas, igual que una careta; por debajo y más allá de esa línea se extendía una oscura porción de terreno virgen de riego hacia abajo por delante y hacia atrás en torno del cuello. Mary lo cogió de la mano y, cuando hubo terminado con él, Tom era un hombre y un hermano, sin distinción de color, y sus cabellos húmedos estaban primorosamente peinados y sus cortos rizos sometidos a un efecto general de exquisitez y simetría. (A hurtadillas Tom se aplastaba los rizos, con gran dificultad, y se los estiraba sobre la cabeza, ya que opinaba que los rizos eran afeminados y los suyos le llenaban la vida de amargura.) Entonces Mary sacó un traje que solo había llevado los domingos durante dos años —lo llamaban simplemente su «otra ropa»—, cosa que nos indica la magnitud de su guardarropa. La muchacha «le dio los últimos toques» una vez que Tom se hubo vestido; le abrochó la pulcra chaqueta hasta debajo de la barbilla, dio vuelta por encima de los hombros al vasto cuello de la camisa, lo cepilló y lo coronó con el moteado sombrero de paja. Tom tenía un aspecto mucho mejor y más incómodo. Y su incomodidad era tan real como aparente; se sentía apretado con toda aquella ropa cuya limpieza lo atormentaba. Abrigaba la esperanza de que Mary se olvidara los zapatos, pero la esperanza feneció: los untó por completo de sebo, según la costumbre, y se los llevó a Tom. Aquello le sacó de sus casillas y dijo que siempre le obligaban a hacer lo que no le venía en gana. Pero Mary dijo persuasivamente:

—Por favor, Tom, sé un buen chico.

De modo que, refunfuñando, se calzó los zapatos. Mary no tardó en estar lista, y los tres niños se encaminaron hacia la escuela dominical, lugar que Tom aborrecía con toda su alma, pero que agradaba a Sid y a Mary.

La clase dominical duraba desde las nueve hasta las diez y media, y luego se celebraba el servicio religioso. Dos de los niños siempre se quedaban voluntariamente para oír el sermón, y el otro también se quedaba... por razones de más peso. Los bancos de la iglesia, de respaldo alto y sin tapizar, podían acoger a unas trescientas personas; el edificio era una construcción pequeña y sencilla, con una especie de cajón de madera de pino en la cima a guisa de campanario. Antes de entrar Tom retrocedió unos pasos y se acercó a un endomingado camarada.

—Oye, Billy, ¿tienes algún billete amarillo?

—Sí.

—¿Cuánto quieres por él?

—¿Cuánto das?

—Un pedazo de caramelo y un anzuelo.

—Enséñamelos.

Tom se los enseñó. Fueron satisfactorios y la propiedad cambió de manos. Luego trocó un par de canicas blancas por tres billetes encarnados, y alguna otra insignificancia por un par de billetes azules. Acechó a otros muchachos a medida que llegaban, y continuó comprando billetes de varios colores durante diez o quince minutos más. Luego entró en la iglesia con un enjambre de chicos y chicas, aseados y bulliciosos, se dirigió a su sitio y entabló pelea con el primer muchacho que encontró a mano. El maestro, un hombre grave y entrado en años, intervino; luego se dio la vuelta un momento, y mientras tanto Tom le tiró del pelo al chico del banco contiguo, pero estaba absorto en su libro cuando el muchacho se volvió; poco después pinchó con un alfiler a otro chico para oírle exclamar «¡Uy!», y consiguió una nueva reprimenda del profesor. Todos los compañeros de Tom eran parecidos: inquietos, alborotadores y fastidiosos. Cuando les tocó recitar sus lecciones, ni uno sabía los versículos a la perfección, y tuvieron que apuntarles continuamente. No obstante, cuando acabo ese tormento, cada uno recibió su recompensa en billetes azules que llevaban un pasaje de la Escritura; cada billete azul era el premio por haber sabido dos versículos. Diez billetes azules equivalían a uno encarnado, y podían canjearse por este; diez billetes encarnados equivalían a uno amarillo; por diez billetes amarillos el superintendente entregaba al alumno una Biblia encuadernada con gran sencillez (valía cuarenta centavos en aquella venturosa época). ¿Cuántos de mis lectores habrían tenido la perseverancia y la aplicación de aprenderse de memoria dos mil versículos, aunque se tratara de una Biblia ilustrada por Doré? Y, no obstante, Mary había obtenido dos Biblias de esta manera —fue la paciente labor de dos años—, y un muchacho de parentesco alemán había ganado cuatro o cinco. Ese muchacho recitó una vez tres mil versículos sin parar; pero el esfuerzo de sus facultades mentales fue excesivo, y a partir de aquel día se convirtió en poco menos que un idiota, lamentable desgracia para la escuela, ya que en las grandes ocasiones, ante el público, el superintendente (como decía Tom) hacía salir siempre al muchacho para que «se disparase». Solo los alumnos mayores procuraban conservar sus billetes y continuaban la tediosa labor hasta obtener una Biblia, de modo que la entrega de uno de estos premios era un acontecimiento desacostumbrado y notable; el alumno triunfador adquiría ese día tanta grandeza y celebridad que el corazón de cada escolar se encendía con una ardiente emulación que a menudo duraba un par de semanas. Es posible que el estómago intelectual de Tom nunca hubiese sentido realmente hambre de tales premios, pero no cabe duda de que todo su ser había ansiado más de una vez la gloria y el esplendor que implicaban.

En el momento oportuno, el superintendente se colocó en el púlpito, con un libro de himnos cerrado en la mano y el dedo índice entre las hojas, y ordenó que le prestaran atención. Cuando un superintendente de escuela dominical hace su acostumbrado discursito, un libro de himnos en la mano es tan necesario como la inevitable hoja de música para el cantante que aparece en el escenario y canta una romanza en un concierto, aunque el porqué sea un misterio; pues el paciente no hace nunca alusión al libro de himnos ni a la hoja de música. Ese superintendente era una criatura flaca de treinta y cinco años, con una vistosa perilla y el pelo corto y encrespado; llevaba un altísimo cuello duro, cuyo extremo superior le llegaba casi a las orejas y cuyas agudas puntas se encorvaban hacia delante a la altura de las comisuras de los labios, un vallado que obligaba a una recta mirada hacia el frente, y a girar todo el cuerpo si precisaba una visión lateral; apuntalaba la barbilla sobre una corbata que era tan ancha y larga como un billete de banco y terminaba con un flequillo; las punteras de sus zapatos se erguían de manera abrupta, siguiendo la moda, como la punta de un esquí, efecto que los jóvenes producían paciente y laboriosamente sentándose horas enteras con los pies doblados contra la pared. El señor Walters era un hombre de semblante grave y de corazón muy sincero y honesto; y sentía tanta reverencia por las cosas y los lugares sagrados, y las separaba tanto de las cuestiones mundanas, que, inconscientemente, su voz en la escuela dominical había adquirido una entonación particular de la que carecía por completo los demás días de la semana. Comenzó de esta manera:

—Ahora, niños, quiero que estéis quietecitos en vuestro sitio, como sabéis hacer, y que me prestéis toda la atención durante un minuto o dos. Así, eso es. Así se portan los niños y las niñas buenos. Veo una niñita que está mirando por la ventana y me temo que se imagina que yo estoy ahí fuera, en alguna parte, acaso en lo alto de un árbol dando un discurso a los pajaritos. (Risitas laudatorias.) Quiero deciros el bien que me hace ver tantas caritas limpias y brillantes reunidas en un lugar como este, aprendiendo a obrar bien y a ser buenos.

Y así sucesivamente. No es menester transcribir el resto del discurso. Es de un modelo que no cambia, de modo que nos es familiar a todos.

El último tercio del discurso fue malogrado por la reanudación de peleas y otras distracciones entre algunos de los chicos malos, y por los murmullos y el desasosiego que se extendía por todas partes, bañando incluso las bases de rocas tan sólidas e incorruptibles como Sid y Mary. Pero todos los ruidos cesaron repentinamente al callarse la voz del señor Walters, y la conclusión del discurso fue recibida con un estallido de silenciosa gratitud.

Gran parte de los murmullos había sido producida por un acontecimiento bastante raro, la entrada de visitas: el abogado Thatcher, acompañado de un anciano de aspecto muy débil; un elegante caballero de mediana edad, de majestuoso porte, con el pelo entrecano, y una dama muy distinguida que sin duda era la esposa de este último. La dama llevaba una niña de la mano. Tom había estado inquieto, lleno de enojo y de aflicción; además, le remordía la conciencia y no podía encontrar la mirada de Amy Lawrence ni soportar sus amorosos ojos. Pero en cuanto vio a la pequeña forastera se le encendió el espíritu de dicha en un instante. Al punto empezó a «exhibirse» con toda el alma —dando puñadas a los chicos, tirándoles de los pelos y haciendo muecas—, es decir, empleando todas las artes que parecían aptas para fascinar a una muchacha y ganar su aplauso. Su exaltación solo poseía una espina, el recuerdo de su humillación en el jardín de aquel ángel, y, cual dibujo en la arena, se borró bajo las olas de felicidad que le pasaron por encima.

Acomodaron a los visitantes en el sitio de honor, y en cuanto terminó el discurso del señor Walters, este los presentó a la escuela. El hombre de mediana edad resultó ser un personaje prodigioso, nada menos que el juez del condado, la más indiscutible y augusta creación que habían contemplado los niños, que se preguntaban de qué clase de material estaría hecho, y casi deseaban oírle rugir y a la vez temían que lo hiciese. Era de Constantinople, a doce millas de distancia, de manera que había viajado y visto mundo. Aquellos mismos ojos habían contemplado el edificio del Tribunal del condado, cuyo tejado era de hojalata, decían. El imponente silencio y las hileras de ojos fascinados atestiguaban el pasmo que inspiraban esas reflexiones. Se trataba del gran juez Thatcher, hermano del abogado local. Jeff Thatcher se adelantó inmediatamente para mostrar su intimidad con el grande hombre y ser envidiado por toda la escuela. De haberlos oído, le hubieran parecido música celestial estos murmullos:

—Míralo, Jim. Está... acercándosele. ¡Oye, fíjate! Se van a estrechar las manos... Están estrechándose las manos. Diantre, ¿no te gustaría ser Jeff?

El señor Walters comenzó a «exhibirse» con toda clase de ruidos y de actividades oficiales, dando órdenes, emitiendo opiniones, prodigando advertencias aquí y allá, dondequiera que hallaba un blanco propicio. El bibliotecario «se exhibió», corriendo de un lado para otro con los brazos llenos de libros y haciendo buena parte de la bulla y el alboroto con que alardea de autoridad un insecto. Las señoritas profesoras «se exhibían», inclinándose con dulzura sobre alumnos a los que antes habían apuñeado, alzando lindos dedos amonestadores a los niños malos y dando cachetes amorosos a los buenos. Los jóvenes maestros «se exhibían» con leves reprimendas y otras pequeñas muestras de autoridad y fina atención a la disciplina, y gran parte de los profesores, de uno y otro sexo, tenían algo que hacer en la biblioteca; y eran tareas que con frecuencia habían de repetirse dos y tres veces (con mucho disgusto aparente). Las niñas «se exhibían» de maneras variadas, y los chicos «se exhibían» con tal diligencia que las bolitas de papel y el murmullo de las riñas llenaban el aire. Y, dominándolo todo, allí estaba sentado el gran hombre, irradiando una mayestática sonrisa judicial sobre toda la casa, y calentándose al sol de su propia grandeza, pues también él, sin duda, estaba «exhibiéndose».

Tan solo faltaba una cosa para completar el éxtasis del señor Walters: la oportunidad de entregar una Biblia de premio y mostrar un prodigio. Varios alumnos tenían algunos billetes amarillos, pero ninguno suficientes. El señor Walters había interrogado a los discípulos más destacados. En aquel instante hubiera dado el mundo entero para tener de nuevo al chico alemán con la cabeza en su sano juicio.

Y en aquel preciso momento, cuando la esperanza ya estaba muerta, Tom Sawyer se presentó con nueve billetes amarillos, nueve encarnados y diez azules, y solicitó una Biblia. Aquello fue como un rayo rasgando un cielo claro. Walters no esperaba tal aplicación de tal fuente ni durante los próximos diez años. Pero no había que darle vueltas, allí estaban las pruebas indiscutibles, y nada se podía objetar. Por lo tanto, Tom fue izado al nivel de los elegidos con el juez, y la gran noticia se anunció desde el cuartel general. Fue la sorpresa más entontecedora de la década, y causó tanta sensación que el nuevo héroe quedó elevado a la altura del héroe judicial, y la escuela tuvo dos maravillas para contemplar en vez de una. A los chicos les roía la envidia, pero los que sufrían el dolor más amargo eran los que se daban cuenta, demasiado tarde, de que ellos mismos habían contribuido a tan odiado esplendor procurando billetes a Tom a cambio de las riquezas que este había amasado vendiendo los privilegios de enjalbegar. Estos se despreciaban por haber sido víctimas de un fraude vil, de una taimada serpiente oculta en la hierba.

El premio fue entregado a Tom con toda la efusión que el superintendente pudo derramar en tales circunstancias; pero al chorro efusivo le faltaba un poco de autenticidad, pues el instinto del pobre diablo le decía que allí había un misterio que acaso no soportase muy bien la luz; era sencillamente descabellado que ese muchacho hubiera almacenado dos mil gavillas de sabiduría bíblica, cuando una docena ya hubieran agotado, sin duda, su capacidad.

Amy Lawrence estaba orgullosa y contenta y trató de obligar a Tom a mirarle a la cara, pero él no quiso mirar. Amy se extrañó; luego sintió un ápice de inquietud; una oscura sospecha fluctuó en su mente; la niña observó; una mirada furtiva fue una clara revelación, y entonces se le partió el corazón, sintió celos y rabia, le asomaron lágrimas a los ojos y odió a todo el mundo. A Tom más que a nadie (pensaba ella).

Tom fue presentado al Juez; pero se le trabó la lengua, casi perdió el aliento y el corazón le latió con fuerza, en parte, a causa de la pavorosa grandeza del hombre, pero, sobre todo, porque era el padre de ella. Le hubiese gustado arrodillarse y adorarlo si hubieran estado a oscuras. El Juez posó la mano sobre la cabeza de Tom, lo llamó buen hombrecito y le preguntó su nombre. El muchacho tartamudeó un instante y dijo al fin:

—Tom.

—Oh, no, Tom no, sino...

—Thomas.

—Ah, eso es. Ya suponía yo que sería más largo. Pero me atrevería a decir que aún tienes otro nombre y que vas a decírmelo, ¿no?

—Dile al caballero tu apellido, Thomas —dijo Walters—, y di «señor». No debes olvidar los modales.

—Thomas Sawyer, señor.

—¡Eso es! A eso llamo yo ser buen chico. Buen hombrecito. Extraordinario, todo un hombrecito. Dos mil versículos es mucho, muchísimo, muchísimo. Y nunca te arrepentirás del tiempo empleado en aprenderlos; pues el saber es lo mejor que hay en el mundo; es lo que hace grandes hombres y hombres buenos; tú también serás un gran hombre y un hombre bueno algún día, Thomas, y entonces volverás la vista hacia el pasado y te dirás: «Todo lo debo a los privilegios de la escuela dominical de mi niñez, todo lo debo a mis queridos maestros que me enseñaron a aprender, todo lo debo al bondadoso superintendente que me animó, cuidó de mí, y me dio una hermosa Biblia, una espléndida y elegante Biblia para mi uso particular, todo lo debo a la recta educación». Eso es lo que dirás, Thomas Sawyer, y no querrías cambiar por dinero los dos mil versículos, ¡desde luego que no! Y ahora no te importará decirnos a mí y a esta señora algunas de las cosas que has aprendido, no, claro que no te importará, porque nosotros estamos orgullosos de los muchachos estudiosos. Vamos a ver, sin duda conoces los nombres de los doce discípulos. ¿Quieres decirnos los nombres de los primeros que fueron elegidos?

Tom daba tirones a un botón de la chaqueta con aire asustado. Enrojeció y bajó los ojos. El corazón del señor Walters se encogió. Se dijo que no era posible que el muchacho contestara aquella sencilla pregunta. ¿Por qué lo interrogaba el Juez? No obstante, se creyó obligado a hablar y dijo:

—Contesta al caballero, Thomas; no tengas miedo.

Tom no se decidía.

—Yo sé que a mí me lo dirás —dijo la dama.

—Los nombres de los dos primeros discípulos fueron...

—¡DAVID Y GOLIAT!

Corramos un caritativo velo sobre el resto de la escena.

V

EL ESCARABAJO Y SU PRESA

Alrededor de las diez y media comenzó a tañer la agrietada campana de la iglesia, y al cabo de poco empezó a reunirse la gente para el sermón matutino. Los niños de la escuela dominical se distribuyeron por el recinto y ocuparon los bancos con sus familiares, a fin de estar bajo custodia. Llegó la tía Polly, y Tom, Sid y Mary se sentaron con ella; colocaron a Tom junto al pasillo para alejarlo todo lo posible de la ventana abierta y de las seductoras escenas estivales del exterior. La multitud desfilaba por los pasillos: el anciano y menesteroso administrador de correos, que había conocido días mejores; el alcalde y su esposa, porque en el pueblo tenían alcalde, entre otras bagatelas; el juez de paz; la viuda Douglas, una cuarentona rubia y elegante, acomodada, alma buena y generosa, cuya casa en la colina era la única mansión del pueblo, la persona más hospitalaria y pródiga en cuestión de fiestas de que podía ufanarse San Petersburgo; el encorvado y venerable antiguo alcalde y la señora Ward; el abogado Riverson, el nuevo notable de lejos; luego la belleza del pueblo, seguida por un ejército de atractivas jovencitas vestidas de linón y emperejiladas con cintas; luego todos los jóvenes empleados de la ciudad en comitiva, pues habían estado en el vestíbulo chupando el puño del bastón y sonriendo afectadamente, formando un muro circular de admiradores, hasta que la última muchacha hubo entrado en la iglesia; y por último llegó el Chico Modelo, Willie Mufferson, cuidando de su madre con tanto esmero como si fuese un objeto de fino cristal. Siempre llevaba a su madre a la iglesia y era el orgullo de todas las matronas. Todos los muchachos lo odiaban por ser tan bueno. Y, además, se lo habían presentado como modelo demasiadas veces. El pañuelo colgaba de su bolsillo, como era costumbre los domingos, con estudiado desaliño. Tom no tenía pañuelo y juzgaba ridículos a los muchachos que lo llevaban.

Una vez reunida toda la congregación, la campana tañó una vez más, avisando a los rezagados, y entonces una solemne quietud invadió la iglesia, solo interrumpida por las risitas y los murmullos del coro en la galería. El coro siempre reía y murmuraba durante todo el servicio. Una vez hubo un coro de iglesia que tenía educación, pero no recuerdo dónde. Hace muchísimos años y apenas me acuerdo de ningún detalle, pero creo que era en algún país extranjero.

El ministro señaló el himno y lo leyó con deleite, en un estilo peculiar que era muy admirado en aquella parte del país. Su voz empezaba en un medio tono y ascendía con fuerza hasta alcanzar un punto determinado, allí acentuaba con énfasis la palabra más alta y entonces descendía vertiginosamente como desde un trampolín:

> *¿Me han de llevar al cielo sobre florido lecho*
>   *acomodado,*
> *cuando otros, por el premio, luchan, surcando el mar*
>   *ensangrentado?*

Se lo consideraba un lector maravilloso. En las reuniones de sociedad le rogaban siempre que leyera versos; y al concluir la lectura las damas alzaban las manos y las dejaban caer sin fuerza sobre la falda, entornaban los ojos y sacudían la cabeza, como diciendo: «No hay palabras para expresarlo; es demasiado hermoso, demasiado hermoso para esta tierra mortal».

Una vez cantado el himno, el reverendo Sprague se transformó en una tablilla de avisos y leyó «notas» de reuniones, sociedades y otras cosas hasta dar la sensación de que la lista se alargaría hasta la hecatombe del día del Juicio Final; una rara costumbre que aún se mantiene en Estados Unidos, hasta en las ciudades e incluso en esta época de abundantes periódicos. A menudo, cuanto menos puede justificarse una costumbre tradicional, más difícil resulta desembarazarse de ella.

Luego el ministro rezó. Fue una generosa plegaria muy detallada; oró por la iglesia y por los niños que estaban en la iglesia; por las demás iglesias del pueblo; por el mismo pueblo; por el condado; por el estado, por los funcionarios del estado; por Estados Unidos; por las iglesias de Estados Unidos; por el presidente; por los funcionarios del gobierno; por los infelices marineros que navegaban en mares procelosos; por los millones de oprimidos que gimen bajo el yugo de las monarquías europeas y los despotismos orientales; por los que, habiendo recibido la luz y la buena nueva, no tenían, con todo, ojos para ver ni orejas para oír; por los paganos de las islas lejanas perdidas en el mar; y acabó suplicando que las palabras que iba a decir hallasen gracia y favor, y fuesen simiente sembrada en tierra fértil que produjese a su tiempo una grata cosecha de bien. Amén.

Se oyó un murmullo de ropas, y la gente que estaba en pie se sentó. El héroe de esta historia no se divertía con la plegaria; apenas la soportaba, si es que llegaba a eso siquiera. Estaba inquieto; inconscientemente llevaba la cuenta de los detalles de la plegaria, porque si bien no escuchaba, conocía el terreno de antiguo y la ruta que solía seguir el clérigo, y cuando intercalaba algún nuevo detalle, su oído lo descubría y toda su naturaleza se resentía; Tom juzgaba las añadiduras una traición.

En mitad de la plegaria una mosca se posó en el respaldo del banco que tenía enfrente, y para su espíritu fue una tortura ver cómo se frotaba las manos con calma, se rodeaba la cabeza con los brazos y la restregaba con tanto vigor que parecía separarla casi del cuerpo, mientras mostraba el hilillo sutil del cuello; la vio rascarse las alas con las patitas traseras y alisarlas contra el cuerpo como si fueran los faldones de una casaca; la observó llevar a cabo esas operaciones sin inmutarse, como si supiese que estaba perfectamente a salvo. Y bien que lo estaba; pues por violento que fuese el prurito de las manos de Tom, no osaban atrapar la mosca, al creer que su alma habría sido destruida al instante de haber realizado semejante acción en el decurso de la plegaria. Pero con la frase final, la mano comenzó a encorvársele y a deslizarse furtivamente, y en el instante en que se dijo «Amén» la mosca era prisionera de guerra. La tía Polly lo descubrió y se la hizo soltar.

El ministro inició su sermón y, con la monotonía de un abejorro zumbador, desarrolló un argumento tan prosaico que al poco rato muchas personas estaban dando cabezadas. Sin embargo, era un argumento que trataba del fuego ilimitado y del azufre y reducía a los predestinados a la gloria a un número tan reducido que su salvación casi no valía la pena. Tom contaba las páginas del sermón; al salir de la iglesia siempre sabía el número de páginas leídas, pero raramente se enteraba de otra cosa. No obstante, esta vez llegó a interesarse de veras durante un breve rato. El ministro hacía una grandiosa y conmovedora descripción de la reunión de las huestes humanas en el milenario, cuando el león y el cordero yacerían juntos y un niñito los conduciría. Pero la emoción patética y la aleccionadora moral del gran espectáculo se perdían para el muchacho; este solo pensaba en la insigne grandeza del principal protagonista ante las naciones expectantes; se le iluminó el rostro ante la idea y se dijo que le gustaría ser aquel niño, siempre que el león fuera manso.

Luego volvió a su desasosiego anterior, mientras se reanudaba el árido argumento. Al cabo de poco se acordó de un tesoro que tenía y lo sacó. Era un formidable escarabajo negro con unas quijadas enormes; una «chinche con tenazas», lo llamaba él. Estaba encerrado en una caja de cápsulas. Lo primero que hizo el escarabajo fue agarrársele al dedo. Siguió un lógico papirotazo, el escarabajo rodó al pasillo quedando allí patas arriba, y el dedo herido se metió en la boca del muchacho. El escarabajo yacía en el suelo moviendo desesperadamente las patas, incapaz de darse la vuelta. Tom lo contemplaba y ansiaba cogerlo, pero el animalillo estaba a salvo, fuera de su alcance. Otras personas a quienes no interesaba el sermón encontraron alivio en el escarabajo y también se pusieron a observarlo. Poco después hizo su aparición un errante perro de aguas, con el corazón entristecido, amodorrado por la blandura y la calma estivales, abrumado por el cautiverio y suspirando por un cambio. Vio el escarabajo; el caído rabo se alzó y osciló. Vigiló la presa; dio una vuelta a su alrededor; lo olió desde una segura distancia; dio otra vuelta; se envalentonó y olfateó más cerca; entonces levantó el hocico y dio un cauteloso zarpazo al insecto, sin tocarlo; le dio otro y otro; comenzó a gozar de la diversión; se encogió hasta el estómago con el escarabajo entre las garras, y prosiguió sus experimentos; al final se cansó y se quedó indiferente y abstraído. Meneó la cabeza y bajó el hocico despacio y tocó el enemigo, que se aferró a él. Se oyó un gruñido doloroso, la cabeza del perro se movió con violencia y el escarabajo cayó a un par de yardas de distancia y, una vez más, se quedó patas arriba. Los espectadores vecinos se estremecieron con una dulce alegría interna, varios rostros se ocultaron tras abanicos y pañuelos, y Tom fue completamente feliz. El perro ofrecía un aspecto de bobo y es probable que se diera cuenta de ello; pero en su corazón anidaba el resentimiento y tenía ansias de venganza. Se acercó, pues, al escarabajo, iniciando otra vez un cauto ataque; saltando sobre él desde cada punto de un círculo, cayendo con las patas delanteras a una pulgada del insecto, dando mordiscos aún más cercanos, y sacudiendo la cabeza hasta que las orejas le vibraron de nuevo. No tardó en fatigarse otra vez e intentó divertirse con una mosca, pero no encontró alivio; persiguió dando vueltas a una hormiga, con el hocico pegado al suelo, pero aquello lo hastió enseguida; bostezó, suspiró, se olvidó por completo del escarabajo y se sentó encima de él. Entonces se oyó un desgarrador alarido de agonía y el can enfiló el pasillo a toda prisa; los alaridos continuaron y la carrera del perro también; cruzó el recinto frente al altar; descendió por el otro pasillo; cruzó ante las puertas; aulló al encontrarse en la última etapa; su angustia creció a medida que avanzaba, hasta que al poco rato no fue más que un lanudo cometa moviéndose en su órbita con el fulgor y la velocidad de la luz. Por último, la frenética víctima desvió su carrera y saltó al regazo de su dueño; este lo arrojó por la ventana y la voz del infortunio se debilitó enseguida hasta morir en la lejanía.

Todos los fieles tenían la cara enrojecida y sofocada de reprimir la risa, y el sermón había llegado a una mortal estancación. El discurso se reanudó al cabo de poco, pero se deslizaba entre pausas y tropiezos, y todas las posibilidades de impresionar al público estaban perdidas, pues incluso los más graves sentimientos eran recibidos sin cesar con ahogados arranques de hilaridad profana, tras la protección de un remoto respaldo de banco, como si el pobre párroco hubiera dicho algo extrañamente jocoso. La congregación se sintió muy aliviada cuando terminó la prueba y se dijo la bendición.

Tom Sawyer volvió a su casa contentísimo, pensando que el servicio divino era más satisfactorio cuando intervenía en él un poco de variedad. Solo una idea destruía su contento: aceptaba que el perro jugara con su «chinche con tenazas», pero no juzgaba correcto que se lo llevase consigo.

VI

BECK Y TOM SE ENCUENTRAN

El lunes por la mañana Tom Sawyer se despertó sumido en la desesperación. El lunes por la mañana lo encontraba siempre así, ya que empezaba otra semana de lento sufrimiento en la escuela. En general Tom comenzaba ese día con el deseo de que no hubiese habido ninguna fiesta intermedia, pues le resultaba mucho más odiosa la vuelta al cautiverio.

Tom reflexionaba en la cama. Se le ocurrió que hubiera deseado estar enfermo; de ese modo se habría quedado en casa. Era una vaga posibilidad. Inspeccionó su organismo. No halló dolencia alguna y volvió a investigar. Esta vez creyó descubrir síntomas de cólico y se puso a fomentarlos con extraordinarias esperanzas. Pero los síntomas se debilitaron enseguida y al cabo de poco fenecieron del todo. Volvió a sus reflexiones. De repente descubrió algo. Se le movía uno de los dientes superiores. Era una suerte; ya se disponía a iniciar los lamentos como «principio de alarma», decía él, cuando se le ocurrió que si comparecía ante el tribunal con ese argumento, su tía le arrancaría el diente y le haría daño. En consecuencia, decidió guardar el diente como reserva y buscó otra cosa. No se le ocurrió nada durante un rato, y al final recordó haber oído hablar al doctor de cierta dolencia que obligaba al paciente a guardar cama durante dos o tres semanas con el peligro de perder un dedo. El muchacho sacó ansiosamente el pie con el dedo enfermo de debajo de la sábana y lo alzó para examinarlo. Ignoraba por completo los síntomas del mal. Sin embargo, le pareció que valía la pena arriesgarse, y se puso a gemir con extraordinario ardor.

Sid continuaba durmiendo como un leño.

Tom gimió con más fuerza y se imaginó que comenzaba a dolerle el pie.

Sin resultado por parte de Sid.

Tom resollaba ya a causa de sus esfuerzos. Descansó un momento, tomó aliento y ejecutó una sucesión de gemidos admirables.

Sid continuaba roncando.

Tom estaba exasperado. Dijo: «¡Sid, Sid!», y lo sacudió. Este procedimiento dio resultado, y Tom comenzó a gemir de nuevo. Sid bostezó, se desperezó, luego se incorporó sobre el codo con un bufido y empezó a mirar fijamente a Tom. Este continuó gimiendo.

—¡Tom! ¡Oye, Tom! —Ninguna respuesta—. ¡Oye, Tom! ¡Tom! ¿Qué te ocurre, Tom? —dijo Sid sacudiéndolo y mirándole el rostro ansiosamente.

Tom se lamentó.

—Ay, no, Sid. No me empujes así.

—Pero ¿qué te ocurre, Tom? Llamaré a la tía Polly.

—No... no tiene importancia. Puede que se me pase dentro de poco. No llames a nadie.

—¡Tengo que llamarla! No grites así, Tom, es horrible. ¿Cuánto tiempo llevas así?

—Horas. ¡Uy! No me sacudas así, Sid, me matarás.

—Tom, ¿por qué no me has despertado antes? Ay, Tom, no. Se me pone la piel de gallina al oírte. Tom, ¿qué te pasa?

—Te lo perdono todo, Sid. —Gemido—. Todo lo que me has hecho. Cuando ya no esté aquí...

—Ay, Tom, no irás a morirte, ¿verdad? Ay, no, Tom, no. Acaso...

—Los perdono a todos, Sid. —Gemido—. Díselo, Sid. Oye, Sid, dale mi bastidor de ventana y mi gato bizco a la chica nueva que ha venido al pueblo y dile...

Pero Sid había cogido su ropa al vuelo y había salido. Tom estaba sufriendo de veras, a consecuencia del magnífico trabajo de su imaginación, de modo que sus lamentos habían adquirido un tono de verdadera autenticidad.

Sid voló escaleras abajo y dijo:

—Tía Polly, venga usted. Tom se está muriendo.

—¡Muriendo!

—Sí, señora. No pierda tiempo y venga enseguida.

—¡Qué disparate! No lo creo.

Pero, con todo, subió a toda prisa la escalera con Sid y Mary pisándole los talones. Y tenía la cara pálida y le temblaban los labios. Al llegar junto al lecho dijo sofocada:

—¡Tom! Tom, ¿qué te sucede?

—Ay, tita, estoy...

—¿Qué te ocurre, qué es lo que te pasa, hijo?

—Ay, tita, el dedo del pie que me está doliendo mucho.

La anciana se dejó caer sobre una silla y se rio un poco, lloró otro poco y luego hizo ambas cosas a la vez. Eso la serenó y dijo:

—Tom, ¡qué susto me has dado! Ahora basta de tonterías y levántate de la cama.

Los lamentos cesaron y el dolor desapareció del dedo herido. El muchacho se sintió en ridículo y dijo:

—Tía Polly, parecía dolorido, y me hacía tanto daño que ni siquiera me acordaba del diente.

—¿El diente? ¡Vaya, vaya! ¿Qué diente?

—Uno que se mueve, y me duele horrores.

—Bueno, veámoslo, y no vuelvas otra vez con los lamentos. Abre la boca. Bien, el diente se mueve, pero no vas a morirte por eso. Mary, tráeme un hilo de seda y una brasa de la cocina.

—Por favor, tía, no me lo arranque —exclamó Tom—. Ya no me duele. De veras que no. Por favor, tía. Ya no quiero quedarme en casa para no ir a la escuela.

—Ah, vamos, ¿conque ya no quieres? ¿Así que todo este

alboroto solo era para quedarte en casa y poder ir de pesca en vez de ir a la escuela? Tom, Tom, te quiero mucho y parece que tú solo procuras por todos los medios herir mi viejo corazón con tus afrentas.

Entretanto, el instrumental dentario ya estaba dispuesto. La anciana ató con fuerza un extremo del hilo de seda al diente de Tom y anudó el otro extremo a un poste del lecho. Entonces cogió la brasa y de pronto la arrojó a la cara del muchacho. Un instante después el diente colgaba balanceándose del poste de la cama.

Pero todas las desgracias tienen sus compensaciones. Al encaminarse Tom a la escuela, después del desayuno, fue la envidia de todos los muchachos que se encontró, porque el boquete en la hilera superior de sus dientes le permitía escupir en un estilo nuevo y admirable. Reunió un cortejo de muchachos interesados en la exhibición, y uno de ellos, que se había cortado un dedo y había sido objeto de fascinación y de homenaje hasta aquel momento, de repente se encontró sin partidarios y despojado de su gloria. Estaba apesadumbrado y dijo con un desprecio que no sentía que escupir como Tom Sawyer no tenía importancia; pero otro rapaz exclamó: «... dice que son verdes», y tuvo que desaparecer, héroe desencumbrado.

Poco después se tropezó con el joven paria del pueblo, Huckleberry Finn, el hijo del borracho local. Huckleberry era cordialmente odiado y temido por todas las madres del pueblo, porque era vago, ordinario y malo, vivía al margen de la ley, y todos sus hijos lo admiraban, disfrutaban de su compañía prohibida y deseaban atreverse a ser como él. Tom era como el resto de los chicos respetables en lo de envidiar a Huckleberry su deslumbrante condición de proscrito, y había recibido órdenes estrictas de no jugar con él. En consecuencia, jugaba con él cada vez que tenía oportunidad. Huckleberry siempre vestía ropa vieja de hombres adultos, la cual estaba en perenne floración y revoloteo de andrajos. Su sombrero era una vasta ruina con un solo pedazo de ala en forma de media luna; su chaqueta, cuando la llevaba, le colgaba casi hasta los talones y los botones posteriores le llegaban hasta mucho más abajo de la espalda; solo un tirante le aguantaba los pantalones, cuyo trasero formaba una bolsa muy baja que nada contenía, y las perneras terminadas en flecos se arrastraban por el barro si no estaban arremangadas.

Huckleberry iba y venía a su libre antojo. Dormía al pie de las puertas cuando hacía buen tiempo, y en barriles vacíos si llovía; no tenía que ir a la escuela ni a la iglesia, ni soportar a ningún maestro ni obedecer a nadie; podía ir a pescar o a nadar cuando y a donde le viniese en gana, y quedarse allí el tiempo que le apeteciera; nadie le prohibía pelearse; podía tardar en acostarse el tiempo que gustara; siempre era el primer muchacho que iba descalzo en primavera y el último en calzar zapatos en otoño; nunca tenía que lavarse ni ponerse ropa limpia y podía jurar con una maravillosa libertad. En una palabra: el muchacho tenía todo cuanto da valor a la vida. Eso pensaba cualquier chico acosado, aprisionado y respetable de San Petersburgo.

Tom saludó al romántico proscrito.

—Hola, Huckleberry.

—Hola, chico. ¿Qué te parece esto?

—¿Qué llevas ahí?

—Un gato muerto.

—Déjamelo ver, Huck. ¡Caracoles, qué tieso está! ¿Dónde lo has encontrado?

—Se lo compré a un chico.

—¿A cambio de qué?

—De un billete azul y una vejiga que encontré en el matadero.

—¿Dónde encontraste el billete azul?

—Se lo cambié a Ben Rogers hace dos semanas por un aro de hierro.

—Oye, Huck, ¿tú sabes para qué sirven los gatos muertos?

—¿Para qué? Curan las verrugas.

—¿De veras? Yo sé algo mejor.

—Apuesto a que no. ¿Qué es?

—Agua de yesca.

—¡Agua de yesca! Yo no daría nada por el agua de yesca.

—Conque no, ¿eh? ¿La has probado alguna vez?

—No, yo no. Pero Bob Tanner sí.

—¿Quién te lo ha dicho?

—Pues él se lo contó a Jeff Thatcher y Jeff se lo dijo a Johnny Baker, y Johnny se lo dijo a Jim Hollis, y Jim se lo dijo a Ben Rogers, y Ben se lo contó a un negro, y el negro me lo contó a mí. ¿Qué dices ahora?

—Bien, ¿y qué? Todos han mentido. Al menos todos excepto el negro. No lo conozco. Pero nunca he visto a un negro que no mintiese. Pero aunque no lo creo, dime cómo lo hizo Bob Tanner, Huck.

—Pues metió la mano en un tronco podrido que contenía agua de lluvia.

—¿De día?

—Por supuesto.

—¿De cara al tronco?

—Sí. Al menos, lo entendí así.

—¿Dijo algo?

—No lo creo, no sé.

—¿Ves? ¿Cómo es posible hablar de la cura de verrugas con agua de yesca de un modo tan disparatado? Claro que así no dio resultado. Tienes que adentrarte tú mismo en el bosque, hasta algún lugar donde sepas que hay un tronco con agua de yesca, y a las doce en punto de la noche apoyas la espalda contra el tronco, metes la mano y dices: «Grano de cebada, grano de cebada, cómase el indio el salvado; agua de yesca, agua de yesca, las verrugas me ha curado», y entonces te alejas deprisa once pasos, con los ojos cerrados, y luego te vuelves tres veces y regresas a casa sin cruzar ni una sola palabra con nadie. Porque si hablas el hechizo se desvanece.

—Bien, parece un buen sistema; pero Bob Tanner no lo hizo así.

—Claro que no, puedes estar seguro, porque es el chico más plagado de verrugas del pueblo; y no tendría ni una si supiera cómo utilizar el agua de yesca. Así me he sacado yo de las manos miles de verrugas, Huck. Juego tan a menudo con las ranas que siempre me sale una cantidad enorme de verrugas. A veces me las saco con un haba.

—Sí, las habas son buenas. Ese remedio lo conozco.

—¿De veras? ¿Y cómo lo haces?

—Coges el haba y la partes, y cortas la verruga procurando que salga un poquitín de sangre, y entonces pones la sangre en un pedazo del haba y cavas un agujero y la entierras a medianoche en una encrucijada cuando no haya luna, y luego quemas el resto del haba. ¿Comprendes? El trozo que tiene la sangre irá chupando sin cesar para atraer así el otro pedazo, lo cual ayuda a la sangre a chupar la verruga y esta desaparece muy pronto.

—Exacto, Huck, así es; aunque si al enterrar el trozo dices: «Adentro, haba; afuera, verruga; a fastidiarme no vuelvas nunca», es mejor. Así lo hace Joe Harper, y ha estado cerca de Coonvilie y en muchos sitios. Pero, dime: ¿cómo las curas con gatos muertos?

—Mira, coges el gato y te vas al cementerio poco antes de medianoche, cuando hayan enterrado a alguien que haya sido un granuja; y a medianoche vendrá un demonio, o quizá dos o tres, pero tú no los puedes ver, solo oyes algo parecido al viento, o tal vez los oigas hablar; y cuando se estén llevando al fulano, arrojas el gato detrás de ellos y dices: «El demonio sigue al muerto, el gato sigue al demonio, las verrugas siguen al gato, y yo me quedo sin ellas». Eso se lleva cualquier verruga.

—Parece eficaz. ¿Lo has probado alguna vez, Huck?

—No, pero me lo dijo la vieja Hopkins.

—Debe de ser verdad, porque dicen que es bruja.

—¡Dicen! Vamos, Tom, yo sé que lo es. Ella embrujó a

papá. El propio papá lo dice. Un día que él pasaba por ahí, vio que ella lo estaba embrujando, así que cogió una piedra y, si ella no se hubiera apartado, le habría dado en la cabeza. Pues bien: aquella misma noche se cayó de un cobertizo donde yacía borracho y se rompió un brazo.

—¡Es terrible! ¿Cómo supo él que lo estaba embrujando?

—¡Válgame el cielo! Papá te lo contaría mejor. Dice que cuando alguien te mira muy fijo, es que te está embrujando, sobre todo si cuchichea algo. Porque al cuchichear está diciendo el padrenuestro al revés.

—Oye, Huck, ¿cuándo irás a probar el gato?

—Esta noche. Calculo que esta noche vendrán por el viejo Hoss Williams.

—Pero si lo enterraron el sábado. ¿No crees que se lo llevarían el mismo sábado por la noche?

—¡Qué tonterías dices! ¿Cómo iban a tener poder antes de medianoche? Y entonces ya es domingo. No creo que a los demonios les guste trabajar en domingo.

—Nunca lo había pensado. Debe de ser así. ¿Me dejas ir contigo?

—Por supuesto, si no tienes miedo.

—¡Miedo! Lo dudo. ¿Maullarás?

—Sí, y tú contesta si puedes. La última vez me tuviste maullando no sé yo cuánto rato, hasta que la vieja Hays comenzó a tirarme piedras y a decir: «¡Diantre de gato!», así que le arrojé un ladrillo por la ventana, pero no se lo digas.

—No se lo diré. Aquella noche no pude maullar, porque mi tía me vigilaba, pero esta vez sí que lo haré. Dime, ¿qué es eso que tienes?

—No es más que una garrapata.

—¿Dónde la has cogido?

—En el bosque.

—¿Qué quieres por ella?

—No sé. No quiero venderla.

—Muy bien. Al fin y al cabo, es una garrapata pequeñísima.

—Cualquiera puede despreciar una garrapata que no es suya. A mí me gusta. Es una garrapata bastante buena para mí.

—Pero ¡si hay muchísimas garrapatas! Yo podría tener miles, si quisiera.

—¿Y por qué no tienes? Porque sabes muy bien que no puedes. Esta es la primera garrapata que he visto este año.

—Oye, Huck, te doy mi diente por ella.

—A ver.

Tom sacó un trocito de papel y lo desdobló con cuidado. Huckleberry lo miró codiciosamente. La tentación era fortísima. Al fin dijo:

—¿Es de verdad?

Tom alzó el labio superior y le enseñó el hueco.

—Muy bien —dijo Huckleberry—, pues, por mí, trato hecho.

Tom encerró la garrapata en la caja de cápsulas que hasta poco antes había sido la prisión del «chinche con tenazas», y los dos muchachos se separaron, sintiéndose más ricos que antes.

Cuando Tom llegó al pequeño edificio aislado de la escuela, entró a toda prisa, como si hubiese ido con diligente celo. Colgó el sombrero en la percha y se encaminó a su sitio con afanosa actividad. El maestro, entronizado en las alturas, en su holgado sillón desfondado, dormitaba arrullado por el zumbido soporífero de la clase. La interrupción lo despabiló.

—¡Thomas Sawyer!

Tom sabía que cuando el maestro pronunciaba su nombre completo se avecinaba una tormenta.

—Señor.

—Venga aquí. ¿Por qué vuelve usted a llegar tarde, como de costumbre?

Tom se disponía a ampararse en una mentira, cuando vio dos largas trenzas de cabellos dorados que pendían a lo largo de una espalda que reconoció en virtud de la eléctrica simpatía del amor; y junto a esa personilla había el único sitio libre de la parte de las chicas. Al punto dijo:

—¡ME HE DETENIDO A CHARLAR CON HUCKLE-BERRY FINN!

El pulso del maestro se paralizó; los ojos se le abrieron desmesuradamente. Cesó el zumbido de la clase. Los alumnos se preguntaban si aquel insensato muchacho había perdido el juicio.

—¿Qué... qué ha hecho usted? —balbució el maestro.

—Me he detenido a charlar con Huckleberry Finn.

Las palabras no habían sido interpretadas de manera errónea.

—Thomas Sawyer, esta es la confesión más sorprendente que he oído en mi vida. La simple palmeta no es suficiente para tal ofensa. Sáquese la chaqueta.

El brazo del maestro actuó hasta cansarse y la provisión de varas disminuyó notablemente. Luego siguió esta orden:

—Ahora, señor, vaya usted a sentarse con las chicas. Y que esto le sirva de escarmiento.

Las risitas que resonaron por toda la sala parecieron avergonzar al muchacho, pero, en realidad, su rubor era causado más bien por el respetuoso pavor hacia el desconocido ídolo y el temeroso placer que le proporcionaba su buena fortuna. Tom se sentó a un extremo del banco de pino y la muchacha se apartó con un saltito y un brusco movimiento de cabeza. Codazos, guiños y murmullos atravesaron la clase, pero Tom estaba inmóvil, con los brazos sobre el largo y ancho pupitre, fingiendo estudiar su libro.

Al cabo de poco dejaron de prestarle atención, y el acostumbrado zumbido invadió una vez más la soñolienta atmósfera. Entonces el muchacho comenzó a lanzar miradas furtivas a la niña. Esta lo notó, le sacó la lengua y le ofreció el reverso de la cabeza durante un minuto. Cuando volvió el rostro de nuevo con cautela, descubrió un melocotón delante de ella. Lo apartó de un manotazo. Tom lo colocó otra vez en su sitio. Ella lo rechazó de nuevo pero con menos fuerza. Tom, paciente, volvió a colocarlo en su lugar. Entonces ella dejó que se quedara allí. Tom garrapateó en su pizarra: «Por favor, tómalo;

tengo más». La muchacha dio una ojeada al escrito, pero no hizo señal ninguna. Luego el muchacho comenzó a dibujar algo en la pizarra, ocultando su obra con la mano izquierda. Durante algún tiempo la muchacha pretendió no darse cuenta; pero su humana curiosidad empezó a manifestarse con señales apenas perceptibles. El muchacho seguía dibujando, absorto en apariencia. La chica hizo una especie de intento poco comprometedor de verlo, pero Tom no demostró que lo hubiera observado. Al final la niña se rindió y musitó vacilante:

—Déjamelo ver.

Tom le mostró una parte de una horrible caricatura de una casa con dos aleros y un tirabuzón de humo que salía de la chimenea. Entonces el interés de la muchacha se quedó prendado de la obra y se olvidó de todo lo demás. Cuando estuvo terminada, la contempló un instante y musitó:

—¡Qué bonita! Dibuja un hombre.

El artista erigió un hombre que parecía una grúa en el patio delantero. De una zancada hubiera podido pasar por encima de la casa; pero la chica no era demasiado crítica; se quedó satisfecha con el monstruo y murmuró:

—Es un hombre estupendo; ahora dibújame a mí paseando.

Tom dibujó un reloj de arena con una luna llena y unos miembros de alambre, y armó los dedos extendidos con un portentoso abanico. La muchacha dijo:

—¡Es precioso! Me gustaría saber dibujar.

—Es fácil —susurró Tom—; yo te enseñaré.

—¡Oh! ¿De veras? ¿Cuándo?

—Este mediodía. ¿Vas a tu casa a almorzar?

—Si tú quieres me quedaré.

—Bien, trato hecho. ¿Cómo te llamas?

—Becky Thatcher. ¿Y tú? Ah, ya lo sé: Thomas Sawyer.

—Solo me llamo así cuando me zurran. Cuando soy bueno me llamo Tom. Llámame Tom, ¿de acuerdo?

—Sí.

Tom comenzó a garrapatear en la pizarra, ocultando las

palabras a la muchacha. Pero esta vez Becky ya no se retraía. Quiso ver qué era. Tom dijo:

—No es nada.

—Sí, algo es.

—No, no es nada. Tú no quieres verlo.

—Sí quiero, de verdad. ¡Por favor!

—Lo dirás.

—No lo diré, te lo juro por lo que más quieras.

—¿No se lo dirás a nadie en absoluto? ¿Nunca mientras vivas?

—No, no se lo diré a nadie. Ahora déjamelo ver.

—Pero ¡si tú no quieres verlo!

—Pues, bien, ya que me tratas así, lo veré. —Puso su manita sobre la de él y se inició una pequeña contienda. Tom, aunque pretendía resistir en serio, dejó que su mano resbalase poco a poco, hasta que se vieron estas palabras: «Te amo».

—¡Oh, qué malo eres! —Y le dio un vivo sopapo en la mano, pero enrojeció y pareció complacida, a pesar de todo.

En aquel preciso instante el muchacho sintió una lenta garra fatal que se cerraba sobre su oreja y un firme impulso elevador. De esta guisa fue transportado a través de la sala y depositado en su sitio, bajo un hiriente fuego de risas de toda la escuela. Entonces el maestro permaneció junto a él durante unos pavorosos instantes, y al final se alejó hacia su trono sin decir palabra. Pero aunque a Tom le escocía la oreja, su corazón rebosaba de júbilo.

Mientras la clase se apaciguaba, Tom hizo un honrado esfuerzo por estudiar, pero el tumulto en su cerebro era excesivo. Cuando le tocó el turno en la clase de lectura no dijo más que tonterías; luego, en la clase de geografía convirtió los lagos en montañas, las montañas en ríos y los ríos en continentes, hasta rehacer el caos; más tarde, en la clase de ortografía, una sucesión de palabras infantiles le hizo «morder el polvo», hasta que se vio obligado a entregar la medalla de peltre que había llevado ostentosamente durante varios meses.

VII

EL JUEGO DE LA GARRAPATA Y UN CORAZÓN
QUE SE DESGARRA

Cuanto más se afanaba Tom para concentrarse en el libro, más se le dispersaban las ideas. Al final, con un suspiro y un bostezo, se dio por vencido. Le parecía que el descanso de mediodía no llegaría nunca. El aire estaba absolutamente muerto. No soplaba brisa alguna. Era el día más soñoliento de los días soñolientos. El soporífero murmullo de veinticinco escolares estudiando arrullaba el alma como el sortilegio que existe en el zumbido de las abejas. A lo lejos, en el llameante sol, la colina de Cardiff erguía sus suaves laderas verdes a través de un pálido velo neblinoso que la distancia teñía de púrpura; unos pájaros volaban con perezosas alas en el espacio; no se veía ningún otro ser vivo, salvo unas vacas que estaban dormidas. El corazón de Tom ansiaba libertad, o por lo menos tener algo de interés con que pasar aquel rato espantoso. Su mano anduvo vagando por el bolsillo y su rostro se iluminó con un fulgor de gratitud que era una oración, aunque él no lo supiera. Entonces apareció furtivamente la caja de pistones. Liberó la garrapata y la dejó sobre el largo pupitre liso. La bestezuela resplandeció probablemente con una gratitud que equivalía también a una oración, pero era prematura, pues cuando, agradecida, comenzaba a alejarse, Tom le hizo dar la vuelta con un alfiler y la obligó a tomar una nueva dirección.

El amigo íntimo de Tom ocupaba el sitio contiguo; sufría tanto como había sufrido Tom, y enseguida se mostró profunda y gratamente interesado en ese entretenimiento. El amigo íntimo era Joe Harper. Los dos muchachos eran uña y carne toda la semana, y belicosos enemigos los sábados. Joe se sacó un alfiler de la solapa y comenzó a colaborar en el adiestramiento del prisionero. El juego crecía en interés por momentos. Al cabo de poco Tom dijo que el uno estorbaba al otro, y que ninguno de los dos aprovechaba todo el rendimiento de la garrapata. En consecuencia, colocó la pizarra de Joe sobre el pupitre y trazó en medio una raya que iba de arriba abajo.

—Ahora —dijo—, mientras esté en tu campo, puedes moverla a tu antojo sin que yo intervenga; pero si la dejas escapar y entra en el mío, no podrás tocarla mientras yo no la deje cruzar la raya.

—Muy bien, adelante; ya puedes empezar.

La garrapata huyó de Tom y cruzó el ecuador. Joe la hostigó un rato, y luego se escapó y volvió a cruzar la línea. Este cambio de base ocurrió con frecuencia. Mientras un muchacho atormentaba a la garrapata con apasionado interés, el otro la observaba con un interés no menos apasionado. Las dos cabezas estaban unidas e inclinadas sobre la pizarra, y las dos almas muertas para todo lo demás. Por último, la suerte pareció establecerse y quedarse con Joe. La garrapata probó este recurso y el otro y el de más allá, y se puso tan excitada y anhelante como los muchachos, pero una y otra vez, cuando ya tenía la victoria en la mano, por así decirlo, y los dedos de Tom se adelantaban para actuar a su vez, el alfiler de Joe la hacía virar con destreza y la retenía en su campo. Al final Tom ya no pudo resistir. La tentación era demasiado fuerte, así que alargó la mano interviniendo con el alfiler. Joe se sulfuró al instante y dijo en un tono enérgico:

—Tom, no la toques.

—Solo quiero moverla un poquito.

—No, señor, eso no vale; déjala tranquila.

—Pero ¡si no será mucho rato!

—Te digo que no la toques.

—¡No quiero!

—No puedes tocarla, está en mi campo.

—Oye, Joe Harper, ¿de quién es la garrapata?

—No me importa de quién sea, está en mi campo y no puedes tocarla.

—Pues yo te digo que la tocaré. La garrapata es mía, y haré con ella lo que me dé la gana o moriré.

Una tremenda manotada cayó sobre la espalda de Tom, y un duplicado de la misma sobre Joe; y por espacio de dos minutos no cesó de salir polvo de las dos chaquetas, con gran regocijo de toda la clase. Los muchachos habían estado demasiado absortos para darse cuenta del silencio que se extendió por la escuela momentos antes, cuando el maestro atravesó de puntillas la clase y se quedó detrás de ellos. Había observado buena parte del juego antes de contribuir en él con un poco de variedad.

En la pausa de mediodía, Tom voló al lado de Becky Thatcher y le murmuró al oído:

—Ponte el sombrero y haz ver que te vas a casa; y cuando llegues a la esquina, deja pasar a los demás, atraviesa el camino y vuelve. Yo iré por el otro lado y volveré de la misma manera.

Así, pues, él partió con un grupo de escolares y ella con otro. Poco después se reunieron al final del camino, y cuando llegaron a la escuela pudieron disponer de ella a su antojo. Se sentaron juntos, con una pizarra delante, y Tom le dio a Becky el lápiz y le guió la mano con la suya, creando de este modo otra sorprendente mansión. Cuando empezó a decaer el interés por el arte, se pusieron a charlar. A Tom le parecía estar en la gloria.

—¿Te gustan las ratas? —preguntó.

—¡No! Me dan asco.

—También a mí me dan asco... vivas. Pero yo quiero decir muertas, para hacerlas voltear sobre la cabeza con una guita.

—No, no me interesan mucho las ratas. Lo que me gustan son los chicles.

—¡Claro! Ojalá tuviera alguno ahora.

—¿Quieres? Yo tengo. Te dejaré mascar un ratito, pero luego tienes que devolvérmelo.

Aquello era muy agradable, de manera que mascaron por turno y balancearon las piernas desde el banco en un exceso de contento.

—¿Has estado alguna vez en el circo? —preguntó Tom.

—Sí, y papá me llevará otra vez si soy buena.

—Yo he estado en el circo tres o cuatro veces; muchas veces. Aunque es más divertido ir a la iglesia. Allí todo es movimiento. Yo seré payaso de circo cuando sea mayor.

—¿De veras? Será estupendo. ¡Qué bonitos son, con tantos lunares!

—Sí, es cierto. Y ganan una porrada de dinero; a veces un dólar al día, dice Ben Rogers. Oye, Becky, ¿has estado prometida alguna vez?

—¿Qué es eso?

—Pues prometida para casarse.

—No.

—¿Te gustaría?

—Tal vez. No sé. ¿A qué se parece?

—¿A qué? No se parece a nada. Solo tienes que decir a un muchacho que le querrás siempre, siempre, siempre, y luego besarlo y ya está. Cualquiera puede hacerlo.

—¿Besarlo? ¿Por qué se ha de besar?

—Bueno, eso, ¿sabes?, es para… bueno, se hace siempre.

—¿Todo el mundo?

—Pues claro, todo el mundo que está enamorado. ¿Te acuerdas de lo que escribí en la pizarra?

—Sí.

—¿Qué era?

—No te lo diré.

—¿Te lo digo yo?

—Sí... pero en otra ocasión.

—No, ahora.

—No, ahora no, mañana.

—Oh, no, ahora. Por favor, Becky, te lo diré al oído, te lo diré al oído muy quedo...

Como Becky vacilaba, Tom interpretó su silencio como un consentimiento, y le rodeó la cintura con el brazo y le susurró aquellas palabras con mucha dulzura, la boca pegada a su oído. Y luego añadió:

—Ahora me lo tienes que decir tú... del mismo modo.

Ella se resistió unos momentos y después dijo:

—Vuelve la cara para que no me veas, y entonces te lo diré. Pero no debes contárselo a nadie, ¿me oyes, Tom? No se lo contarás a nadie, ¿me lo prometes?

—Te lo prometo. Vamos, Becky.

Tom apartó el rostro. Becky se inclinó tímidamente hasta que su aliento agitó los rizos del muchacho, y musitó:

—¡Te... amo!

Entonces se alejó corriendo por entre los pupitres y los bancos, perseguida por Tom, y al final se refugió en un rincón, ocultándose la cara con el delantalito blanco. Tom la agarró cerca del cuello y le dijo en un tono suplicante:

—Ahora, Becky, está todo hecho, todos menos el beso. No temas, no es nada importante. ¡Por favor, Becky! —Y le daba tirones a las manos y al delantal.

Al cabo de poco ella cedió y dejó caer las manos; su rostro, arrebolado por la lucha, se alzó sumiso. Tom besó los labios encendidos y dijo:

—Ahora ya está, Becky. Y después de esto, ¿sabes?, ya no puedes querer a nadie más que a mí ni te puedes casar con nadie más que conmigo, ¿de acuerdo?

—Sí, no querré a nadie más que a ti, Tom, y nunca me casaré con nadie más que contigo... y tú tampoco te casarás más que conmigo.

—Esto forma parte del acuerdo. Y siempre que vengas a

la escuela y vayas a tu casa, tienes que ir conmigo, cuando nadie mire, y tienes que elegirme a mí, y yo a ti, en las reuniones, porque así se hace cuando se ha dado palabra de matrimonio.

—¡Qué bonito es! No lo había oído nunca.

—Es muy divertido. Si supieras lo que yo y Amy Lawrence...

Los ojazos de Becky descubrieron a Tom su desatino, y el muchacho se calló confuso.

—¡Ay, Tom! Entonces no es la primera vez que estás prometido...

La niña se echó a llorar.

—No llores, Becky —suplicó Tom—. Ahora ella ya no me importa.

—Sí que te importa, Tom; ya sabes tú que sí.

Tom trató de rodearle el cuello con el brazo, pero ella lo rechazó, volvió la cara a la pared y siguió llorando. Tom lo intentó de nuevo, murmurando palabras de consuelo, pero fue rechazado otra vez. Entonces, herido en su orgullo, se alejó y salió fuera. Allí estuvo unos momentos, inquieto y desazonado, dirigiendo constantes miradas a la puerta, esperando que ella se arrepintiera y saliera a reunirse con él. Pero Becky no salió. De pronto le acometieron amargos pensamientos y pensó que él tenía la culpa. Sostuvo consigo mismo una dura lucha para obligarse a ceder, y al final se decidió y entró. Becky continuaba inmóvil en el rincón, sollozando con el rostro contra la pared. El corazón de Tom latió con violencia. Se acercó a Becky y se detuvo un instante, sin saber exactamente qué hacer.

—Becky, a mí... a mí solo me importas tú —dijo al fin vacilante.

Solo le contestaron más sollozos.

—Becky —le suplicó—. Becky, ¿no quieres decirme nada?

Más sollozos.

Tom sacó su joya más preciada, una manecilla de latón

procedente de un morillo de chimenea, la puso delante de Becky para que pudiera verla, y dijo:

—Por favor, Becky, ¿quieres aceptar esto?

Ella lo echó al suelo de un manotazo. Entonces Tom salió de la sala y se encaminó hacia las montañas, muy lejos, con la intención de no volver a la escuela en todo el día. Enseguida Becky comenzó a recelar. Corrió hacia la puerta; no lo vio; voló al patio de recreo; tampoco estaba allí. Entonces gritó:

—Tom. Ven aquí, Tom.

Aguzó el oído, pero no llegó ninguna respuesta. No tenía otros compañeros que el silencio y la soledad. Así, pues, se sentó a llorar y a vituperarse a sí misma; y en aquel momento comenzaron a volver los escolares, y Becky tuvo que ocultar sus penas y acallar su corazón herido y resignarse a soportar el calvario de una larga tarde triste y dolorosa, sin nadie entre los extraños que la rodeaban a quien confiar sus aflicciones.

VIII

UN TEMIBLE PIRATA EN CIERNE

Tom deambuló por los caminos hasta que se hubo alejado por completo de la ruta de regreso de los escolares, y entonces empezó a andar a un paso breve y desmayado. Cruzó un arroyuelo dos o tres veces, a causa de una prevaleciente superstición juvenil, según la cual cruzando agua se burlaban las persecuciones. Media hora más tarde desaparecía por detrás de la mansión Douglas en la colina de Cardiff. El edificio de la escuela se distinguía apenas en el valle lejano, a su espalda. Se adentró en un espeso bosque sin seguir ningún sendero y se sentó en un lugar musgoso bajo un arrogante roble. No soplaba ni la más tenue brisa; el calor del mediodía inerte había acallado hasta los cantos de los pájaros; la naturaleza parecía sumida en un letargo que no interrumpía sonido alguno, salvo el ocasional martilleo lejano del pájaro carpintero, y eso aun parecía acrecentar el penetrante silencio y la sensación de soledad. El alma del muchacho estaba llena de melancolía; sus sentimientos armonizaban felizmente con los alrededores. Estuvo largo rato sentado con los codos sobre las rodillas y la barbilla entre las manos, meditando. Le parecía que la vida, a fin de cuentas, era una molestia, y envidiaba más que a medias a Jimmy Hodges, fallecido recientemente: ¡qué paz debía de hallarse, pensaba, yaciendo, durmiendo y soñando eternamente, con el viento susurrando a través de los árboles y acariciando la hierba y las flores de la tumba, sin más preocupaciones ni sufrimientos! Si tuviera unos antecedentes limpios en la escuela dominical, habría podido partir gustoso y terminar con todo. En cuanto a la muchacha, ¿qué había hecho él? Teniendo las mejores intenciones del mundo, lo había tratado como un perro, exactamente igual que a un perro. Algún día ella lo sentiría, tal vez cuando ya fuese tarde. ¡Ojalá pudiera morirse temporalmente!

Pero el elástico corazón de la juventud no puede estar mucho tiempo comprimido en un mismo molde de angustia. Al cabo de poco Tom volvió a preocuparse por los problemas de la vida terrena. ¿Y si volviera la espalda y desapareciera misteriosamente? ¿Y si escapara muy lejos, a desconocidas tierras allende los mares, y no regresara jamás? ¡Cómo se sentiría ella entonces! Volvió a ocurrírsele la idea de ser un payaso, pero solo lo llenó de asco, ya que la frivolidad y las chanzas y el traje de lunares eran una ofensa cuando se introducían en un espíritu que se había elevado al reino augusto y vago del romanticismo. No, sería soldado, y volvería después de largos años, cubierto de cicatrices y de gloria. No, mejor aún, se uniría a los indios y cazaría búfalos y seguiría la senda de la guerra en las montañas y en las vastas llanuras del Lejano Oeste, y en el futuro regresaría convertido en un gran jefe, erizado de plumas, repugnante de pintura, y, con la montura encabritada, aparecería en la escuela dominical una soñolienta mañana de verano dando un alarido de guerra que helaría la sangre, y cauterizaría los ojos de todos sus compañeros con implacable rencor. Pero, no, aún había algo más deslumbrante. Sería un pirata. Eso es. De pronto su porvenir se desplegaba ante él con un esplendor inimaginable. ¡Su nombre llenaría el mundo y haría estremecer a la gente! ¡Cuán gloriosamente surcaría los turbulentos mares con su veloz bajel negro, el *Espíritu de la Tormenta*, con su espantoso pabellón enarbolado a proa! Y en el cénit de su fama, ¡qué súbita irrupción haría en la vieja aldea, y qué majestuosa entrada en la iglesia, moreno y curtido por los temporales, con su justillo y sus calzas de terciopelo negro, sus botas altas, la faja carmesí, el cinturón erizado de pistolas, a un costado el alfanje enmohecido por el crimen, el sombrero chambergo ladeado con ondeantes plumas, y la bandera negra desplegada con el cráneo y los huesos cruzados! Y, extasiado de orgullo, oiría los rumores: «Es Tom Sawyer el Pirata, el Terror de los mares».

Sí, estaba decidido; ya había elegido su destino. Huiría de su hogar y se marcharía a la aventura. Partiría a la mañana siguiente. Por tanto, tenía que comenzar a prepararse enseguida. Reuniría todos sus recursos. Se encaminó hacia un tronco podrido que había cerca, y se puso a cavar bajo uno de sus extremos con el cuchillo Barlow. No tardó en tocar madera que sonaba a hueco. Metió la mano y pronunció este conjuro de manera asombrosa:

—¡Lo que no está aquí que venga! ¡Lo que aquí está que se quede!

Después rascó la tierra y descubrió una tabla de pino. La levantó y debajo apareció una cavidad simétrica, cuyo fondo y cuyos lados estaban protegidos por finas tablas. En ella había una canica. El asombro de Tom no tuvo límites. Se rascó la cabeza con aire perplejo y exclamó:

—¡Bueno, esto es asombroso!

Arrojó bruscamente la canica y se quedó meditabundo. Lo cierto es que acababa de fallarle una de las supersticiones que él y sus camaradas habían considerado siempre infalibles. Si se entierra una canica y luego se descubre el sitio con el conjuro que Tom acababa de usar, se encuentran todas las canicas que uno ha perdido en su vida reunidas allí, por más dispersas que hayan estado. Pero esa fórmula acababa de fallar incontestablemente. El edificio entero de la fe de Tom se sacudió hasta sus cimientos. Había oído hablar más de una vez del éxito de la fórmula, pero nunca de su fracaso. No se le ocurrió que él mismo ya la había puesto en práctica varias veces, pero no había hallado nunca, al cabo de quince días, los escondrijos. Estuvo cavilando un rato y al final concluyó que alguna bruja había intervenido rompiendo el hechizo. Quiso asegurarse, así que recorrió los alrededores hasta encontrar un pequeño lugar arenoso con una depresión en forma de embudo. Se tumbó en el suelo, puso la boca junto al agujero y exclamó:

—¡Larva de hormiga, larva de hormiga, dime la verdad enseguida!

La arena empezó a moverse y apareció un insecto negro durante un segundo, que luego desapareció aterrorizado.

—¡No lo dice! Así que fue una bruja. Me lo temía.

Tom ya sabía que era inútil intentar nada contra las brujas, de modo que se rindió desanimado. No obstante, se le ocurrió que, cuando menos, podía recuperar la canica que había arrojado poco antes, así que regresó al lugar anterior y emprendió una paciente búsqueda. No logró encontrarla. Entonces volvió junto a su arquilla y se colocó con cuidado en la misma postura en que estaba cuando tiró la canica, sacó otra del bolsillo y la tiró igual, diciendo:

—Hermana, ve en busca de tu hermana.

Observó dónde se detenía, y allí se dirigió. Pero debía de haberse quedado corta o de haber ido demasiado lejos; así que lo probó dos veces más. La última repetición tuvo éxito. Las dos estaban a un pie una de la otra.

En aquel preciso instante llegó el tenue sonido de una trompetilla de hojalata por los verdes pasadizos del bosque. Tom se quitó la chaqueta y los pantalones a toda prisa, transformó uno de los tirantes en un cinturón, apartó unos matorrales que había detrás del tronco podrido, descubriendo un arco y una flecha de confección tosca, una espada de hojalata y una trompeta de estaño, y en un instante se apoderó de esos objetos y se alejó saltando con las piernas desnudas y la camisa ondeando al viento. Al cabo de poco se detuvo bajo un inmenso olmo, dio un toque de respuesta, y luego empezó a caminar de puntillas y a dirigir cautelosas miradas a un lado y otro. Dijo precavidamente a una escolta imaginaria:

—¡Valor, mis valientes soldados! Seguid escondidos hasta que yo dé el golpe.

Poco después hizo su aparición Joe Harper, tan ligeramente vestido y armado tan a conciencia como Tom. Este gritó:

—¡Alto! ¿Quién anda por el Bosque de Sherwood sin mi permiso?

—Guy de Guisborne no necesita el permiso de nadie. ¿Quién sois vos que... que...?

—¿Cómo os atrevéis a usar semejante lenguaje? —dijo Tom apuntándole, pues hablaban «como el libro», de memoria.

—¿Quién sois vos que os atrevéis a usar semejante lenguaje?

—¿Que quién soy? Robin Hood, como sabrán bien pronto vuestros malditos huesos.

—¿Sois en verdad ese famoso proscrito? Gustoso disputaré con vos el derecho a pasar por este bosque. ¡En guardia!

Cogieron sus espadas de hojalata abandonando los demás bártulos en el suelo, adoptaron una actitud de desafío, con un pie delante del otro, y comenzaron a luchar grave y concienzudamente. Al cabo de poco Tom dijo:

—Venga, voto al diablo, ¡con brío!

Prosiguieron la lucha «con brío», jadeando a causa de los esfuerzos. Poco después Tom gritó:

—¡Cáete, cáete! ¿Por qué no te caes?

—No quiero. ¿Por qué no te caes tú? Eres el que ha recibido más golpes.

—¿Y eso qué importa? Yo no puedo caer: el libro no lo dice. El libro dice: «Entonces, con un golpe certero atravesó al pobre Guy de Guisborne». Así que tu obligación es volverte y dejar que te toque en la espalda.

No se podía contradecir semejante autoridad, de modo que Joe se volvió, recibió el golpe y se cayó.

—Ahora —dijo Joe levantándose—, deja que te mate a ti. Es lo justo.

—Pero si no puede ser, no sale en el libro.

—Pues el libro ese es una condenada mezquindad, digo yo.

—Oye, Joe, puedes hacer de fraile Tuck o de Much, el hijo del molinero, y aporrearme con un buen garrote; o yo seré el sheriff de Nottingham y tú Robin Hood un ratito y así podrás matarme.

Joe aceptó, de manera que representaron esas aventuras. Luego Tom se convirtió de nuevo en Robin Hood, y por obra de la monja traidora que le destapó la herida se desangró hasta la última gota. Y, por último, Joe, representando una tribu completa de llorosos proscritos, lo llevó a rastras con gran tristeza, puso el arco en sus débiles manos, y Tom dijo: «Donde caiga esta flecha, enterrad al pobre Robin Hood, bajo un árbol del bosque verde». Entonces disparó la flecha y se cayó de espaldas, y hubiese muerto, pero fue a parar sobre unas ortigas y Tom saltó con mucha agilidad para tratarse de un cadáver.

Los muchachos se vistieron, escondieron sus pertrechos de guerra y se marcharon lamentando que ya no hubiera proscritos y preguntándose qué pretendía haber hecho la civilización moderna para compensar tal pérdida. Ellos habrían preferido ser proscritos durante un año en el bosque de Sherwood que presidentes de Estados Unidos toda la vida.

IX

TRAGEDIA EN EL CAMPOSANTO

Aquella noche, a las nueve y media, Tom y Sid fueron enviados a la cama como de costumbre. Dijeron sus oraciones, y Sid no tardó en dormirse. Tom se mantuvo despierto, lleno de inquietud y de impaciencia. Cuando le pareció que ya debía de estar a punto de clarear, oyó el reloj dar las diez. Era desesperante. Hubiera dado vueltas en la cama como le pedían sus nervios, pero temía despertar a Sid. Continuó inmóvil, pues, con la mirada fija en la oscuridad. Todo estaba pavorosamente quieto. Al cabo de poco, de la quietud comenzaron a surgir ligeros ruidos apenas perceptibles. El tictac del reloj se volvió audible. Viejas vigas empezaron a crujir misteriosamente. A lo lejos rechinó la escalera. Era indudable que corrían fantasmas sueltos. Un rítmico y amortiguado ronquido salió del aposento de la tía Polly. Y luego empezó el monótono chirrido del grillo, tan oculto que ningún ser humano habría podido encontrarlo. Luego la roedura fantasmal de una carcoma en la pared de la cabecera de la cama hizo estremecer a Tom; aquello significaba que los días de alguien estaban contados. A continuación rasgó el aire de la noche el aullido lejano de un perro, contestado por otro aullido más débil a una distancia más remota. Tom sufría una agonía. Al final se sintió satisfecho de que el tiempo hubiera cesado y hubiese comenzado la eternidad; el reloj dio las once, pero él no lo oyó. Y entonces llegó, mezclado con sus sueños a medio formar, un maullido sumamente melancólico. Lo sobresaltó una ventana del vecindario al abrirse. Un grito de «¡Largo de aquí, condenado!» y una botella vacía que se rompió contra la pared posterior del cobertizo de su tía lo despertaron por completo, y un minuto después estaba vestido, fuera de la ventana, y se arrastraba a gatas por el tejado del desván. Maulló con precaución una o dos veces, sin dejar de avanzar, luego saltó al tejado del cobertizo y de allí al suelo. Huckleberry Finn estaba esperándolo con su gato muerto. Los muchachos emprendieron la marcha y desaparecieron en las tinieblas. Media hora más tarde hollaban las altas hierbas del cementerio.

Era un cementerio al estilo anticuado del Oeste. Se encontraba sobre una loma a una milla y media del pueblo. Lo rodeaba una desvencijada valla de tablas, que en algunos lugares se inclinaba hacia el interior, y hacia el exterior el resto de las veces, pero en ninguna parte se mantenía derecha. La hierba y la cizaña habían invadido todo el camposanto. Las viejas tumbas estaban hundidas en el suelo y no había ni una sola lápida; unas tablas de madera redondeadas, todas ellas carcomidas, se bamboleaban sobre los sepulcros, buscando un apoyo sin hallar ninguno. La inscripción «A la memoria de...» se había pintado antaño en ellos, pero en la mayoría ya no era legible ni siquiera valiéndose de una luz.

Un airecillo sutil gemía entre los árboles, y Tom temió que fuesen los espíritus de los muertos, que se lamentaban de que turbaran su reposo. Los muchachos hablaron poco, y solo en voz muy queda, pues la hora, el lugar, la solemnidad y el silencio les oprimían el corazón. Hallaron el elevado y reciente montículo que buscaban, y se resguardaron bajo tres grandes olmos que crecían agrupados a unos pies de la tumba.

Entonces esperaron en silencio durante un rato que les pareció interminable. El ulular de una distante lechuza era el único sonido que turbaba el silencio. Los pensamientos de Tom se volvieron opresivos. Tuvo que forzarse para hablar.

—Huck, ¿crees que a los muertos les gusta que estemos aquí? —preguntó en un susurro.

—Ojalá lo supiera. Esto es muy solemne, ¿no te parece? —murmuró Huckleberry.

—¡Ya lo creo!

Hubo una pausa considerable, mientras los muchachos meditaban el asunto para sus adentros. Luego Tom musitó:

—Oye, Huck, ¿crees que Hoss Williams nos oye hablar?

—Claro que sí. Al menos, nos oye su espíritu.

—Ojalá le hubiese llamado señor Williams. Pero nunca lo hice con mala intención. Todos le llamaban Hoss.

—Un difunto no puede ser muy exigente respecto a cómo hablan de él, Tom.

Aquellas palabras enfriaron los ánimos, y la conversación volvió a extinguirse.

De pronto Tom agarró a su camarada por el brazo y dijo:

—¡Chitón!

—¿Qué pasa?

Los dos muchachos se abrazaron con el corazón palpitante.

—¡Calla! ¡Ya vuelve! ¿No lo oyes?

—Yo...

—¡Ahora! Ya lo has oído.

—Válgame Dios, Tom, eso es que vienen, estoy seguro. ¿Qué podemos hacer?

—¡Qué sé yo! ¿Crees que nos verán?

—Ay, Tom, ellos pueden ver en la oscuridad, igual que los gatos. ¡Ojalá no hubiéramos venido!

—No tengas miedo. No creo que se metan con nosotros. No estamos haciendo ningún daño. Si nos quedamos bien quietos, tal vez ni siquiera se den cuenta de que estamos aquí.

—Lo intentaré, Tom, pero ¡Dios mío!, estoy temblando de pies a cabeza.

—¡Oye!

Los dos muchachos inclinaron la cabeza al mismo tiempo, conteniendo la respiración. Un amortiguado rumor de voces llegaba del extremo más alejado del camposanto.

—¡Mira! ¿No ves allí? —murmuró Tom—. ¿Qué es?

—El fuego diabólico. ¡Tom, esto es espantoso!

Entre las tinieblas se acercaban unas sombras confusas balanceando una vieja linterna de hojalata que proyectaba en el suelo innumerables destellos de luz. Al cabo de poco Huckleberry susurró con un estremecimiento:

—Son los demonios, estoy seguro. Son tres. ¡Válgame el cielo, Tom, estamos perdidos! ¿Puedes rezar?

—Lo intentaré, pero no te asustes. No nos harán ningún daño. «Con Dios me acuesto, con Dios me...»

—¡Chitón!

—¿Qué pasa, Huck?

—¡Son hombres! Al menos uno de ellos. Uno tiene la voz del viejo Muff Potter.

—¿Estás seguro?

—Segurísimo. No te muevas ni hagas ruido. No es lo bastante listo para darse cuenta de que estamos aquí. Probablemente esté borracho, como de costumbre, ¡maldito viejo!

—Bien, no me moveré. Ahora se paran. No lo encuentran. Vienen de nuevo. Caliente. Frío otra vez. Caliente otra vez. ¡Se queman! Han acertado esta vez. Oye, Huck, conozco otra de las voces; es la del indio Joe.

—Sí, la de ese mestizo asesino. Preferiría mil veces que fueran demonios. ¿A qué habrán venido?

Entonces el murmullo se apagó del todo, pues los tres hombres habían llegado a la tumba y se encontraban a unos cuantos pies del escondrijo de los muchachos.

—Es aquí —dijo la tercera voz; y el propietario de la misma alzó la linterna mostrando la faz del joven doctor Robinson.

Potter y el indio Joe llevaban una especie de angarillas que contenían una cuerda y un par de palas. Dejaron su carga en el suelo y empezaron a cavar en la tumba. El doctor colocó la linterna a la cabeza de la tumba y se sentó sobre la hierba con la espalda apoyada contra uno de los olmos. Estaba tan cerca de los chicos que habrían podido tocarlo.

—Deprisa, muchachos —dijo en voz baja—; la luna puede salir de un momento a otro.

Los otros dos gruñeron una respuesta y siguieron cavando. Durante un rato no se oyó más que el murmullo rasposo de las palas desembarazándose de su carga de tierra y piedras. Era muy monótono. Al fin una de las palas dio contra el ataúd con un ruido de madera, y uno o dos minutos después los hombres ya lo habían izado. Arrancaron la tapa, sacaron el cadáver y lo echaron rudamente al suelo. La pálida luna se asomó por detrás de las nubes. Prepararon las angarillas y colocaron en ellas el cuerpo, cubierto con una manta, y lo sujetaron con una cuerda. Acto seguido, Potter sacó un cuchillo de enormes proporciones, cortó el extremo de cuerda que pendía y dijo:

—Bueno, ya hemos acabado esta condenada tarea. Oiga, matasanos, si no nos da usted otros cinco dólares enseguida, aquí se queda el muerto.

—¡Así se habla! —dijo el indio Joe.

—¿Qué significa eso? —dijo el doctor—. Habéis pedido la paga por adelantado, y ya os la he dado.

—Sí, y aún ha hecho usted más cosas —dijo el indio Joe acercándose al doctor, que se había puesto de pie—. Hace cinco años me echó usted de la cocina de casa de su padre, una noche que fui a pedir algo de comer, y me dijo que yo no estaba allí para nada bueno; y cuando juré que me las pagaría, aunque tardase cien años, su padre me metió en la cárcel por vagabundo. ¿Creía usted que lo había olvidado? Recuerde que tengo sangre india. Y ahora le tengo en mis manos y tiene que pagar, ¿comprende?

Mientras pronunciaba estas palabras, amenazaba al doctor con el puño junto a su rostro. Robinson le dio un golpe repentino y tendió al rufián en el suelo. Potter, soltando el cuchillo, exclamó:

—¡Eh, no toque usted a mi compañero!

Un instante después agarraba al doctor y los dos hombres luchaban con toda sus fuerzas, pisoteando la hierba y rasgando la tierra con los talones. El indio Joe se puso en pie de un salto con los ojos llameantes de ira, cogió el cuchillo de Potter y empezó a deslizarse felinamente en torno a los combatientes, a la espera de una oportunidad. De pronto el doctor consiguió desasirse, cogió el pesado madero que se erguía en la tumba de Williams y con él dejó a Potter tendido en el suelo. En el mismo instante el mestizo creyó que había llegado el momento oportuno y hundió el cuchillo hasta el mango en el pecho del joven. Este se tambaleó y se desplomó en parte sobre Potter, manchándole de sangre. En aquel preciso momento la nube ocultó el pavoroso espectáculo, y los dos asustados muchachos se alejaron a toda prisa en las tinieblas.

Poco después, cuando la luna emergió de nuevo, el indio Joe se hallaba de pie junto a los dos cuerpos, observándolos. Robinson emitió un murmullo ininteligible, dio una larga boqueada o dos y se quedó inmóvil.

—Ya está liquidada aquella cuenta, ¡maldito seas! —murmuró el mestizo.

A continuación se puso a desvalijar el cadáver. Al acabar, puso el cuchillo fatal en la mano derecha de Potter, que estaba abierta, y se sentó en el ataúd vacío. Transcurrieron tres, cuatro o cinco minutos, y entonces Potter empezó a moverse y a gemir. Su mano se cerró sobre el cuchillo; lo levantó, le echó una ojeada, y lo dejó caer con un estremecimiento. Después se incorporó, apartando de sí el otro cuerpo, lo observó y luego miró a su alrededor con una expresión confusa. Sus ojos se encontraron con los de Joe.

—¡Dios bendito! ¿Qué es esto, Joe? —preguntó.

—Mal negocio —dijo Joe sin moverse—. ¿Por qué lo has hecho?

—¿Yo? ¡Si yo no he hecho nada!

—Mira, hablando así no arreglarás las cosas.

Potter se puso a temblar y palideció.

—No creía estar borracho. No tenía que haber bebido esta noche. Pero aún tengo la cabeza confusa... más que cuando hemos empezado. No lo comprendo; apenas me acuerdo de nada. Dime, Joe, de verdad, viejo amigo, ¿lo he hecho yo? Joe, yo no quería... por mi alma y por mi honor, que no tenía la menor intención, Joe. Dime cómo ha sido, Joe. ¡Es horrible...! ¡Y él, tan joven y con tal porvenir!...

—Verás, os estabais peleando, y él te ha arreado con el madero tirándote al suelo; luego te has levantado dando traspiés, has agarrado el cuchillo y se lo has clavado justo cuando él te daba otro porrazo... Luego has perdido el conocimietno hasta ahora.

—Yo no sabía lo que hacía. Muera yo en este instante si miento. Todo ha sido por culpa del whisky y de la exaltación, supongo. Yo nunca he utilizado un arma en toda mi vida, Joe. Me he peleado, pero con armas jamás. Prométeme que no lo dirás, Joe; tienes que ser un buen compañero. Siempre te he querido, Joe, y siempre he estado a tu lado. ¿Te acuerdas? No lo dirás, ¿verdad, Joe?

El desdichado cayó de rodillas ante el desalmado asesino, con las manos unidas en actitud de súplica.

—No, siempre has sido justo y leal conmigo, Muff Potter, y no me volveré contra ti. Vamos, Muff, palabras más honestas no pueden decirse.

—Joe, eres un ángel. Te bendeciré mientras viva. —Y Potter se puso a llorar.

—Bueno, bueno, ya basta. Ahora no es momento de lloriqueos. Tú vete por aquel camino, y yo tomaré este. No pierdas tiempo, y no dejes ningún rastro.

Potter emprendió un trote que enseguida se transformó en carrera. El mestizo lo siguió con los ojos y murmuró:

—Si tan aturdido está de la paliza y tan borracho del ron como proclama su aspecto, no se acordará del cuchillo hasta que esté tan lejos que tema volver por él a estos lugares. ¡Qué cobarde!

Unos minutos más tarde, el doctor asesinado, el cadáver tapado con la manta, el ataúd sin tapa y la tumba abierta se hallaban bajo la inspección de la luna. De nuevo reinaba un silencio absoluto.

X

LA PREDICCIÓN DEL PERRO AULLADOR

Los dos muchachos seguían corriendo a toda prisa hacia el pueblo, mudos de horror. De vez en cuando echaban un receloso vistazo hacia atrás, por encima del hombro, como si temieran ser perseguidos. Cada tronco que surgía en su camino les parecía un hombre o un enemigo, y les cortaba el aliento. Al apretar el paso junto a las casas que había a la salida del pueblo, los ladridos de unos perros a los que despertaron parecieron dar alas a sus pies.

—¡Con tal que lleguemos a la vieja curtiduría antes de quedarnos sin fuerzas! —murmuraba Tom respirando con dificultad—. Estoy perdiendo el resuello.

El entrecortado jadeo de Huckleberry fue su única respuesta, y los muchachos clavaron la mirada en la meta de sus esperanzas y se esforzaron por llegar a ella. Fueron avanzando y al final, hombro contra hombro, se lanzaron a través de la puerta abierta y cayeron agradecidos y exhaustos en las sombras protectoras de su interior. Al cabo de poco se apaciguaron los acelerados latidos de sus corazones, y Tom murmuró:

—Huckleberry, ¿qué crees que resultará de todo esto?

—Si muere el doctor Robinson, creo que funcionará la horca.

—¿Tú crees?

—¡Estoy convencido, Tom!

125

Tom reflexionó un rato y luego dijo:

—¿Quién lo dirá? ¿Nosotros?

—¿Qué demonios dices? Supongamos que ocurriese algo y no colgaran al indio Joe. Un día u otro nos mataría, tan seguro como que estamos aquí.

—Eso mismo pensaba, Huck.

—Si ha de hablar alguien, que lo haga Muff Potter, si es tan estúpido. Suele emborracharse lo suficiente.

Tom no dijo nada; continuó reflexionando. Poco después murmuró:

—Huck, Muff Potter no lo sabe. ¿Cómo puede decirlo?

—¿Qué razón hay para que no lo sepa?

—Porque ha recibido el golpe justo cuando el indio Joe hacía la faena. ¿Crees que ha visto algo? ¿Crees que lo sabe?

—¡Caracoles! Es verdad, Tom.

—Y además, fíjate bien: puede que el golpe haya acabado con él.

—No, no es probable, Tom. Tenía alcohol en el cuerpo; lo he visto y, además, suele beber siempre. Pues, bien, cuando mi padre está lleno de alcohol, ya podrías aporrearlo con una iglesia que no conseguirías nada. Él mismo lo dice. Así que lo mismo ocurrirá con Muff Potter. Pero si el hombre hubiera estado sereno, tal vez el golpe habría acabado con él.

Tras otro meditativo silencio, Tom dijo:

—Huck, ¿estás seguro de que podrás callar la boca?

—Tom, tenemos que callar la boca. Ya lo sabes. A ese demonio de indio le daría lo mismo ahogarnos a nosotros que ahogar a un par de gatos, si contásemos la historia y no le ahorcaran. Mira, Tom, vamos a jurarnos el uno al otro... eso es lo que debemos hacer, jurar que no diremos nada.

—De acuerdo. Es lo mejor que podemos hacer. ¿Juraremos cogiéndonos de las manos?

—No, eso no cuadra en este caso. No está mal para cosas corrientes y sin importancia, especialmente con las chicas, porque de un modo u otro ellas ceden, y lo descubren todo cuando están en un aprieto; pero en un caso tan tremendo como este, deberíamos escribirlo con sangre.

La naturaleza de Tom aplaudió esta idea. Era profunda, oscura y pavorosa. Recogió del suelo una fina tablilla de pino, sacó del bolsillo un trozo de lápiz y garrapateó estas líneas:

> *Huck Finn y Tom Sawyer juran coserse la boca y que se caigan muertos en su camino y se pudran si hablan alguna vez.*

Huck se quedó admirado de la facilidad con que Tom escribía, así como de la sutilidad de su lenguaje. Al instante se sacó un alfiler de la solapa, y se disponía a pincharse cuando Tom dijo:

—¡Detente! No hagas eso. Los alfileres son de latón. Podría tener cardenillo.

—¿Qué es cardenillo?

—Un veneno. Basta con que tragues un poco, y ya verás lo que pasa.

Tom quitó entonces el hilo de una de sus agujas, y se pincharon la yema del dedo pulgar y lo comprimieron hasta que salió una gota de sangre. Después de mucho comprimir, Tom logró firmar con sus iniciales, usando la yema del dedo meñique como pluma. Entonces enseñó a Huckleberry la manera de hacer una «h» y una «f», y el juramento quedó sellado. Enterraron la tablilla junto a la pared, llevando a cabo lúgubres ceremonias y hechizos, y dieron por hecho que las cadenas que les ataban la lengua estaban cerradas y la llave extraviada.

Una figura se deslizó furtivamente a través de un boquete al otro extremo del arruinado edificio.

—Tom —susurró Huckleberry—, ¿esto nos impedirá esto hablar... para siempre?

—Claro que sí. Ocurra lo que ocurra, tenemos que callar. Si no nos moriríamos enseguida, ¿no lo sabes?

—Sí, eso creo.

Continuaron susurrando durante un rato. Luego un perro inició un prolongado y lúgubre aullido muy cerca de donde se hallaban. Los muchachos se agarraron el uno al otro de repente, angustiados por el miedo.

—¿A quién de nosotros se referirá? —dijo ahogadamente Huck.

—No lo sé. Mira por el boquete. ¡Deprisa!

—No, ¡hazlo tú, Tom!

—¡Yo no puedo, Huck!

—¡Por favor, Tom! ¡Acabo de oírlo otra vez!

—¡Gracias, Dios mío! —susurró Tom—. Conozco la voz. Es Bull Harbison.[1]

—Menos mal; te digo, Tom, que creía morirme de miedo; y hubiese apostado cualquier cosa a que era un perro extraviado.

Volvieron a oírse los aullidos. La bravura de los muchachos naufragó una vez más.

—¡Cielos! No es Bull Harbison —murmuró Huckleberry—. Ve a verlo, Tom.

Tom, muerto de miedo, acercó los ojos al boquete. El murmullo de su voz era apenas audible cuando dijo:

1. Si el señor Harbison hubiese tenido un esclavo con el nombre de Bull, Tom lo habría llamado «Bull de Harbison», pero a un hijo o un perro de ese señor, «Bull Harbison».

—¡Ay, Huck, es un perro extraviado!

—Deprisa, Tom, deprisa. ¿A quién vendrá a buscar?

—Creo que a los dos, Huck, puesto que estamos juntos.

—¡Ay, Tom, me parece que estamos perdidos! Creo que no hay error posible sobre el lugar adonde iré. He sido tan malo...

—Eso es por hacer novillos y todo lo que a uno le dicen que no haga. Habría podido ser bueno, igual que Sid, si lo hubiese intentado, pero no lo intenté, por supuesto. Si salgo con vida de esta, te aseguro que me van a emparedar en la escuela dominical.

Tom empezó a lloriquear.

—¡Malo! —y Huckleberry se puso a lloriquear también—. Vamos, Tom Sawyer, tú eres bueno como un dulce en comparación conmigo. ¡Ay, Dios mío, Dios mío, Dios mío, solo quisiera yo la mitad de tu suerte, Tom!

Tom se aclaró la garganta y murmuró:

—Fíjate, Huck. Se ha vuelto de espaldas a nosotros.

—Sí que está de espaldas, diantre. ¿Lo estaba antes?

—Sí. Pero yo, como un tonto, no me he fijado. Es estupendo, ¿sabes? Y ahora ¿a quién puede referirse?

El aullido cesó. Tom aguzó el oído.

—¡Oye! ¿Qué es esto? —murmuró.

—Parece como... como una piara de cerdos. No... Es alguien que ronca, Tom.

—Eso es. ¿De dónde viene, Huck?

—Me parece que de ahí, en ese extremo. Por lo menos da esta impresión. Papá solía dormir ahí, a veces, junto a los cerdos; pero ¡santo cielo!, cuando él ronca levanta las cosas a su alrededor. Además, creo que no ha vuelto nunca más al pueblo.

El espíritu de aventuras se apoderó una vez más de los muchachos.

—Huck, ¿te atreves a ir tú, si voy yo delante?

—No me gusta mucho, Tom; supongamos que sea el indio Joe.

Tom se acobardó. Pero de repente la tentación los dominó otra vez y los muchachos acordaron hacer un intento, con la condición de emprender una fuga veloz si los ronquidos cesaban. Avanzaron furtivamente de puntillas, el uno detrás del otro. Cuando llegaron a unos cinco pasos del durmiente, Tom pisó una ramita sin querer y esta se rompió con un chasquido seco. El hombre exhaló un suspiro, se encorvó un poco y el rostro le quedó iluminado por la luz de la luna. Era Muff Potter. Los corazones de los chicos dejaron de latir al moverse el hombre, pero sus temores se desvanecieron enseguida. Salieron de puntillas, atravesando el arruinado refugio, y se pararon a cierta distancia para decirse unas palabras de despedida. ¡Entonces aquel prolongado y lúgubre aullido rasgó otra vez el aire de la noche! Se dieron la vuelta y divisaron el extraño perro a pocos pasos del lugar donde yacía Potter, enfrentándose a él mientras señalaba el cielo con el hocico.

—¡Es a él! —exclamaron los muchachos al unísono.

—Mira, Tom, dicen que un perro extraviado se puso a aullar delante de la casa de Johnny Miller alrededor de medianoche, hará cosa de dos semanas; y una chotacabras entró y se posó en la barandilla de la escalera y cantó aquella misma noche; y todavía no se ha muerto nadie.

—Ya lo sé. Y supongamos que nadie se muere. ¿No se cayó Gracie Miller en el fuego del hogar y se hizo unas quemaduras horribles aquel mismo sábado?

—Sí, pero no ha muerto. Es más, mejora cada día.

—Muy bien, espera y verás. Está perdida, tan perdida como Muff Potter. Eso dicen los negros.

Luego se separaron meditabundos. Cuando Tom entró en su dormitorio por la ventana, casi había transcurrido toda la noche. Se desnudó con cautela y se durmió felicitándose a sí mismo de que nadie conociera su escapada. No se dio cuenta de que Sid, el apacible roncador, estaba despierto desde hacía una hora.

Cuando Tom se despertó, Sid ya se había vestido y no

estaba en el dormitorio. Había algo en la luz que indicaba que era muy tarde, una sensación en la atmósfera de hora avanzada. Tom se quedó sorprendido. ¿Por qué no lo habían llamado acosándolo hasta que se levantara, como de costumbre? La idea lo llenó de tristes augurios. Se vistió en un periquete y bajó la escalera, sintiéndose fatigado y soñoliento.

La familia aún estaba a la mesa, pero ya había terminado de desayunar. No hubo voz alguna de reprimenda, pero sí miradas de soslayo; reinaba un silencio y un aire de solemnidad que hizo estremecer el corazón del culpable. Se sentó y trató de mostrarse alegre, pero se le hizo cuesta arriba, y entonces dejó que el corazón se le hundiera en las más profundas negruras.

Una vez concluido el desayuno, su tía se lo llevó aparte, y Tom resplandeció casi con la esperanza de que iba a ser azotado; pero no fue así. La tía Polly se echó a llorar y le preguntó cómo podía seguir destrozando de aquel modo su abrumado corazón; y al final le dijo que continuara por aquel camino hasta arruinarse, y que llevara sus viejos cabellos grises a la tumba, pues era inútil que ella intentara nada más. Eso era peor que mil azotainas, y Tom tenía el corazón más dolorido que el cuerpo. Se deshizo en llanto, suplicó perdón, prometió enmendarse repetidas veces y al final recibió permiso para marcharse, pero Tom se daba cuenta de que solo había obtenido un perdón imperfecto y que no había establecido más que una débil confianza.

Se alejó de la augusta presencia con demasiado pesar para sentir deseos de venganza contra Sid, de modo que la fugaz retirada de este último por la puerta trasera fue innecesaria. Emprendió el camino de la escuela melancólico y triste, y aceptó la paliza, junto con Joe Harper, por haber hecho novillos el día anterior, como un hombre cuyo corazón está ocupado por dolores profundos y es indiferente a las bagatelas. Luego se dirigió a su sitio, apoyó los codos en el pupitre y la barbilla entre las manos, y contempló fijamente el muro con la pétrea mirada del sufrimiento que ha llegado al límite extremo y no puede ir más allá. Uno de sus codos se apoyaba contra una sustancia dura. Al cabo de un buen rato cambió de posición, despacio y triste, y cogió aquel objeto con un suspiro. Estaba envuelto en un papel. Lo desenvolvió. Exhaló un largo, dilatado y colosal suspiro, mientras se le desgarraba el corazón. ¡Era su manecilla de latón!

Era la gota que colmaba el vaso.

XI

A TOM LE REMUEVE LA CONCIENCIA

Poco antes de mediodía todo el pueblo quedó repentinamente electrizado por las pavorosas nuevas. No fue necesario el telégrafo, aun por inventar en aquellos tiempos; las noticias corrieron de boca en boca, de grupo en grupo, de casa en casa, con una rapidez poco menos que telegráfica. El maestro, como es natural, dio fiesta aquella tarde; de lo contrario el pueblo se habría formado una extraña opinión de él.

Junto al hombre asesinado se había encontrado un cuchillo manchado de sangre seca, y alguien lo había reconocido como perteneciente a Muff Potter. Y se decía que un ciudadano trasnochador se había tropezado con Potter lavándose en el arroyo entre la una y las dos de la madrugada, y Potter se alejó enseguida. Tales circunstancias eran muy sospechosas, especialmente la de lavarse, cosa poco corriente en Potter. Se decía también que se había registrado todo el pueblo en busca del «asesino» (el público no es lento en la cuestión de examinar pruebas y llegar a un veredicto), pero no se había encontrado. Hombres a caballo habían salido por todos los caminos, en todas direcciones, y el sheriff «confiaba» en que sería capturado antes de la noche.

El pueblo entero se encaminaba hacia el camposanto. La angustia de Tom se desvaneció, y el muchacho se unió a la procesión, no porque no prefiriera mil veces más ir a cualquiera otra parte, sino porque lo atraía una pavorosa e inexplicable fascinación. Una vez que hubo llegado al horrible lugar, escurrió su cuerpecillo entre la multitud y contempló el espeluznante espectáculo. Le parecía que había transcurrido un siglo desde la última vez que estuvo allí. Alguien le pellizcó el brazo. Se volvió, y sus ojos se encontraron con los de Huckleberry. Al instante los dos muchachos miraron en derredor preguntándose si alguien habría observado algo extraño en su mirada. Pero todos hablaban y prestaban atención al horrendo espectáculo que tenían ante los ojos.

—¡Pobre muchacho! ¡Pobre joven! Esto habría de servir de lección a los ladrones de cadáveres. A Muff Potter lo colgarán por esto, si lo atrapan.

Todas las exclamaciones eran parecidas. El ministro dijo:

—¡Fue un castigo de Dios! En ello se ve Su mano.

Tom se estremeció de pies a cabeza, pues sus ojos acababan de posarse sobre la faz impenetrable del indio Joe. En aquel momento la muchedumbre comenzó a moverse y a empujarse, y algunas voces exclamaron:

—¡Es él! ¡Es él! ¡Viene por sus propios pasos!

—¿Quién? ¿Quién? —preguntaron veinte voces.

—¡Muff Potter!

—Ahora se para. Ahora da media vuelta. ¡No lo dejéis escapar!

Los hombres encaramados en las ramas de los árboles, por encima de Tom, dijeron que no intentaba escaparse, y que solo se mostraba dudoso y perplejo.

—¡Qué desfachatez! —dijo un espectador—; quería volver a echar un vistazo a su obra, supongo, y no esperaba encontrar compañía.

La multitud se apartó para dejar paso, y apareció el sheriff llevando ostentosamente a Potter del brazo. La cara del desdichado estaba pálida, y sus ojos mostraban el miedo del que era presa. Cuando llegó ante el cadáver se estremeció como un epiléptico, se cubrió el rostro con las manos y estalló en lágrimas.

—Yo no lo hice, amigos —sollozó—; palabra de honor que no lo hice.

—¿Y quién te acusa? —gritó una voz.

Este tiro pareció dar en el blanco. Potter levantó el rostro y miró a su alrededor con una patética desesperación en los ojos. Vio al indio Joe y exclamó:

—Joe, tú me prometiste que nunca...

—¿Es tuyo este cuchillo? —Y el sheriff lo colocó ante él.

Potter se habría caído si no le hubiesen sostenido y dejado en el suelo. Entonces dijo:

—Algo me decía que de no volver por el... —Se estremeció; luego movió su mano inerte con gesto abrumado y dijo—: Joe, cuéntales cómo fue, ahora todo es inútil.

Huckleberry y Tom se quedaron mudos y con la vista fija, y escucharon al embustero de corazón de piedra mientras iba devanando su serena declaración. Esperaban a cada instante que el cielo azul dejara caer sobre su cabeza los rayos de la ira divina, y se extrañaban de que tardara tanto el castigo. Y cuando hubo terminado y siguió vivo y entero, sus vacilantes impulsos de romper el juramento y salvar al pobre borracho traicionado se esfumaron, pues era evidente que aquel descreído se había vendido a Satanás, y habría de ser fatal meterse con la propiedad de semejante poder.

—¿Por qué no has escapado? ¿Por qué has vuelto aquí? —preguntó alguien.

—No podía evitarlo... no podía —gimió Potter—. Quería irme lejos, pero era como si algo más fuerte que yo me empujara hacia aquí. —Y rompió a llorar de nuevo.

El indio Joe repitió su declaración, con la misma calma, unos minutos más tarde. Y los muchachos, viendo que los rayos divinos seguían retenidos, se convencieron de que Joe se había vendido al diablo. El asesino se convirtió para ellos en el objeto más calamitosamente interesante que habían contemplado jamás, y no podían apartar los fascinados ojos de su rostro.

Para sus adentros resolvieron vigilarlo durante las noches en que se ofreciese la ocasión, con la esperanza de echar un vistazo a su horrible dueño.

El indio Joe ayudó a levantar el cuerpo de la víctima y a colocarlo en una carreta a fin de transportarlo; y entre la multitud estremecida corrió el murmullo de que la herida sangró un poco. Los muchachos pensaron que esa feliz circunstancia encarrilaría las sospechas por el buen camino; pero quedaron decepcionados, pues más de un espectador observó:

—Estaba a tres pies de Muff Potter cuando el cadáver ha sangrado.

El pavoroso secreto y los remordimientos de conciencia de Tom le turbaron el sueño durante toda la semana siguiente, y una mañana, a la hora del desayuno, Sid dijo:

—Tom, das tantas vueltas y hablas tanto mientras duermes que la mitad de las veces me despiertas.

Tom palideció y bajó los ojos.

—Mala señal —dijo la tía Polly gravemente—. ¿Qué está cavilando tu cabeza, Tom?

—Nada. Nada que yo sepa.

Pero la mano del muchacho temblaba tanto que se le vertió el café de la taza.

—¡Y qué cosas tan raras dices! —prosiguió Sid—. Anoche decías «es sangre, es sangre» y lo repetiste no sé cuántas veces. Y dijiste: «No me atormentes así, ya lo diré». ¿Decir qué? ¿Qué tienes que decir?

Todo daba vueltas alrededor de Tom. Es imposible suponer lo que hubiera ocurrido entonces, pero por fortuna la preocupación se desvaneció del rostro de la tía Polly, y acudió, sin saberlo, en ayuda de Tom.

—¡Bah! —dijo—. Es ese horrible asesinato. Yo también tengo pesadillas la mayoría de las noches. A veces sueño que lo he cometido yo.

Mary dijo que a ella le sucedía tres cuartos de lo mismo. Sid, al parecer, estaba satisfecho. Tom se retiró de la augusta presencia tan deprisa como pudo, y a partir de entonces se quejó de dolor de muelas y se ató las mandíbulas cada noche. No se enteró nunca de que Sid se quedaba al acecho y a menudo desataba el vendaje, y entonces se apoyaba sobre el codo y escuchaba un buen rato cada vez, volviendo luego a colocar el vendaje en su sitio. La angustia de Tom fue desapareciendo y el dolor de muelas resultó fastidioso y fue descartado. Si Sid llegó a entresacar algo de los confusos murmullos de Tom, lo guardó para sí.

A Tom le parecía que sus compañeros de escuela jamás dejarían de iniciar encuestas sobre gatos muertos, manteniendo así vivo en su pensamiento el desagradable recuerdo. Sid observó que Tom nunca era forense judicial en esas encuestas, aun cuando fuese su costumbre tomar la dirección de toda nueva empresa; observó también que Tom jamás actuaba de testigo, cosa bien rara; y no le pasó por alto el hecho de que Tom mostrase incluso una marcada aversión hacia aquellas encuestas, y las evitara siempre que podía. Sid estaba maravillado, pero no dijo nada. Sin embargo, hasta las encuestas pasaron de moda y cesaron de torturar la conciencia de Tom.

Durante aquella época de dolor, cada uno o dos días Tom buscó la ocasión de acercarse al enrejado ventanuco de la cárcel y procuró al «asesino» todos los pequeños consuelos que pudo reunir. La cárcel era una insignificante madriguera de ladrillo que se alzaba en un aguazal en el extremo del pueblo, a la que no se destinaba guardia alguna; en realidad raras veces estaba ocupada. Aquellos regalitos contribuían mucho a sosegar la conciencia de Tom.

En el pueblo ardían en deseos de apalear y arrastrar al indio Joe por robar cadáveres, pero este tenía tan malas pulgas que, al no encontrar a nadie que quisiera ponerse a la cabeza de tal empresa, fue desechada. Joe había tenido buen cuidado de comenzar sus dos declaraciones con la descripción de la lucha, sin confesar el robo de la tumba que la precedió; en consecuencia, se juzgó lo más prudente no presentar, de momento, el caso a los tribunales.

XII

EL GATO Y EL BÁLSAMO MILAGROSO

Una de las razones por las que el pensamiento de Tom se había desviado de sus preocupaciones secretas era que había encontrado una nueva cuestión importante en la que interesarse. Becky Thatcher había dejado de ir a la escuela. Tom había luchado con su orgullo durante unos cuantos días intentando extirpar aquel amor de su corazón, pero había sido en vano. Casi sin darse cuenta se encontró rondando todas las noches la casa del juez, y sintiéndose muy desdichado. Becky estaba enferma. ¿Y si se moría? Este pensamiento le procuró distracción. Ya no sentía interés por la guerra ni siquiera por la piratería. El hechizo de la vida se había evaporado; solo quedaba la melancolía. Abandonó el arco y el palo, pues en ellos ya no hallaba placer. Su tía estaba preocupada. Comenzó a probar toda clase de remedios con él. La tía Polly era de esas personas embobadas por los medicamentos patentados y todos los nuevos métodos para favorecer la salud o remendarla. Era una inveterada experimentadora de tales potingues. Cuando aparecía algún nuevo producto de esta clase, enseguida era presa de la fiebre de probarlo; no en su persona, pues nunca estaba enferma, sino en quienquiera que tuviese a mano. Estaba suscrita a todas las publicaciones de salud y otros timos frenológicos; y la solemne ignorancia de que estaban henchidas era absorbida con deleite por la tía Polly. Todas las estupideces que contenían sobre la ventilación, el modo de acostarse, y cómo levantarse, y qué comer, y qué beber, y cuánto ejercicio hacer, y el estado de ánimo en que había de mantenerse uno y la clase de ropa que había de llevar eran para ella el Evangelio, y jamás se daba cuenta de que las salutíferas publicaciones solían contradecir cuanto habían recomendado el mes anterior. Tenía un alma tan sencilla que resultaba una víctima fácil. Reunía las publicaciones y los medicamentos propios de engañabobos, y, armada de tal guisa contra la muerte, cabalgaba en su pálida montura, metafóricamente hablando, con «el infierno a sus talones». Pero jamás dudó de que no fuese un ángel curativo y el bálsamo de Galaad, disfrazado, para sus vecinos enfermos.

A la sazón el tratamiento del agua era una novedad, y el estado de abatimiento de Tom fue para la tía Polly una fruta madura. Lo hacía salir cada mañana al romper el día, lo obligaba a quedarse de pie en el cobertizo y lo ahogaba con un diluvio de agua fría; entonces lo restregaba con una toalla áspera como una lima, y de este modo lo hacía reaccionar; luego lo envolvía en una sábana mojada y lo tendía bajo unas mantas hasta que le hacía sudar el alma entera y «las manchas amarillas le salían por los poros», como decía Tom.

Con todo, el muchacho estaba cada vez más melancólico, pálido y abatido. La tía añadió baños calientes, baños de asiento, duchas y chapuzones. El chico continuó tétrico como un ataúd. Entonces la tía Polly empezó a combinar el agua con un régimen de harina de avena y vejigatorios. Calculaba la capacidad de Tom como si fuera la de una jarra, y lo llenaba cada día con potingues de charlatán.

Tom se mostraba indiferente a la encarnizada persecución. Ese síntoma llenó de consternación el corazón de la anciana. Era preciso romper tal indiferencia a toda costa. Entonces oyó hablar del «bálsamo milagroso» por primera vez. Enseguida hizo un copioso pedido. Lo probó y se sintió llena de gratitud. Era, simplemente, fuego en forma líquida. Abandonó el tratamiento del agua y todos los demás, hincando su fe en el «bálsamo». Dio a Tom una cucharadita de la poción y esperó el resultado con la más profunda ansiedad. Sus inquietudes se calmaron al instante y su alma volvió a conocer la paz, pues la «indiferencia» se había roto. El muchacho no habría podido mostrar un interés más salvaje y más cordial si le hubiesen encendido una hoguera bajo los pies.

Tom se dio cuenta de que ya era hora de reaccionar; aquella clase de vida podía ser todo lo romántica que convenía a su estado de ánimo, pero implicaba demasiada perturbación. En consecuencia, ideó varios planes para aliviarse, y al final se le ocurrió profesar una gran afición al «bálsamo milagroso». Lo pidió con tanta frecuencia que se hizo insoportable, y su tía acabó diciéndole que se lo sirviera él mismo y dejase de molestarla. Si se hubiese tratado de Sid, ningún recelo hubiese empañado su dicha; pero tratándose de Tom, vigiló la botella a escondidas. Descubrió que la medicina disminuía de veras, pero no se le ocurrió que el muchacho estuviera remendando la salud de una grieta en el entablado del salón.

Un día Tom estaba ocupado administrando la dosis a la grieta, cuando hizo su aparición el gato amarillo de la tía Polly, ronroneando, echando codiciosas ojeadas a la cucharilla y suplicando una degustación.

—No lo pidas si no lo necesitas, Peter —dijo Tom.

Pero Peter dio a entender que lo necesitaba.

—Es mejor que te asegures.

Peter estaba seguro.

—Bien, me lo has pedido y te lo daré, porque no soy roñoso; pero si después no te gusta, no culpes a nadie más que a ti mismo.

Peter dio su conformidad. En consecuencia, Tom le abrió la boca y vertió el «bálsamo milagroso» garganchón adentro. Peter saltó un par de yardas en el aire, luego profirió un maullido de guerra y comenzó una vertiginosa carrera por el salón, chocando contra los muebles, derribando las macetas de flores, y produciendo un trastorno general. Luego se levantó sobre sus patas traseras, en un frenesí de gozo, con la cabeza sobre la espalda y la voz proclamando su inextinguible felicidad. Después reanudó los destrozos por la sala, sembrando la destrucción y el caos a su paso. La tía Polly entró a tiempo para verle ejecutar algunos dobles saltos mortales, lanzar un poderoso hurra final y desaparecer por la ventana abierta, arrastrando con él cuanto quedaba de las macetas. La anciana estaba petrificada de asombro, mirando por encima de las gafas; Tom estaba echado en el suelo desternillándose de risa.

—Tom, ¿qué le ocurre al gato?

—No lo sé, tía —dijo ahogadamente Tom.

—No he visto nunca nada igual. ¿Cuál habrá sido la causa de su trastorno?

—De veras no lo sé, tía Polly; los gatos siempre hacen esas cosas cuando están alegres.

—Conque lo hacen siempre, ¿eh?

Algo había en aquel tono que impulsó a Tom a mantenerse en guardia.

—Sí, señora. Es decir, eso creo.

—Lo crees, ¿eh?

—Sí, señora.

La tía Polly se había inclinado hacia el suelo, mientras Tom la observaba con un interés no exento de ansiedad. Demasiado tarde para adivinar su propósito. El mango de la cucharilla soplona era visible bajo la cenefa de la cama. La tía Polly la recogió. Tom retrocedió bajando los ojos. La tía Polly lo levantó por el agarradero usual —la oreja— y le golpeó severamente la cabeza con el dedal.

—Veamos, ¿por qué has tratado así al pobre animalillo, que no puede hablar?

—Lo he hecho porque me ha dado lástima, porque no tiene ninguna tía.

—¿Que no tiene ninguna tía, grandísimo zote? ¿Qué tiene eso que ver?

—Mucho. Porque si la hubiese tenido, lo habría abrasado

ella misma. Le habría quemado las tripas con la misma falta de sentimientos que si hubiese sido un chico.

La tía Polly sintió una repentina punzada de remordimiento. El hecho se le aparecía bajo una nueva luz; lo que era cruel para un gato podía serlo también para un muchacho. Empezó a ablandarse; se sintió arrepentida. Se le humedecieron los ojos y puso una mano sobre la cabeza de Tom diciendo suavemente:

—Lo hacía con la mejor intención, Tom. Y, además, a ti te sentó bien.

Tom la miró a los ojos, insinuando un guiño apenas perceptible a través de su gravedad.

—Ya sé que tenía usted la mejor intención, tita, y también la tenía yo con Peter. El bálsamo le ha sentado bien. Nunca le había visto dar tantas volteretas...

—Vete, Tom, vete antes de que vuelvas a enojarme. Y procura ser bueno y no será menester que tomes ninguna medicina.

Tom llegó a la escuela con antelación. Era cosa notoria que tal hecho extraño sucediera cada día en aquellos últimos tiempos. Tal como solía hacer últimamente, se puso a rondar ante la entrada del patio de recreo, en vez de jugar con sus camaradas. Estaba enfermo, decía él, y era verdad. Aparentaba mirar a un lado y a otro, menos al sitio que realmente miraba, a lo largo del camino. Al cabo de poco apareció Jeff Thatcher, y el rostro de Tom se iluminó. Miró un momento y apartó la vista compungido. Cuando llegó Jeff, Tom le habló y llevó la conversación por sutiles derroteros buscando la ocasión para referirse a Becky, pero el atolondrado muchacho no llegó a picar el anzuelo. Tom continuó vigilando, lleno de esperanzas en cuanto una falda revoloteaba a lo lejos, y odiando a su poseedora al ver que no era la que esperaba. Al final dejaron de aparecer faldas y Tom volvió a hundirse en la melancolía; entró en la escuela vacía y se sentó a sufrir. Entonces otra falda pasó ante la entrada y el corazón de Tom se desbocó. Un instante después se hallaba en el patio aullando, riendo, persiguiendo a los muchachos, saltando por encima de la valla jugándose la vida y las piernas, dando volteretas, aguantándose sobre la cabeza, realizando todas las gestas heroicas que podía concebir, y observando con el rabillo del ojo, entretanto, si Becky se fijaba en él. Pero ella parecía no darse cuenta de nada, no lo miró ni una sola vez. ¿Era posible que no supiese que él estaba allí? Trasladó el campo de sus hazañas a su inmediato vecindario; pasó una y otra vez lanzando alaridos de guerra, le arrebató la gorra a un muchacho y la arrojó con violencia al tejado de la escuela, se dejó caer entre un grupo de chicos, dispersándolos en todas direcciones, y él también se cayó despatarrado a los pies de Becky, derribándola casi, pero ella le volvió la espalda, arrugando la naricita, y Tom oyó que decía:

—Hay gente que se cree muy lista; siempre está exhibiéndose.

A Tom le ardían las mejillas. Se levantó del suelo y se alejó derrotado.

XIII

LOS PIRATAS SE HACEN A LA MAR

Tom se había decidido. Estaba triste y desesperado. Era un muchacho abandonado, sin amigos, se dijo; nadie lo quería; cuando ellos descubrieran adónde lo habían conducido, tal vez lo lamentasen; él había intentado vivir y obrar de manera recta, pero ellos no se lo habían permitido; puesto que no deseaban más que desembarazarse de él, así sería; podían echarle también la culpa por las consecuencias; ¿por qué no? ¿Qué derecho tiene el desvalido a quejarse? Sí, al final le habían obligado a ello; llevaría una vida de crímenes. No había otra solución.

En aquel momento se encontraba más allá de Meadow Land, y oyó a lo lejos la campana de la escuela anunciando la entrada a clase. Sollozó al pensar que nunca, nunca volvería a oír aquel viejo tañido familiar; era un trance muy duro, pero se lo imponían; puesto que era arrojado al mundo hostil y frío, tenía que someterse, pero los perdonaba a todos. Los sollozos se volvieron más fuertes y persistentes.

Precisamente entonces se encontró a su amigo del alma, Joe Harper, con la mirada dura y, era evidente, un grande y lúgubre propósito en el corazón. En pocas palabras, eran «dos almas con un único anhelo». Tom, secándose los ojos con la manga, comenzó a balbucir algo acerca de la resolución de escapar al duro trato y la falta de simpatía de su hogar, y vagar eternamente por el ancho mundo; acabó diciendo que esperaba que Joe no se olvidara de él.

Pero resultó que Joe tenía que hacerle a Tom una petición parecida y que había salido en su busca para tal propósito. Su madre lo había zurrado por comerse un plato de crema que él no había visto siquiera; era evidente que su madre estaba cansada de él y deseaba que se fuera de casa; si esos eran sus sentimientos, a él no le quedaba otro remedio que sucumbir; esperaba que ella fuese feliz, y que nunca lamentase haber arrojado a su pobre hijo a un mundo insensible para que sufriese y muriera en él.

Mientras los dos muchachos caminaban sumidos en la tristeza, hicieron un nuevo pacto de ayuda mutua, de ser hermanos y no separarse jamás hasta que la muerte les aliviase de sus penas. Luego comenzaron a urdir planes. Joe tenía el propósito de hacerse ermitaño y vivir de mendrugos en una cueva remota, y morir, algún día, de frío, de necesidad y de dolor; pero después de escuchar a Tom admitió que una vida de crimen tenía ciertas ventajas, de modo que consintió en ser pirata.

Tres millas más abajo de San Petersburgo, en un punto en que el río Mississippi tenía un poco más de una milla de ancho, había una isla alargada, estrecha y poblada de árboles, con un banco de arena en un extremo que resultaba un lugar ideal para reunirse. No estaba habitada; se extendía ampliamente hacia la orilla más lejana, al nivel de un bosque espeso y despoblado casi por completo. Eligieron la isla de Jackson, como se llamaba, sin vacilaciones. En lo que no pensaron los muchachos fue en quiénes serían las víctimas de sus piraterías. Luego fueron a buscar a Huckleberry Finn, el cual se les unió sin discutir, pues todas las profesiones le daban lo mismo; no tenía preferencia por ninguna. Al cabo de poco se separaron, quedando en encontrarse en un solitario lugar de la orilla del río, dos millas más abajo del pueblo, a su hora favorita, medianoche. En aquel paraje había una pequeña balsa de troncos que se proponían capturar. Cada uno de los muchachos debía traer anzuelos y cordeles y todas las provisiones que pudiera hurtar del modo más lóbrego y misterioso, según corresponde a un proscrito.

Antes de que acabara la tarde, todos habían conseguido saborear la dulce gloria de divulgar la nueva de que muy pronto el pueblo «sabría algo». Todo aquel que recibió este vago indicio fue advertido de que «callase y esperara».

A medianoche Tom llegó con un jamón y algunas otras fruslerías, y se detuvo en un espeso matorral sobre una pequeña elevación que dominaba el lugar de la cita. Las estrellas resplandecían en el cielo y reinaba una calma absoluta. El caudaloso río se extendía como un océano en reposo. Tom escuchó un momento, pero ningún ruido turbó la quietud. Entonces emitió un silbido agudo. Le contestaron desde el pie de la elevación. Tom silbó dos veces más; las señales fueron contestadas del mismo modo. Entonces una voz cautelosa dijo:

—¿Quién va?

—Tom Sawyer, la Peste Negra de los Océanos. Decid vuestros nombres.

—Huck Finn, Mano Roja, y Joe Harper, el Terror de los Mares.

Tom les había puesto esos nombres, sacados de sus lecturas favoritas.

—Está bien. Ahora la contraseña.

Dos broncos murmullos pronunciaron a la vez la misma palabra espeluznante:

—¡SANGRE!

Tom arrojó el jamón desde las alturas, y se dejó caer a su vez, rasgándose un poco la piel y la ropa con el esfuerzo. Había un sendero fácil y cómodo que bordeaba la playa, al pie de la elevación, pero no poseía las ventajas de dificultad y peligro tan estimadas por un pirata.

El Terror de los Mares había traído un lomo de cerdo, y casi había echado los bofes al transportarlo. Finn, Mano Roja, había robado una cazuela y cierta cantidad de hojas de tabaco a medio preparar, y había traído también algunas mazorcas de maíz para fabricar pipas. Pero ninguno de los piratas fumaba o mascaba tabaco aparte de él. La Peste Negra de los Océanos dijo que no se podía comenzar sin encender un fuego. Era una idea acertada; las cerillas apenas eran conocidas en aquellos tiempos. Vieron un fuego que humeaba en una gran balsa a unas cien yardas de distancia, y se dirigieron allí furtivamente y se apoderaron de un tizón. Convirtieron aquella empresa en una formidable aventura, diciendo «¡Chis!» a cada instante, y deteniéndose de repente con un dedo en los labios, empuñando dagas imaginarias y ordenando con lóbregos murmullos que si «el enemigo» chistaba, había que «hundirle el puñal hasta el mango», porque «los muertos no hablan». Sabían perfectamente que todos los hombres de la balsa estaban en el pueblo rondando las tiendas o corriéndose una juerga, pero ello no era excusa para no ejecutar la hazaña a la manera pirata.

Se alejaron poco después, Tom al mando de la «nave», Huck en el remo posterior y Joe en el delantero. Tom estaba de pie en medio de la embarcación, con el ceño fruncido y los brazos cruzados, y daba órdenes en tono bajo y severo:

—¡Orzad, ceñid la nave al viento!

—Bien, señor.

—¡Firme, fiiirmeee!

—Ya está, señor.

—Soltadla un poco.

—Hecho, señor.

Como los muchachos conducían la balsa de manera firme y monótona hacia el centro del río, no cabía duda de que Tom daba las órdenes solo para crear ambiente, y que no pretendían significar nada especial.

—¿Qué velas lleva?

—Las mayores, cofas y foques, señor.

—Izad los juanetes. Y seis de vosotros arriba, ahí, a la cofa de trinquete. ¡Deprisa!

—Bien, señor.

—Soltad los rizos al juanete del palo mayor. ¡Escotas y brazas! ¡Arriba, muchachos!

—Enseguida, señor.

—A sotavento, todo a babor. ¡Listos para el encuentro! Puerto, puerto. ¡Adelante, compañeros! ¡Ánimos! Fiiirmeee.

—Firme, señor.

La balsa se hallaba en el centro del río; los muchachos dejaron que la arrastrara la corriente, sirviéndose únicamente de los remos para mantener la dirección. El río no estaba crecido, de modo que no había más de dos o tres millas de corriente. Apenas pronunciaron una palabra durante los tres cuartos de hora siguientes. La balsa pasaba ante el pueblo. Dos o tres luces inciertas indicaban el lugar en que estaba, pacíficamente dormido más allá del ancho río que hacían resplandecer las estrellas, inconsciente de la empresa tremenda que se llevaba a cabo. La Peste Negra seguía con los brazos cruzados, dirigiendo la postrera mirada al escenario de sus primeros gozos y sus últimos pesares, y deseando que «ella» pudiera verle en medio del mar turbulento, enfrentándose con el peligro y la muerte con intrépido corazón, yendo hacia su destino con una torva sonrisa en los labios. Poco su imaginación tuvo que esforzarse para trasladar la isla de Jackson a parajes más alejados del pueblo, de modo que dirigió su «postrera mirada» con el corazón desgarrado y satisfecho. Los demás piratas miraban también por última vez; y se pasaron tanto tiempo mirando que casi dejaron que la corriente los alejase de la isla. Descubrieron el peligro a tiempo y maniobraron para impedirlo. Casi a las dos de la madrugada la balsa tocó tierra en el banco, doscientas yardas más arriba del extremo de la isla, y los chicos lo vadearon varias veces hasta que hubieron desembarcado su cargamento. Entre lo poco que pertenecía a la balsa había una vela vieja que extendieron en un rincón escondido entre los matorrales, formando una especie de tienda para cubrir las provisiones; ellos dormirían al raso mientras durase el buen tiempo, como corresponde a los proscritos.

Encendieron un fuego junto a un enorme tronco, en las sombrías profundidades del bosque, y luego frieron un pedazo de beicon en la sartén para cenar, y consumieron la mitad de una torta de maíz que habían traído. Era un juego maravilloso celebrar un festín de aquel modo salvaje y libre, en la selva virgen de una isla desconocida y deshabitada, lejos de los lugares que frecuentaba el hombre, y dijeron que jamás volverían a la civilización. Las verticales llamas iluminaban sus rostros y bañaban con un rojizo fulgor los troncos de los árboles, columnas de aquel templo forestal, haciendo resaltar el brillante follaje y las festoneadas plantas.

Cuando la última loncha de beicon hubo desaparecido y fueron devorados los restos de la torta de maíz, los muchachos se tendieron sobre la hierba, llenos de contento. Podían haber hallado un lugar más fresco, pero no quisieron privarse de un detalle tan romántico como es una fogata de campamento.

—¿No es divertido? —preguntó Joe.

—Es estupendo —dijo Tom—. ¿Qué dirían los chicos si nos vieran?

—¿Qué dirían? Se morirían de miedo si estuviesen aquí, ¿no te parece, Huck?

—Creo que sí —contestó Huck—; de todos modos, yo estoy muy bien. No necesito nada mejor. Por lo general, no tengo tanto que comer, y aquí no pueden reñirle a uno, ni zurrarle ni echarlo con cajas destempladas.

—Es la vida que a mí me gusta —dijo Tom—. Aquí uno no tiene que levantarse por las mañanas, ni ir a la escuela, ni lavarse, ni hacer todas esas condenadas tonterías. Un pirata no tiene que hacer nada cuando está en tierra, ¿sabes, Joe?, pero un ermitaño tiene que rezar muchísimo, así que no le queda tiempo para divertirse.

—En efecto —dijo Joe—. Eso no se me había ocurrido. Prefiero mucho más ser pirata, ahora que lo he probado.

—Además —añadió Tom—, a la gente no le interesan mucho los ermitaños hoy en día, aunque antaño gozaban de gran favor, pero a un pirata lo respetan siempre. Y un ermitaño tiene que dormir en el sitio más duro que encuentre, y ha de llevar ropas de arpillera y cenizas sobre la cabeza, y estar al raso cuando llueve, y...

—¿Por qué ha de llevar ropas de arpillera y cenizas sobre la cabeza? —preguntó Huck.

—No lo sé. Pero tiene que hacerlo. Los ermitaños lo hacen siempre. Tú también tendrías que hacerlo si fueras un ermitaño.

—¡Que me ahorquen si lo hiciera! —dijo Huck.

—¿Qué harías entonces?

—No lo sé. Pero eso te digo que no lo haría.

—Vamos, Huck, tendrías que hacerlo. ¿Cómo podrías evitarlo?

—Vaya, no lo aguantaría, sencillamente. Me marcharía.

—¡Te marcharías! Valiente ermitaño serías tú. ¡Vaya una calamidad!

Mano Roja no contestó, pues estaba ocupado en algo mejor. Había acabado de vaciar una mazorca, y la encajó con el tallo de una planta, la cargó de tabaco, aplicó una brasa a la carga y echó una bocanada de humo fragante; gozaba con intensa voluptuosidad. Los otros piratas envidiaban aquel vicio majestuoso, y secretamente resolvieron adquirirlo en breve. Poco después Huck dijo:

—¿Qué tienen que hacer los piratas?

—Llevan una vida muy agitada —contestó Tom—; apresan buques y los queman, y cogen el dinero y lo entierran en pavorosos lugares de su isla, donde hay fantasmas y otras cosas que lo vigilan, y matan a todo el mundo en los barcos, haciéndolos pasar por una tabla.

—Y se llevan a las mujeres a la isla —dijo Joe—; a las mujeres no las matan.

—No —confirmó Tom—, a las mujeres no, son demasiado nobles. Y, además, las mujeres siempre son hermosas.

—¡Y no llevan malos trajes! Todos de oro, plata y diamantes —dijo Joe con entusiasmo.

—¿Quién?

—¿Quién va a ser? Los piratas.

Huck examinó sus ropas con desaliento.

—Creo que no voy vestido de pirata —dijo con cierto patetismo en la voz—; pero no tengo otra ropa.

Tom y Joe dijeron que los vestidos suntuosos llegarían muy pronto, en cuanto hubiesen comenzado sus aventuras. Le hicieron comprender que sus pobres harapos bastarían para empezar, aunque los piratas opulentos acostumbraran a dar comienzo a sus aventuras con un guardarropa apropiado.

Poco a poco se extinguió la conversación y el sueño invadió los párpados de los pequeños proscritos. La pipa se escurrió de los dedos de Mano Roja, y este se durmió con el sueño de los justos y de los fatigados. Al Terror de los Mares y a la Peste Negra de los Océanos les costó más conciliar el sueño. Dijeron las plegarias para sus adentros, echados en el suelo, pues allí no había nadie con autoridad para obligarlos a que se arrodillaran; en realidad, tenían la intención de no decirlas en absoluto, pero temieron excederse y atraer un posible rayo, especial y súbito, mandado por los cielos. Luego no tardaron en encontrarse en los lindes inminentes del sueño, pero entonces llegó un intruso que no quiso rendirse. Era la conciencia. Empezaron a sentir un vago temor de que habían obrado mal escapándose; después se acordaron de la carne robada y entonces comenzó la verdadera tortura. Intentaron acallarla, recordando a la conciencia que habían hurtado golosinas y manzanas más de veinte veces; pero la conciencia no quería rendirse a tan débiles excusas; al final les pareció que no cabía duda del hecho innegable de que coger golosinas no era más que «birlar», mientras que apoderarse de beicon, jamón y otros comestibles semejantes era pura y simplemente «robar», y en la Biblia había un mandamiento que lo prohibía. En consecuencia, resolvieron en su fuero interno que mientras siguieran en el negocio, sus piraterías no volverían a mancillarse con el crimen del hurto. La conciencia concedió una tregua, y aquellos piratas de curiosa inconsistencia se sumieron en un plácido sueño.

XIV

LOS FILIBUSTEROS ACAMPAN FELIZMENTE

A la mañana siguiente, al despertarse, Tom se preguntó dónde estaba. Se sentó, se frotó los ojos y miró en derredor. Entonces lo comprendió todo. Despuntaba el alba fría y gris, y en la profunda y penetrante calma y el silencio de los bosques había una deliciosa sensación de reposo y paz. No se movía ni una hoja; ni un sonido turbaba la honda meditación de la naturaleza. El rocío había formado rosarios de gotas sobre las hojas y la hierba. Una blanca capa de ceniza cubría el fuego, y una fina espiral de humo azul se alzaba verticalmente en el aire. Joe y Huck aún dormían.

A lo lejos, en el bosque, cantó un pájaro; otro le contestó; luego se oyó el martilleo del pájaro carpintero. Poco a poco la fría opacidad gris de la mañana se volvió más blanca, a la vez que los sonidos se multiplicaban gradualmente y se manifestaba la vida. La maravilla de la naturaleza desperezándose y comenzando su tarea diurna se desplegaba ante el pensativo muchacho. Un gusanillo verde llegó arrastrándose sobre una hoja húmeda, levantando de vez en cuando dos tercios del cuerpo en el aire y oteando a su alrededor para proseguir la marcha, pues estaba inspeccionando el terreno, según pensó Tom; y cuando el gusano se le acercó voluntariamente, Tom se quedó inmóvil como una piedra, mientras sus esperanzas revivían y morían según se le aproximara el bichito o pareciese inclinado a ir a otra parte; y cuando por último caviló durante un penoso momento con su encorvado cuerpecillo en el aire, y entonces se puso a trepar con decisión por la pierna del muchacho y comenzó un viaje por encima de él, el corazón de Tom se alegró, pues aquello significaba que sin duda tendría un traje nuevo, un deslumbrante uniforme de pirata. Luego apareció una procesión de hormigas, procedentes de ninguna parte, y emprendieron sus tareas; una de ellas luchaba vigorosamente con una araña muerta entre los brazos, que era cinco veces mayor que ella, acarreándola, sin desviarse, a lo largo de un tronco. Una mariquita con motas pardas escaló la impresionante cumbre de un tallo de hierba, y Tom se inclinó junto a ella y dijo: «Mariquita, mariquita, vuela pronto a tu casita, que está ardiendo y tus hijitos se encuentran allí solitos», y ella emprendió el vuelo y fue a ver lo que ocurría, lo cual no sorprendió al muchacho, pues ya sabía que aquel insecto era muy crédulo en lo referente a incendios, y más de una vez había puesto a prueba su simplicidad. Luego apareció un escarabajo pelotero empujando obstinadamente su pelota, y Tom tocó la bestezuela para ver cómo encogía las patas contra su cuerpo y fingía estar muerta. Los pájaros promovían a la sazón un regular alboroto. Un tordo, el pájaro burlón del norte, se posó en una rama, encima de la cabeza de Tom, y gorjeó imitando a sus vecinos en un rapto de gozo; luego una chillona corneja descendió, como una llamarada azul, y se detuvo sobre una rama casi al alcance del muchacho, ladeó la cabeza y contempló a los forasteros con ardiente curiosidad; una ardilla gris y un rollizo espécimen de clase raposina pasaron a escondidas, sentándose a intervalos para inspeccionar y charlar con los muchachos, ya que probablemente aquellos seres silvestres jamás habían visto un ser humano y apenas sabían si asustarse o no. Toda la naturaleza ya estaba despierta y en movimiento; el sol perforaba con sus dardos de luz el denso follaje, y un enjambre de mariposas revoloteaba jubilosamente.

Tom despertó a los otros piratas, y se alejaron dando voces. Uno o dos minutos después se habían desnudado y se perseguían y se empujaban unos a otros en el agua límpida y poco profunda del blanco banco de arena. No echaban en falta el pueblecillo dormido en la distancia, más allá de aquel majestuoso derroche de agua. Una corriente vagabunda o una leve crecida del río se había llevado la balsa, pero se alegraron, ya que su desaparición era como quemar el puente que los unía con la civilización.

Volvieron al campamento maravillosamente refrescados, alegres y famélicos. El fuego no tardó en llamear de nuevo. Huck encontró un manantial de agua cristalina y fresca, y los muchachos hicieron vasos con hojas de roble y nogal americano, y les pareció que el agua, endulzada con el silvestre hechizo de los bosques, era un sucedáneo bastante aceptable del café. Mientras Joe cortaba las lonchas de beicon para el desayuno, Tom y Huck le dijeron que aguardase un minuto; se dirigieron a un rinconcillo prometedor de la ribera y arrojaron sus anzuelos; encontraron la recompensa casi enseguida. Joe aún no había tenido tiempo de impacientarse, cuando los otros ya estaban de vuelta con algunos hermosos róbalos, un par de percas y un pequeño barbo, víveres suficientes para toda una familia. Frieron el pescado con el beicon y se quedaron asombrados, pues en su vida habían encontrado el pescado tan delicioso. No sabían que el pescado de agua dulce es más sabroso cuanto antes se pone al fuego después de pescarlo; ni habían reflexionado demasiado sobre el formidable aperitivo que significa el dormir al raso, el ejercicio al aire libre y el baño.

Después del desayuno se echaron a la sombra mientras Huck fumaba; luego emprendieron una expedición de reconocimiento por los bosques. Caminaron alegremente por encima de troncos pútridos, a través de embrollados matorrales, entre solemnes monarcas forestales, cubiertos desde la copa hasta el suelo de las colgantes insignias reales que formaban las plantas trepadoras. De vez en cuando se encontraban amables rincones tapizados de hierba y enjoyados de flores.

Hallaron muchas cosas con que deleitarse, pero nada que les asombrara. Descubrieron que la isla tenía unas tres millas de largo y un cuarto de milla de ancho, y que solo estaba separada de la ribera más próxima por un estrecho canal que apenas tendría doscientas yardas de anchura. Se bañaron casi cada hora, de modo que ya era cerca de media tarde cuando regresaron al campamento. Tenían demasiado apetito para pescar, pero devoraron el jamón frío, y luego se tendieron a la sombra a charlar. Pero la conversación pronto se volvió pausada y al final se extinguió. La calma y la solemnidad que reinaban en el bosque y la sensación de soledad comenzaron su obra en el espíritu de los muchachos. Empezaron a pensar. Una especie de nostalgia indefinida iba envolviéndolos. Pronto cobró una forma opaca; era la nostalgia del hogar. Hasta Finn Mano Roja recordaba los peldaños de las entradas y los barriles vacíos. Pero los tres estaban avergonzados de su debilidad, y ninguno tenía el valor de manifestar su pensamiento.

Desde hacía un rato, los muchachos oían un sonido peculiar en la lejanía, como le ocurre a uno con el tictac del reloj cuando no le presta atención. Pero el sonido misterioso se volvió más intenso y los obligó a prestar atención. Los muchachos se incorporaron, se miraron unos a otros, y luego adoptaron una actitud expectante. Reinó un largo silencio, profundo e ininterrumpido; después una detonación profunda y opaca llegó flotando desde la distancia.

—¿Qué es eso? —exclamó Joe sin voz apenas.

—¡Y yo qué sé! —dijo Tom en un susurro.

—Es un trueno —dijo Huckleberry en un tono asustado—, porque el trueno...

—¡Atención! —dijo Tom—. Escuchad... no habléis.

Esperaron un rato que les pareció un siglo, y luego el mismo sordo fragor turbó la solemne quietud.

—Vamos a ver qué es.

Se levantaron de un salto y corrieron hacia la ribera más próxima al pueblo. Apartaron los matorrales de la orilla y atisbaron en dirección al agua. El pequeño barco de vapor estaba a una milla del pueblo, dejándose arrastrar por la corriente. Su ancha cubierta parecía repleta de gente. Había un gran número de botes llevados a remo o flotando con la corriente en las cercanías del vapor, pero los muchachos no pudieron determinar qué hacían los hombres que los ocupaban. Poco después un gran chorro de humo blanco surgió a un costado del vapor, y mientras se expandía y se levantaba en una perezosa nube, la misma detonación opaca llegó de nuevo a oídos de los muchachos.

—Ya lo sé —exclamó Tom—; alguien que se habrá ahogado.

—Es verdad —dijo Huck—; es lo que hicieron el verano pasado, cuando se ahogó Bill Turner; disparan cañonazos sobre el agua, y eso atrae el cuerpo a la superficie. Sí, y cogen hogazas de pan con azogue dentro y las echan al agua, y donde hay algún ahogado, allí va la hogaza y se para.

—Sí, he oído hablar de eso —dijo Joe—. No sé cómo el pan puede hacer una cosa así.

—No es el pan, ni mucho menos —dijo Tom—; calculo que será, sobre todo, lo que dicen sobre él cuando lo echan al agua.

—Pero si no dicen nada sobre él —dijo Huck—. Lo he visto y no dicen nada.

—Pues es muy curioso —dijo Tom—. Pero tal vez lo digan para sus adentros. Claro que sí. Eso lo sabe cualquiera.

Los otros estuvieron de acuerdo con lo que Tom decía, porque no se podía esperar que un ignorante pedazo de pan, sin ser instruido por un hechizo, obrase con mucha inteligencia al ser enviado en misión de tal gravedad.

—¡Diantre! Cómo me gustaría estar allí ahora —dijo Joe.

—Y a mí —dijo Huck—. Daría no sé qué por saber quién es.

Continuaron escuchando y observando. A Tom se le ocurrió un pensamiento revelador y exclamó:

—Chicos, ya sé quién se ha ahogado: nosotros —exclamó.

Al instante se sintieron héroes; ¡qué triunfo tan esplendoroso! Los echaban de menos; los lloraban; había corazones destrozados por su causa; derramaban lágrimas; había conciencias en las que surgían recuerdos acusadores de crueldades con los pobres muchachos perdidos, que se entregaban a remordimientos vanos; y lo mejor de todo era que los desaparecidos eran motivo de charla en todo el pueblo; y la envidia de todos los muchachos en lo que se refiere a deslumbrante notoriedad. Era estupendo. A fin de cuentas, valía la pena ser pirata.

Al anochecer el vapor volvió a sus tareas acostumbradas, y los botes desaparecieron. Los piratas regresaron al campamento. La vanidad de su nueva grandeza y la insigne confusión que estaban causando los llenaba de júbilo. Pescaron algunos peces, los guisaron y comieron, y luego se pusieron a conjeturar qué pensaba y decía de ellos el pueblo; y los cuadros que imaginaban de la consternación pública motivada por ellos eran muy gratos de contemplar desde su punto de vista. Pero cuando los envolvieron las sombras de la noche, fueron dejando de hablar y se quedaron sentados con la mirada en el fuego y el pensamiento vagando por otra parte. La exaltación había desaparecido, y Tom y Joe no podían apartar el pensamiento de ciertas personas de su casa que no gozaban lo mismo que ellos en aquella travesura. Llegaron los recelos; poco a poco se sintieron turbados e infelices; exhalaron inadvertidamente un suspiro o dos. Al fin, Joe, con gran timidez, les tendió un disimulado anzuelo para ver cómo se tomarían los otros la idea de volver a la civilización, «no precisamente ahora, pero...».

Tom lo avergonzó con sus escarnios. Huck, que no se había comprometido aún, se unió a Tom, y el irresoluto se retractó enseguida, considerándose dichoso de escapar del mal paso con tan poca fama de «gallina nostálgica» como le fue posible. Por el momento, la rebelión fue ahogada eficazmente.

A medida que avanzaba la noche, Huck empezó a cabecear, y poco después a dormir. Joe lo siguió. Tom permaneció un rato inmóvil, apoyado sobre el codo, observando con detenimiento a sus compañeros. Por último se levantó con cautela sobre las rodillas y se puso a buscar entre la hierba al vacilante resplandor de la fogata. Recogió e inspeccionó varios anchos semicírculos de fina y blanca corteza de sicomoro, y al final eligió dos que le parecieron convenientes. Entonces se arrodilló junto al fuego y penosamente escribió algo sobre cada uno de los pedazos con su lápiz; enrolló uno de ellos y se lo puso en el bolsillo de la chaqueta, y el otro en el sombrero de Joe, que luego trasladó a corta distancia de su dueño. Puso también en el sombrero algunos tesoros de chico de escuela de valor casi incalculable, entre ellos un trozo de yeso, una pelota de caucho, tres anzuelos y una canica de las llamadas de «cristal irrompible». Se alejó de puntillas entre los árboles hasta comprender que no podían oírlo, y emprendió una veloz carrera en dirección al banco de arena.

XV

TOM HACE UNA FURTIVA VISITA A SU HOGAR

Unos minutos más tarde Tom se encontraba en el agua poco profunda del banco de arena, vadeando hacia la ribera del Illinois. Antes de que el agua le llegase a la cintura había recorrido la mitad del camino; luego la corriente ya no le permitió seguir vadeando, así que se puso a nadar sin temor para recorrer las cien yardas restantes. Nadaba sesgando la corriente, pero, aun así, era arrastrado hacia abajo más deprisa de lo que esperaba. Al final logró alcanzar la orilla y la siguió hasta encontrar un sitio bajo para salir del agua. Se puso la mano en el bolsillo de la chaqueta, halló intacto el trozo de corteza, y entonces emprendió la marcha a través del bosque, siguiendo la playa, con la ropa chorreando. Poco antes de las diez llegó a un lugar despejado frente al pueblo, y vio el vapor amarrado en la ribera, a la sombra de los árboles. Todo era quietud bajo el parpadeo de las estrellas. Se deslizó hasta la orilla, con sumo cuidado, se metió en el agua, dio tres o cuatro brazadas y se encaramó en el bote que hacía de chinchorro a la popa del barco. Se tendió bajo el banco de los remeros y esperó jadeante.

No tardó en sonar la agrietada campana y una voz dio la orden de «arrancar». Unos minutos más tarde la proa del bote se erguía contra el vientre del vapor, y el viaje había comenzado. Tom se alegró de su éxito, pues sabía que era el último trayecto nocturno del vapor. Al cabo de un cuarto de hora interminable las ruedas se detuvieron, y Tom se deslizó por la borda y nadó hacia la orilla a oscuras, alcanzando la tierra cincuenta yardas más abajo, fuera del peligro de posibles indiscretos.

Recorrió calles poco frecuentadas y al poco rato se encontró frente a la valla posterior de la casa de su tía. Saltó por encima de ella, se acercó al desván y miró al interior de la casa por la ventana del salón, que estaba iluminada. La tía Polly, Sid, Mary y la madre de Joe Harper estaban sentados en grupo, hablando. Estaban cerca de la cama, que se hallaba entre ellos y la puerta. Tom se dirigió a la puerta y comenzó a levantar suavemente el pestillo; luego empujó la puerta, que hizo un chirrido; continuó empujando con cautela, temblando cada vez que chirriaba, hasta que juzgó que podría escurrirse por la abertura de rodillas; entonces metió la cabeza y comenzó a entrar con prudencia.

—¿Por qué oscila tanto la llama de la vela? —dijo la tía Polly. Tom se apresuró—. Pero ¡si la puerta está abierta! Pues claro que lo está. Aquí no paran de ocurrir hechos extraños. Ciérrala, Sid.

Tom desapareció bajo la cama justo a tiempo. Se quedó tumbado un rato «recuperando el aliento», y luego se arrastró hacia un lugar desde donde casi podía tocar el pie de su tía.

—Como decía —continuó la tía Polly—, no era malo, lo que se dice malo, sino travieso. Un poco imprudente y atolondrado, ¿sabe usted? No tenía más responsabilidad que un potrillo. Nunca mostró malas intenciones, y era el chico con el corazón más bueno que haya existido nunca —concluyó echándose a llorar.

—Lo mismo le digo de mi Joe; siempre lleno de proyectos endiablados y dispuesto a cualquier travesura, pero tan generoso y bueno como se pueda ser, y, Dios me bendiga, ¡pensar que lo zurré por comerse aquella crema, sin acordarme de que yo misma la había tirado porque estaba agria! Nunca volveré a verlo en este mundo, nunca, nunca, nunca, ¡pobre hijo mío!

La señora Harper empezó a sollozar como si se le partiera el corazón.

—Espero que Tom se encuentre bien allí donde esté —dijo Sid—, pero si se hubiera portado mejor...

—¡Sid! —Tom sintió el fulgor de la mirada de la anciana, aunque no podía verla—. Ni una palabra contra mi Tom, ahora que se ha ido. Dios cuidará de él; no tienes por qué preocuparte. ¡Ay, señora Harper, no sé cómo resignarme! ¡No sé cómo resignarme! ¡Era un consuelo tan grande para mí, aunque atormentase mi viejo corazón con tanta frecuencia!

—El Señor nos lo da, y el Señor nos lo quita; ¡bendito sea el nombre del Señor! Pero ¡es muy duro! ¡Cuando pienso que el pasado sábado mi Joe me lanzó un cohete a la nariz, y lo zurré de lo lindo! Poco sabía yo cuán pronto... Si me lo hiciera otra vez, lo abrazaría y lo bendeciría.

—Comprendo sus sentimientos, señora Harper, comprendo perfectamente sus sentimientos. Ayer por la tarde, sin ir más lejos, mi Tom hizo tragar al gato el contenido del frasco del «bálsamo milagroso», y creí que el animalito iba a destrozar la casa. Y Dios me perdone, le di a Tom en la cabeza con mi dedal, pobrecillo... Ahora ya han concluido todos sus pesares. Y las últimas palabras que le oí decir eran de reproche...

Ese recuerdo era excesivo para la anciana, que rompió en desconsolados sollozos. Tom estaba lloriqueando también, y sentía más compasión por sí mismo que nadie. Oía a Mary llorando y diciendo palabras amables en su memoria de vez en cuando. Empezaba a tener una opinión nobilísima de sí mismo. Con todo, estaba tan enternecido por el dolor de su tía que anhelaba salir de debajo la cama y llenarla de alegría; y la deslumbrante teatralidad de la escena le atraía poderosamente, pero se contuvo y continuó inmóvil.

Siguió escuchando e intuyó que al principio se creyó que los muchachos se habían ahogado bañándose; luego echaron en falta la balsa; después algunos chicos dijeron que los desaparecidos habían prometido que el pueblo pronto «sabría algo»; los sabihondos del lugar «ataron los cabos sueltos» y dedujeron que los muchachos habían huido en la balsa y aparecerían en breve en el pueblo vecino, río abajo; pero a mediodía encontraron la balsa empotrada contra la orilla del Missouri, unas cinco o seis millas más abajo del pueblo, y entonces murieron las esperanzas; debían de haberse ahogado, pues de lo contrario el hambre los hubiera hecho volver a casa al anochecer, si no antes. Se creía que la busca de los cuerpos había sido infructuosa, porque la desgracia debió de ocurrir en mitad de la corriente, ya que de otro modo, siendo los chicos buenos nadadores, habrían logrado alcanzar la orilla. Eso ocurrió la noche del miércoles. Si los cuerpos no se hallaban en lo que quedaba de semana se abandonaría toda esperanza, y los funerales se celebrarían la mañana del domingo. Tom se estremeció.

La señora Harper dio las buenas noches sollozando y se dispuso a partir. Entonces, en un impulso mutuo, las dos desoladas mujeres se arrojaron una en brazos de la otra, deshaciéndose en un llanto que las consolaba, y luego se separaron. La tía Polly mostró una ternura desacostumbrada al desear las buenas noches a Sid y a Mary. Sid gimoteó un poco, y Mary salió llorando a lágrima viva. La tía Polly se arrodilló y rezó por Tom con tanto patetismo, tanto fervor y tanto amor desmedido en sus palabras y en su vieja voz temblorosa que el muchacho volvió a deshacerse en lágrimas mucho antes de que terminarse la plegaria.

Se vio obligado a permanecer inmóvil hasta mucho después que se acostara la tía Polly, porque esta siguió lanzando suspiros y lastimeras quejas a intervalos, mientras se removía inquieta y daba vueltas. Al final se sosegó, gimiendo un poco en sueños. Entonces el muchacho se deslizó fuera de la cama, se levantó poco a poco hasta ponerse en pie, cubrió con la mano la luz de la vela, y se quedó contemplando a la tía Polly. Su corazón rebosaba de piedad hacia ella. Sacó el rollo de sicomoro y lo depositó junto a la vela. Pero entonces se le ocurrió una idea y estuvo un rato cavilando. El rostro se le iluminó al hallar una feliz solución a su pensamiento; se guardó la corteza a toda prisa en el bolsillo. Entonces se inclinó sobre la tía Polly y besó sus labios marchitos, y, sin entretenerse más, salió a escondidas de la sala, cerrando la puerta.

Hizo el camino de regreso al embarcadero, no encontró a nadie por los alrededores y subió a bordo sin temor, pues sabía que la embarcación estaba vacía, a excepción de un vigilante que siempre estaba dentro y dormía como un leño. Desamarró el bote de la popa, se metió en él, y pronto estuvo remando con cautela río arriba. Cuando estuvo a una milla del pueblo, empezó a sesgar la corriente, poniendo todo su empeño en la tarea. Alcanzó exactamente el embarcadero de la otra orilla, pues tal operación le resultaba familiar. Sintió el deseo de capturar el bote, arguyendo que podía ser considerado un buque y una presa legítima, por tanto, para un pirata, pero sabía que lo buscarían minuciosamente y que podría conducir a ciertas revelaciones. En consecuencia, saltó a tierra y se adentró en el bosque.

Se sentó y descansó un buen rato, tratando de mantenerse despierto, y entonces emprendió el fatigoso camino hacia el campamento. La noche tocaba a su fin. Ya era de día antes de que se hallase ante el banco de arena de la isla. Descansó hasta que el sol estuvo bien alto y doró el ancho río con su esplendor, y entonces se zambulló en la corriente. Poco después se detenía, goteando, en el umbral del campamento, y oía decir a Joe:

—No. Tom es un hombre de honor, Huck, y volverá. No será un desertor. Sabe que sería una mancha para un pirata, y Tom es demasiado orgulloso para consentirlo. Tendrá algo que hacer. Ya quisiera yo saber qué.

—Bien, ¿así todas las cosas son nuestras ahora?

—Casi, casi, pero todavía no, Huck. La nota dice que lo serán si no está aquí a la hora del desayuno.

—¡Y aquí está! —exclamó Tom con gran efecto dramático, haciendo una majestuosa irrupción en el campamento.

Prepararon enseguida un sabroso desayuno de beicon y pescado, y mientras los muchachos daban buena cuenta de él, Tom contó (y adornó) sus aventuras. Cuando terminó la historia, se habían convertido en un jactancioso terceto de héroes. Luego Tom se escondió en un rincón a la sombra para dormir hasta mediodía, y los otros dos piratas se prepararon para ir de pesca y de exploración.

XVI

EL PLACER DE FUMAR — «HE PERDIDO EL CUCHILLO»

Después de comer toda la banda salió a la caza de huevos de
tortuga en el banco de arena. Fueron de un lado a otro clavan-
do palitos en la arena, y cuando encontraban un lugar blando,
se arrodillaban y cavaban con las manos. A veces en un solo
agujero encontraban cincuenta o sesenta huevos. Eran perfectamente blancos y redondos, un poco más pequeños que una
nuez inglesa. Aquella noche hicieron un banquete de huevos
fritos, y la mañana del viernes otro.

Después de desayunar fueron gritando y corriendo hacia
el banco de arena, dando vueltas y quitándose la ropa mientras corrían, hasta que estuvieron desnudos, y continuaron la
diversión en el agua del banco, contra la fuerte corriente, que
les echaba la zancadilla de vez en cuando y aumentaba en
gran manera el placer del juego. A veces se agachaban en grupo y chapoteaban en el agua salpicándose los rostros, y se
aproximaban despacio unos a otros, con la cabeza vuelta para
evitar la rociada de salpicones, y al final se agarraban y se peleaban hasta que el más fuerte chapuzaba a su vecino, y entonces se hundían todos en una mezcolanza de piernas y brazos blancos, boqueando en busca de aliento.

Si la fatiga los vencía, salían del agua y se echaban sobre la
arena cálida y seca, y allí yacían y se cubrían con ella, y al
poco rato se zambullían en el agua otra vez y reanudaban
el juego. Al final se les ocurrió que su piel desnuda se parecía

bastante al traje de malla de los payasos; de modo que trazaron una circunferencia en la arena y jugaron al circo, con tres payasos dentro, pues ninguno quiso ceder aquel honrosísimo papel a sus compañeros.

Más tarde sacaron las canicas y jugaron hasta que se cansaron de esa diversión. Entonces Joe y Huck se bañaron otra vez, pero Tom no quiso arriesgarse, porque descubrió que al sacarse los pantalones había perdido la ristra de cascabeles de serpiente que llevaba alrededor del tobillo, y se maravillaba de que hubiese escapado a los calambres tanto tiempo, sin la protección de aquel poderoso amuleto. No quiso aventurarse hasta que lo hubo encontrado, pero entonces los otros ya estaban fatigados y tenían ganas de descansar. Poco a poco se separaron unos de otros, vagando a solas, llenos de melancolía, y comenzaron a dirigir anhelantes miradas a través del ancho río, hacia donde el pueblo yacía perezosamente al sol. Tom se dio cuenta de que estaba escribiendo BECKY en la arena con el dedo gordo del pie; lo borró y se enojó consigo mismo por su debilidad. Sin embargo, lo escribió de nuevo; no podía evitarlo. Volvió a borrarlo, y se puso a salvo de la tentación, llamando a los demás muchachos y uniéndose a ellos.

Los ánimos de Joe estaban tan decaídos que casi no admitían resurrección. Sentía tanta añoranza que apenas podía soportar el abatimiento que le causaba. Estaban a punto de saltársele las lágrimas. Huck también estaba melancólico. Tom se sentía abatido, pero trataba con todas sus fuerzas de disimularlo. Tenía un secreto que aún no estaba dispuesto a descubrir, pero si la desmoralización no cesaba pronto, tendría que revelarlo. Con grandes muestras de alegría, exclamó:

—Apuesto a que en esta isla ya hubo piratas alguna vez. Tenemos que volver a explorarla. Debe de haber tesoros escondidos en algún sitio. ¿Qué os parecería encontrar un viejo arcón repleto de oro y plata?

Pero tan solo despertó un débil entusiasmo, que se extinguió sin ninguna respuesta. Tom probó una o dos seducciones más, pero fracasaron también. Era una tarea desalentadora. Joe estaba sentado hurgando en la arena con un palo con el semblante muy triste.

—Bueno, chicos, dejémoslo. Quiero volver a casa. Aquí es tan solitario... —dijo al fin.

—No, Joe, te pasará enseguida —dijo Tom—. Acuérdate de lo bien que pescamos aquí.

—¡Qué me importa a mí la pesca! Quiero volver a casa.

—Pero, Joe, ¡si no encontraremos otro sitio mejor que este para nadar!

—Me da igual. Me estoy dando cuenta de que me da igual bañarme si nadie me lo prohíbe. Estoy decidido a marcharme a casa.

—¡Bah, qué niño de teta! ¿Es que necesitas ver a tu madre?

—Sí, necesito ver a mí madre, y a ti te ocurriría lo mismo, si tuvieras. No soy más niño de teta que tú.

Joe gimoteó un poco.

—Bien, dejaremos que el niño llorón vaya a su casa con mamita, ¿verdad, Huck? ¡Pobrecillo! Necesita ver a su mamá. Bien, que la vea. Tú estás bien aquí, ¿verdad, Huck? Nosotros nos quedaremos, ¿eh, Huck?

Huck dijo sí sin el menor entusiasmo.

—No volveré a dirigirte la palabra mientras viva —dijo Joe levantándose—. ¡Jamás!

Se alejó enfurruñado y comenzó a vestirse.

—¿Y a quién le importa? —dijo Tom—. No me moriré por eso. Vete a casa para que se rían de ti. ¡Qué pirata! Huck y yo no somos niños llorones. Nos quedaremos, ¿verdad, Huck? Que se vaya, si quiere. Supongo que nos las arreglaremos sin él.

A pesar de sus palabras de desprecio, Tom estaba inquieto y se alarmó al ver que Joe continuaba vistiéndose sombríamente. Y era desagradable ver a Huck contemplando tan pensativo los preparativos de Joe, y guardando aquel silencio

167

de mal agüero. Al cabo de poco, sin una palabra de despedida, Joe empezó a vadear en dirección a la ribera del Illinois. El valor de Tom empezó a flaquear. Miró a Huck. Este no pudo resistir la mirada, y bajó los ojos.

—Yo también quiero irme, Tom. Esto ya era muy solitario, y ahora será peor. Vámonos también, Tom —dijo.

—Yo no. Podéis marcharos, si queréis. Yo pienso quedarme.

—Tom, yo prefiero irme.

—Bien, vete, ¿quién te lo impide?

Huck empezó a recoger sus ropas desparramadas y dijo:

—Tom, me gustaría que vinieras con nosotros. Anda, decídete. Te esperaremos al llegar a la orilla.

—Pues os cansaréis esperándome, eso es todo.

Huck emprendió tristemente la marcha, y Tom lo vio alejarse, mientras le atenazaba el corazón el poderoso deseo de abandonar su orgullo y marcharse con ellos. Tenía la esperanza de que los muchachos se pararían, pero ellos seguían vadeando despacio. De pronto Tom se dio cuenta de la soledad y la quietud que lo rodeaban. Luchó una última vez con su orgullo y luego se precipitó en pos de sus camaradas gritando:

—¡Esperad! ¡Esperad! Tengo que deciros algo.

Joe y Huck se detuvieron. Cuando Tom llegó junto a ellos, comenzó a revelarles su secreto, y ellos escucharon malhumorados hasta que al final vieron el «punto» al que se dirigía, y entonces lanzaron un bélico alarido de aplauso y dijeron que era «espléndido» y que si lo hubiese dicho al principio, no se habrían marchado. Tom dio una excusa cualquiera; pero el verdadero motivo era el temor de que ni siquiera el secreto los mantuviera a su lado mucho tiempo, de modo que había decidido reservarlo como una postrera seducción.

Los muchachos regresaron alegremente y reanudaron con decisión sus diversiones, charlando sin cesar del magnífico proyecto de Tom y admirando su talento. Después de una comida exquisita de huevos y pescado, Tom dijo que deseaba aprender a fumar. Joe se sumó a la idea y dijo que a él también le gustaría probarlo. Así, pues, Huck hizo unas pipas y las llenó. Aquellos bisoños jamás habían fumado otra cosa que cigarros hechos de hojas secas, que picaban en la lengua y no se consideraban muy de hombres.

Se tendieron apoyándose sobre el codo y comenzaron a echar bocanadas con escasa confianza. El humo tenía un sabor desagradable que les daba náuseas, pero Tom dijo:

—Pero ¡si es muy fácil! Si hubiera sabido que esto era todo, hace tiempo que habría aprendido.

—Y yo —dijo Joe—. Eso no es nada.

—Muchas veces he observado a la gente que fuma, diciéndome que me gustaría hacerlo; pero nunca había creído que pudiese —dijo Tom.

—Es exactamente lo que me ocurría a mí, ¿verdad, Huck? Tú ya me habías oído, ¿no, Huck? Que diga Huck si no es cierto.

—Sí, lo habías dicho muchas veces —dijo Huck.

—También yo —dijo Tom—; ¡centenares de veces! Una vez en el matadero. ¿No te acuerdas, Huck? Bob Tanner también estaba allí, y Johnny Miller, y Jeff Thatcher, cuando lo dije. ¿Recuerdas, Huck, que lo dije?

—Sí, es verdad —dijo Huck—. Fue un día después de perder yo la canica blanca. No, fue el día antes.

—¿Lo ves? Ya te lo decía —exclamó Tom—. Huck se acuerda.

—Creo que podría fumar esta pipa durante un día entero —dijo Joe—. No me mareo.

—Ni yo —dijo Tom—. Yo fumaría durante todo el día. Pero apuesto a que Jeff Thatcher no podría.

—¡Jeff Thatcher! A las dos chupadas se quedaría listo. ¡Que lo pruebe un día y verá!

—Seguro. Y Johnny Miller igual; quisiera ver a Johnny Miller intentarlo algún día.

—¡Y yo! —dijo Joe—. Bueno, te apuesto a que Johnny Miller no podría ni empezar. Solo con el olor se marearía.

—Seguro, Joe. Oye, me gustaría que nos viesen los chicos ahora.

—A mí también.

—Escuchad, muchachos, y no digáis nada de esto; algún día que todos estén por allí, te diré, «Joe, ¿tienes una pipa? Me gustaría fumar». Y tú, con indiferencia, como una cosa corriente, dirás: «Sí, tengo mi vieja pipa, y otra, pero mi tabaco no es muy bueno». Y yo diré: «Ya está bien, si es fuerte». Y entonces tú sacarás las pipas, y las encenderemos como si tal cosa, y ya verás la cara de asombro que ponen.

—¡Córcholis, Tom, será estupendo! ¡Ojalá fuese ahora!

—¡Ojalá! Y cuando les digamos que aprendimos siendo piratas, ¿no desearán haber estado aquí?

—Desde luego. ¡Imagina si lo desearán!

Continuaron charlando. Pero a poco la conversación comenzó a decaer y a desarticularse. Los silencios se alargaron; las expectoraciones aumentaron maravillosamente. Cada poro interior de las mejillas de los chicos se convirtió en una fuente borbotante; apenas pudieron cerrar a tiempo la bodega que tenían bajo la lengua para impedir una inundación; a pesar de sus esfuerzos, se sucedían pequeños desbordamientos en la garganta, seguidos cada vez de repentinas náuseas. Los dos muchachos estaban muy pálidos y abatidos. La pipa de Joe le resbaló de los dedos inertes. A Tom también se le cayó. Las dos fuentes manaban con furia y las dos bombas funcionaban a toda marcha para extraer el agua.

—He perdido el cuchillo. Creo que será mejor que vaya a buscarlo —dijo Joe sin fuerzas.

Tom, con los labios temblorosos y una pronunciación pausada, dijo:

—Será mejor que te ayude. Tú puedes ir por aquel lado y yo buscaré alrededor del manantial. No, no hace falta que vengas, Huck, ya lo encontraremos.

Huck volvió a sentarse, pues, y esperó durante una hora. Entonces lo encontró todo muy solitario, y fue a buscar a sus camaradas. Los encontró en el bosque, muy alejados el uno del otro, muy pálidos los dos y dormidos como troncos. Pero se dijo que si habían sentido alguna molestia, ya se habían desembarazado de ella.

Por la noche, a la hora de cenar, no estuvieron muy parlanchines. Mostraban una actitud humilde, y cuando Huck preparó su pipa después del ágape y se dispuso a prepararles las suyas, dijeron que no, que no se sentían muy bien, que algo que habían comido a mediodía les había sentado mal.

A medianoche Joe se despertó y llamó a los otros. En el aire había una hosca opresión que parecía augurar algo malo. Los muchachos se juntaron y buscaron la compañía amistosa del fuego, pese a que el calor opaco y quieto de la atmósfera irrespirable fuese sofocante. Permanecían sentados, inmóviles y en actitud expectante. La solemne quietud continuaba. Más allá de la luz del fuego las tinieblas lo engullían todo. Al cabo de poco se produjo un tembloroso fulgor que iluminó vagamente el follaje durante un instante y luego se desvaneció. Después se produjo otro, un poco más fuerte. Más tarde otro. Entonces una débil queja suspiró a través de las ramas del bosque y los muchachos sintieron un hálito veloz en las mejillas y se estremecieron al pensar que el Espíritu de la Noche acababa de pasar por allí. Hubo una pausa. Entonces un relámpago siniestro convirtió la noche en día y mostró cada minúsculo tallo de hierba, separado y distinto, que crecía en torno a sus pies. Y mostró también tres caras asustadas y pálidas. El estruendo de un trueno se desplomó desde los cielos y se perdió en la distancia, entre opacos mugidos. Una ráfaga de aire frío arrancó murmullos a todas las hojas y desencadenó una nevada de copos de ceniza alrededor del fuego. Otro fiero resplandor iluminó el bosque, seguido por un estallido que pareció desgajar las copas de los árboles sobre la cabeza de los muchachos. Se apretujaron unos contra otros aterrorizados en medio de las espesas tinieblas que reinaron a continuación. Densos goterones comenzaron a tamborilear sobre el follaje.

—¡Deprisa, muchachos! Vamos a la tienda —exclamó Tom.

Tropezando con las raíces y las plantas, echaron a correr a toda prisa por la oscuridad, cada uno por su lado. Un viento furioso mugía entre los árboles, arrancando silbidos a su paso. Se sucedían sin tregua relámpagos cegadores, acompañados del estruendo ensordecedor del trueno. Caía un fuerte aguacero, que el huracán desparramaba por el suelo en espesas cortinas de agua. Los muchachos se llamaban a gritos, pero el bramido del viento y el retumbar de los truenos ahogaban por completo sus voces. Al final, uno tras otro llegaron bajo la tienda, ateridos, asustados y chorreando agua; pero les consolaba el hecho de estar unidos en el infortunio. No podían hablar, aunque los demás ruidos se lo hubieran permitido, a causa de la vieja vela que se agitaba con furia. La tempestad se intensificaba gradualmente, y al cabo de poco la vela rompió sus ligaduras y huyó entre aleteos, arrastrada por una ráfaga. Los muchachos se agarraron de las manos y emprendieron una carrera, con muchos tumbos y magulladuras, en busca de la protección de un gran roble que se alzaba en la ribera. La batalla estaba en su punto culminante. Bajo la incesante conflagración de los relámpagos que llameaban en las alturas, las cosas de la tierra se destacaban con agudos perfiles sin sombra: los árboles encorvados, el río agitado e hirviente de espuma, las rociaduras de lechosos salpicones, la silueta opaca de los altos acantilados en la orilla opuesta, columbrados a través de las nubes huidizas y de la oblicua cortina de lluvia. Con frecuencia algún árbol gigante sucumbía a la lucha, y se desplomaba ruidosamente entre la vegetación más joven; y el trueno incansable llegaba en explosiones que destrozaban los oídos, agudas y penetrantes, inexplicablemente aterradoras. La tormenta culminó en un esfuerzo incomparable que pareció despedazar la isla, abrasarla y ahogarla hasta la cima de los árboles, llevársela en un soplo, y ensordecer toda cosa viva que hubiese en ella. Era una mala noche para unos muchachos sin techo.

Pero al fin concluyó la batalla; las fuerzas se retiraron entre amenazas y gruñidos cada vez más débiles, y la paz recobró su autoridad. Los muchachos volvieron al campamento empavorecidos, pero allí encontraron algo que les hizo sentir gratitud, pues el gran sicomoro, abrigo de sus lechos, estaba en ruinas, fulminado por los rayos, y ellos no se hallaban bajo su copa al suceder la catástrofe.

El campamento estaba empapado de agua, incluida la fogata. Eran unos rapaces atolondrados, cosa propia de su generación, y no habían tomado precauciones contra la lluvia. Tenían motivos para lamentarse, pues estaban ateridos de frío y calados hasta los huesos. Fueron elocuentes en su desastre; pero enseguida descubrieron que el fuego se había adentrado tanto bajo el tronco que le servía de protección (en el sitio donde se erguía y se separaba del suelo) que un palmo, o algo así, de terreno había escapado al remojón. Lucharon pacientemente hasta que, con ramitas y cortezas que recogieron en los costados de los troncos protegidos, lograron que la fogata ardiera de nuevo. Entonces amontonaron grandes ramas muertas hasta que tuvieron un horno que crepitaba devolviéndoles el optimismo perdido. Secaron el jamón hervido y celebraron un festín, y después se sentaron junto al fuego y exageraron y glorificaron su aventura de medianoche hasta que apuntó el día, pues en parte había espacio seco donde dormir.

En cuanto el sol volvió a calentar a los muchachos, los invadió el sueño y se encaminaron hacia el banco de arena para tumbarse a dormir. Al poco rato se les empezó a chamuscar la piel y, abatidos, se dispusieron a preparar el desayuno. Después de comer se sintieron entorpecidos, con las articulaciones embotadas y, una vez más, llenos de añoranza. Tom vio los síntomas y empezó a animar a los piratas tan bien como pudo. Pero ya no les importaba nada: ni las canicas, ni el circo, ni los baños. Les recordó el imponente secreto y despertó un rayo de optimismo. Mientras duró, logró interesarlos en un nuevo invento. Consistía en dejar de ser piratas durante un rato para convertirse en indios. Los atrajo la idea y al poco rato estaban desnudos y pintarrajeados de pies a cabeza con barro negro, como cebras —todos eran jefes de tribu, por supuesto—, y entonces se adentraron bélicamente en los bosques para atacar un poblado inglés.

Luego se separaron y se convirtieron en tribus hostiles, se tendieron emboscadas y se atacaron dando pavorosos aullidos de guerra, y se mataron y se arrancaron la cabellera los unos a los otros millares de veces. Fue un día sangriento. Y, por tanto, extraordinariamente divertido.

Se reunieron a la hora de cenar en el campamento, hambrientos y felices; pero entonces surgió una dificultad: los indios hostiles no podían romper juntos el pan de la hospitalidad sin hacer antes las paces, lo cual era sencillamente imposible sin fumar la pipa de la paz. Jamás habían oído que existiera otro procedimiento. Dos de los salvajes, por lo menos, casi desearon haber continuado siendo piratas. Sin embargo, no quedaba otro remedio; con todas las posibles demostraciones de contento, pidieron la pipa y echaron su bocanada de humo a conciencia cuando les llegó el turno.

Lo curioso es que entonces se alegraron de haberse dedicado al salvajismo, pues habían conseguido algo; vieron que podían fumar un poco sin tener que ir en busca de cuchillos perdidos; no se marearon lo suficiente como para sentirse indispuestos. No era fácil que renunciaran a esa promesa por falta de esfuerzo. No: hicieron cautelosas prácticas después de cenar con enorme éxito, de modo que pasaron una jubilosa velada. Estaban más orgullosos y contentos con su nueva adquisición que si hubiesen escalpado y despellejado a las Seis Naciones. Vamos a dejarles que fumen y se pavoneen, puesto que de momento ya no nos son de ninguna utilidad.

XVII

LOS PIRATAS ASISTEN A SUS PROPIOS FUNERALES

Pero aquella apacible tarde de sábado no había risas en el pueblecillo. Los Harper y la familia de la tía Polly se estaban vistiendo de luto con gran dolor y muchas lágrimas. En el pueblo
reinaba una calma desacostumbrada, aunque de ordinario fuese
muy tranquilo. La gente se ocupaba de sus tareas con aire ausente; hablaba poco, pero suspiraba con frecuencia. A los niños
les parecía una carga que el sábado fuera fiesta. No ponían el
alma en las diversiones, sino que enseguida las abandonaban.

Aquella tarde Becky Thatcher estuvo rondando muy aba-
tida el desierto patio de la escuela, presa de una honda melancolía. Pero no encontró nada que la consolase. Sostenía este
soliloquio:

—Si al menos tuviera otra vez aquella manecilla de latón...
Pero no poseo ningún recuerdo suyo. —Ahogó un ligero so-
llozo, se detuvo y dijo para sí—: Fue aquí mismo. Si ocurriera
otra vez, no diría aquellas palabras, no las diría por nada del
mundo. Pero ya no es posible; jamás, jamás, jamás le volveré
a ver.

Tal pensamiento acabó de desazonarla y se alejó sin rumbo, con las lágrimas resbalándole por las mejillas. Entonces
llegó un nutrido grupo de chicos y chicas —compañeros de
juego de Tom y de Joe—, y se quedaron mirando por encima
de la empalizada y hablando con reverencia de cómo Tom
hacía eso y aquello, de la última vez que lo vieron, y de cómo

dijo Joe tales o cuales cosas (¡frases henchidas de pavorosos augurios, como acababan de descubrir!), y cada uno que hablaba indicaba el lugar exacto donde estaban los muchachos perdidos en aquel entonces y añadían algo así: «Y yo estaba precisamente aquí, donde estoy ahora, y como si tú fueses él... estaba así de cerca y él sonrió de esta manera... y entonces sentí algo, como... ¡horrible!, ¿sabéis?, y nunca pensé en lo que podría significar, por supuesto, pero ¡ahora se ve bien claro!».

Surgió entonces una disputa sobre quién vio vivos por última vez a los muchachos muertos, y muchos reclamaron aquella tétrica distinción, y ofrecieron pruebas, más o menos confirmadas por los testigos; y cuando al final se decidió quiénes habían visto por última vez a los desaparecidos, y habían hablado con ellos por última vez, los afortunados revistieron una especie de importancia sagrada, y fueron objeto de envidia por parte de todos los demás. Un pobre rapaz, que no tenía otra grandeza que ofrecer, dijo con bastante orgullo:

—Una vez Tom Sawyer me dio una paliza.

Pero esta reivindicación de gloria fue un fracaso. La mayoría de los chicos podían decir otro tanto, de modo que abarataron demasiado la distinción. El grupo se alejó poco a poco, mientras seguía evocando recuerdos de los héroes desaparecidos con voces atemorizadas.

A la mañana siguiente, una vez concluida la escuela dominical, la campana comenzó a tocar a muertos, en lugar de tañer de la forma acostumbrada. Era un día muy apacible, y el funerario sonido parecía armonizar con el meditabundo silencio que se extendía sobre la naturaleza. La gente del pueblo empezó a reunirse, deteniéndose un instante en el vestíbulo para conversar en voz baja sobre el triste acontecimiento. Pero en la iglesia no se oía ni un solo murmullo; solo turbaba el silencio el tétrico susurro de la ropa de las mujeres al dirigirse a su sitio. Nadie recordaba haber visto nunca la iglesia tan llena. Al final hubo una pausa, un expectante silencio, y entonces entró la tía Polly con Sid y Mary, seguidos de la familia Harper, todos vistiendo de riguroso luto, y todos los fieles, incluido el viejo ministro, se alzaron reverentemente y se quedaron en pie, hasta que los enlutados se sentaron en el primer banco. Luego se hizo otro silencio general, interrumpido a intervalos por ahogados sollozos, y el pastor extendió las manos y rezó. Cantaron un himno conmovedor, y el texto que siguió fue: «Yo soy la resurrección y la vida».

En el transcurso del servicio el clérigo hizo tales descripciones de las gracias, las maneras seductoras y las cualidades de los muchachos desaparecidos que todos los presentes, creyendo reconocerlas, sintieron un hondo pesar al recordar que siempre se habían mostrado ciegos a tales gracias, y que con la misma persistencia solo habían visto faltas y defectos en los pobres muchachos. El pastor relató también anécdotas conmovedoras de la vida de los desaparecidos, con el propósito de ilustrar sus naturalezas dulces y generosas, y la gente comprendió enseguida cuán nobles y hermosos eran tales episodios, mientras recordaban con dolor que en la época en que ocurrieron les habían parecido meras bribonadas, más bien merecedoras del látigo. La congregación, cada vez más conmovida a medida que proseguía la patética historia, al final dio rienda suelta a su emoción y se unió a los llorosos enlutados en un coro de angustiados sollozos, y hasta el predicador sucumbió a sus sentimientos y lloró en el púlpito.

En la galería se oyó un chasquido en el que nadie reparó; un momento después la puerta de la iglesia chirrió; el ministro levantó sus anegados ojos del pañuelo y se quedó extático. Un par de ojos primero y otro par después siguieron los del ministro y entonces, como movida por un solo impulso, la gente se levantó y permaneció con la mirada fija en los tres muchachos que avanzaban por el pasillo. Tom a la cabeza, Joe a continuación y Huck, una ruina de colgantes andrajos, ¡deslizándose avergonzados hasta la parte trasera de la iglesia!

Habían estado ocultos en la galería, oyendo el sermón de sus propios funerales.

La tía Polly, Mary y los Harper se abalanzaron sobre sus familiares recobrados, los ahogaron a besos y derramaron acciones de gracias, mientras el pobre Huck se sentía confuso y azorado, no sabiendo exactamente qué hacer o dónde esconderse de aquellas miradas tan poco acogedoras. Titubeó y se disponía a retirarse, cuando Tom lo cogió y dijo:

—Tía Polly, eso no es justo. Alguien tiene que alegrarse de ver a Huck.

—¡Pues claro que sí! ¡Yo me alegro mucho, pobre niño sin madre!

Las cariñosas atenciones que le prodigó la tía Polly lo dejaron más confundido que antes. De repente el ministro gritó a pleno pulmón:

—¡Alabado sea el Señor, de quien proviene toda bendición! ¡CANTAD! y poned en el canto toda el alma.

Y así lo hicieron. El himno emergió con un estallido triunfante, y mientras hacía estremecer las vigas de la iglesia, Tom Sawyer el Pirata contemplaba los envidiosos rostros juveniles que lo rodeaban y se decía que aquel era el momento más halagador de su vida.

Cuando los engañados fieles salieron de la iglesia, dijeron que no les importaría que los pusieran en ridículo otra vez con tal de volver a oír el himno cantado de aquel modo.

Tom recibió más besos y palmadas aquel día —dado el carácter tornadizo de la tía Polly— que en un año; y apenas supo cuál de las dos cosas expresaba mejor el agradecimiento hacia Dios y el afecto hacia él.

XVIII

EL SUEÑO DE TOM

Ese había sido el gran secreto de Tom: el proyecto de volver al pueblo con sus hermanos piratas para asistir a sus propios funerales. Bogaron sobre un tronco hacia la ribera del Missouri el sábado al anochecer, y desembarcaron cinco o seis millas más abajo del pueblo; durmieron en los bosques, al extremo del pueblo, hasta que casi fue de día, y entonces se deslizaron por callejas y andurriales poco frecuentados, hasta culminar su sueño en la galería de la iglesia, entre un caos de bancos sin patas.

El lunes por la mañana, a la hora del desayuno, la tía Polly y Mary estaban muy cariñosas con Tom y muy atentas a sus deseos. La conversación de aquella mañana fue extraordinariamente larga. En un momento dado, la tía Polly dijo:

—No diré yo que no sea una bella chanza, Tom, el tener a todo el mundo sufriendo durante casi una semana mientras vosotros os divertíais, pero es una lástima que hayas sido tan duro de corazón haciéndome padecer así. Si viniste sobre un tronco para tu funeral, también podrías haber venido a dejarme cualquier indicio de que no estabas muerto, sino que solo te habías escapado.

—Sí, podrías haberlo hecho, Tom —dijo Mary—; y creo que lo habrías hecho si se te hubiera ocurrido.

—¿Es cierto, Tom? —dijo la tía Polly con el rostro iluminado por la esperanza—. Dime: ¿lo habrías hecho de habérsete ocurrido?

—Pues... no lo sé. Lo habría echado todo a perder.

—Tom, ya sabía yo que a eso se limitaba todo el amor que me tenías —dijo tía Polly con un tono ofendido que turbó al muchacho—. Aunque no lo hicieras, podrías haberte preocupado lo suficiente como para que se te ocurriera. Habría sido un gran consuelo para mí.

—Vamos, tía, no hubo mala intención —terció Mary—; ya conocemos la manera de ser de Tom; lleva siempre tanta prisa que nunca se acuerda de nada.

—Peor que peor. Sid se hubiese acordado. Y Sid, además, lo habría hecho. Algún día, cuando sea demasiado tarde, Tom, te acordarás y lamentarás no haberte preocupado más por mí, cuando te costaba tan poco.

—Vamos, tita, ya sabe que la quiero —dijo Tom.

—Lo sabría mejor si me lo demostraras.

—¡Ojalá me hubiese acordado! —dijo Tom con un tono arrepentido—; pero, de todos modos, soñé con usted. Algo es algo, ¿no?

—No es mucho; un gato puede hacer otro tanto, pero más vale algo que nada. ¿Qué soñaste?

—Pues el miércoles por la noche soñé que estaba usted sentada ahí, junto a la cama, y Sid estaba sentado al lado del cajón, y Mary pegada a él.

—Bien, así estábamos. Así nos sentamos siempre. Me complace que tus sueños se hayan tomado tanta molestia por nosotros.

—Y soñé que la madre de Joe Harper estaba aquí.

—¡Pues sí que estaba! ¿Soñaste algo más?

—Muchas cosas. Pero ahora lo veo todo confuso.

—Bien, intenta acordarte, ¿de acuerdo?

—Me parece como si el viento... hubiese apagado... la... la...

—¡Sí, Tom, sí! El viento apagó algo. ¿Qué fue?

Tom se presionó la frente con los dedos durante un angustioso minuto, y entonces dijo:

—¡Ya está! ¡Ya está! Apagó la vela.

—¡Dios sea loado! Sigue, Tom, sigue.

—Y me parece que usted dijo: «Pero si veo que la puerta...».

—Sigue, Tom.

—Déjeme pensar un momento, solo un momento. Sí, usted dijo que creía que la puerta estaba abierta.

—Es verdad que lo dije, tan verdad como que estoy aquí sentada, ¿no, Mary? Sigue.

—Y entonces... y entonces... no estoy muy seguro, pero me parece como si usted hubiese mandado a Sid a... a...

—¿Adónde? ¿Adónde? ¿Qué le mandé?

—Le mandó usted... Sí, le mandó cerrar la puerta.

—¡Válgame el cielo! En mi vida he oído nada parecido. No me digáis ahora que los sueños no son verdad. Sereny Harper va a saberlo antes de que yo tenga una hora más de vida. Me gustará ver qué dice, a pesar de todas sus tonterías sobre la superstición. Sigue, Tom.

—Y entonces se puso usted a llorar.

—Así es. Así es. Pero no era la primera vez que lloraba. Y entonces...

—Entonces la señora Harper se puso a llorar y dijo que lo mismo ocurría con su Joe, y que ojalá no le hubiese zurrado por comerse la crema que ella misma había tirado...

—¡Tom! El Espíritu estaba contigo. Estabas profetizando, eso es lo que hacías. ¡Válgame el cielo! Sigue, Tom.

—Luego Sid dijo... dijo...

—No creo haber dicho nada —dijo Sid.

—Sí que dijiste algo —exclamó Mary.

—Callaos vosotros, y dejad hablar a Tom. ¿Qué dijo, Tom?

—Dijo... creo que dijo que esperaba que me encontrase bien donde estaba, pero que si me hubiese portado mejor...

—¿Estáis oyendo? Son sus mismas palabras.

—Y usted le mandó callar enojada.

—¡Así fue! Aquí debía de haber un ángel. En un sitio u otro había un ángel.

Y la señora Harper contó que Joe la había asustado con un cohete, y usted contó lo de Peter y el «bálsamo milagroso»

—Es tan cierto como que vivo.

—Y entonces hablaron mucho rato de nuestra busca por el río y de celebrar los funerales el domingo, y entonces usted y la señora Harper se abrazaron llorando, y luego ella se marchó.

—Así ocurrió exactamente. Así ocurrió exactamente, tan cierto como que estoy aquí sentada. Tom, no habrías podido contarlo con más exactitud si lo hubieses visto. ¿Y después? Sigue, Tom.

—Me pareció que luego rezaba usted por mí, y podía verla y oír cada palabra que decía. Y se acostó usted, y yo sentía tanta pena que cogí un pedazo de corteza de sicomoro y escribí: «No estamos muertos, solo estamos haciendo de piratas», y lo dejé en la mesilla, junto a la vela; y entonces parecía usted tan buena, allí dormida, que me incliné y le di un beso.

—¿Eso hiciste, Tom, eso hiciste? Por eso te lo perdono todo.

Y dio un abrazo tan fuerte a Tom que le hizo sentirse el más vil de los canallas.

—Muy cariñoso, aunque solo se tratara de un... sueño —susurró Sid.

—Cállate, Sid. Las personas hacen en sueños lo mismo que harían despiertas. Toma esta manzana que guardaba para ti, en caso de que te encontraran, y ahora ve a la escuela. Estoy agradecida al buen Dios y Padre de todos nosotros por tenerte de nuevo. Él es paciente y misericordioso para los que creen en Él y siguen su palabra, aunque el cielo sabe que no lo merezco, pero si tan solo los merecedores recibieran sus bendiciones y su mano clemente en los malos pasos, pocos habría que sonriesen aquí, o entrasen en su reino de reposo a la llegada de la larga noche. A la escuela, Sid, Mary y Tom; ¡largo, que ya me habéis mareado bastante!

Los muchachos se encaminaron hacia la escuela y la anciana se dirigió a casa de la señora Harper, dispuesta a vencer su materialismo con el maravilloso sueño de Tom. Sid era demasiado cuerdo para expresar la idea que tenía en la cabeza al salir de la casa. La idea era esta: «Es muy sospechoso. ¡Un sueño tan largo y sin una sola equivocación!».

Tom se había transformado en un héroe. Ya no andaba saltando y encabritándose, sino que se movía con el digno balanceo que corresponde a un pirata que se sabe objeto de la admiración pública. Y en verdad era así; Tom fingía no ver las miradas ni oír los comentarios que levantaba a su paso, aunque fueran un deleite para su espíritu. Los chicos menores que él se congregaban en rebaños a sus talones, orgullosos de ser vistos con Tom y tolerados por él, como si fuera el timbalero a la cabeza de una procesión o el elefante que guía unas fieras hasta la ciudad. Los muchachos de su edad pretendían ignorar que había estado ausente; pero en realidad los consumía la envidia. Hubiesen dado cualquier cosa por tener aquella piel morena y curtida por el sol y la deslumbrante notoriedad del héroe; y Tom no hubiese renunciado a ella ni a cambio de un circo.

En la escuela los muchachos hablaban tanto de él y de Joe, y sus ojos traslucían una admiración tan elocuente, que los dos héroes no tardaron en ponerse insoportables. Empezaron a contar sus aventuras a los famélicos oyentes, pero solo empezaron; no era probable que las concluyeran, teniendo en cuenta su imaginación para suministrar material. Por último, cuando sacaron sus pipas y se pasearon echando serenas bocanadas de humo, alcanzaron la mismísima cúspide de la gloria.

Tom decidió que ya podía olvidarse de Becky Thatcher. Le bastaba la gloria. Viviría para la gloria. Como se había convertido en una persona de renombre, tal vez ella querría hacer las paces. Pues, bien, que lo intentara; descubriría que él podía mostrarse tan indiferente como otras personas. Poco después llegó Becky. Tom fingió que no la veía. Se alejó y se unió a un grupo de chicos y chicas, y comenzó a charlar. Pronto observó que Becky estaba corriendo alegremente de un lado a otro con la cara sonrojada y los ojos chispeantes, simulando estar ocupada en dar alcance a los compañeros y riendo alborozada cuando lograba atrapar a alguien; pero Tom se dio cuenta de que siempre atrapaba a alguien en sus proximidades y que en tales ocasiones le dirigía una mirada consciente. Aquello halagó su jactanciosa vanidad, de modo que en lugar de atraerlo, solo lo envaró más y redobló su propósito de demostrar que ignoraba la presencia de la muchacha. Al cabo de poco ella dejó de corretear y vagó indecisa de un lado para otro, suspirando unas veces y otras echando miradas furtivas y tristes hacia Tom. Observó entonces que Tom hablaba más con Amy que con las demás. Sintió un agudo pesar y al instante se quedó turbada e inquieta. Intentó alejarse, pero sus pies la traicionaron llevándola hacia el grupo. Entonces, con una vivacidad fingida, se dirigió a una muchacha que estaba casi al lado de Tom.

—Hola, Mary Austin. ¡Perezosa! ¿Por qué no viniste a la escuela dominical?

—Sí que fui; ¿no me viste?

—¿Estabas allí? ¿Dónde estabas sentada?

—Estaba en la clase de la señorita Peter, como siempre. Yo a ti te vi.

—¿De veras? Vaya, es curioso que yo no te viera. Quería hablarte del picnic.

—¡Genial! ¿Quién lo organiza?

—Mamá me dejará que os invite.

—Muy bien; espero poder ir.

—¡Claro que sí! El picnic es en mi honor. Dejará asistir a quien yo quiera, y me apetece que vengas.

—Es delicioso. ¿Y cuándo será?

—Muy pronto. Tal vez durante las vacaciones.

—Será divertidísimo. ¿Invitarás a todos los chicos y chicas?

—Sí, a todos los que sean amigos míos... o quieran serlo.

—Y dirigió una mirada muy furtiva a Tom, pero este hablaba con Amy Lawrence de la terrible tempestad de la isla, y de cómo el rayo dejó el gran sicomoro «hecho astillas», mientras él «se encontraba a tres pies de distancia».

—¿Me invitarás a mí? —dijo Gracie Miller.

—Sí.

—¿Y a mí? —dijo Sally Rogers.

—Sí.

—¿Y a mí también? —preguntó Susy Harper—. ¿Y a Joe?

—Sí.

Y así sucesivamente, en medio de un gozoso batir de palmas, hasta que todo el grupo hubo rogado que lo invitaran menos Tom y Amy. Entonces Tom se alejó con frialdad, mientras seguía hablando, y se llevó a Amy. Los labios de Becky temblaron y las lágrimas asomaron a sus ojos; lo ocultó con una alegría forzada y continuó charlando, pero la vida había huido ya del picnic y de todo lo demás; se alejó tan pronto como pudo y se escondió para llorar y, como dicen las chicas, «desahogarse». Entonces se sentó pesarosa, con el orgullo herido, hasta que tocó la campana. Luego se levantó con un vengativo fulgor en sus ojos, dio una sacudida a sus trenzas y dijo que ya sabía lo que debía hacer.

Durante el recreo Tom siguió coqueteando con Amy con jubilosa jactancia. Y vagó de un lado a otro para encontrar a Becky y lacerarla con su maniobra. Al final la vio, pero el termómetro de su alegría sufrió un bajón repentino. Becky estaba sentada a sus anchas en un banquito de la parte posterior de la escuela, hojeando un libro de imágenes con Alfred Temple, y estaban tan absortos y tenían las cabezas tan juntas sobre el libro que no parecían darse cuenta de nada. Unos celos abrasadores recorrieron las venas de Tom. Se arrepintió de haber desperdiciado la oportunidad de reconciliación que le había ofrecido Becky. Se llamó a sí mismo estúpido y se dirigió todos los insultos que se le ocurrieron. Tenía ganas de llorar de despecho. Amy continuaba su alegre cháchara mientras caminaban, ya que su corazón rebosaba de júbilo, pero la lengua de Tom había perdido sus facultades. No oía lo que decía Amy, y cuando esta se paraba en una pausa expectante, solo podía balbucir una tosca frase que a veces era oportuna y otras no. No dejó de acercarse una y otra vez a la parte trasera de la escuela para abrasarse los ojos con el odioso espectáculo. No podía evitarlo. Y lo que lo volvía loco era pensar que Becky Thatcher no sospechaba siquiera que él se hallase en el mundo de los vivos. Pero ella lo veía y sabía que estaba ganando la batalla, y se alegraba de que sufriera como había sufrido ella.

El jovial parloteo de Amy se volvió insoportable. Tom mencionaba asuntos que tenía que atender, cosas que tenía que hacer, mientras el tiempo volaba. Pero era en vano; la muchacha seguía con sus gorjeos. Tom pensó: «¡Maldita sea! ¿No voy a desembarazarme nunca de ella?». Por último, tuvo que atender aquellos asuntos, y ella dijo ingenuamente que estaría «por allí» a la salida de la escuela. Tom se alejó a toda prisa, exasperado con ella.

—¡Precisamente este! —se decía Tom rechinando los dientes—. Entre todos los chicos de la ciudad, tenía que ser ese lechuguino de San Luis que se cree tan elegante y aristocrático. Muy bien, joven, te zurré la primera vez que te vi en el pueblo, y te zurraré otra vez. ¡Espera a que te atrape! Te voy a agarrar así y...

Llevó a cabo todos los movimientos requeridos para hacer papilla a un muchacho imaginario, dando puñadas, patadas y empujones en el aire. «¿Qué te parece? ¿Has tenido bastante? Pues que te sirva de lección.» Y así acabó la tunda imaginaria.

A mediodía Tom escapó hacia su casa. Su conciencia ya no podía soportar la agradecida felicidad de Amy, y sus celos no podían aguantar el otro infortunio. Becky reanudó la inspección de imágenes con Alfred, pero como transcurrían los minutos y Tom no se dejaba ver sufriendo por ello, su triunfo comenzó a nublarse y perdió el interés; siguieron la gravedad y la indiferencia, y luego la melancolía; dos o tres veces aguzó el oído ante unos pasos, pero fueron esperanzas vanas; Tom no apareció. Al final se sintió muy desgraciada y deseó no haber llevado el juego tan lejos. Cuando el pobre Alfred, al ver que la estaba perdiendo sin saber cómo, exclamó repetidamente: «¡Mira, esta imagen es preciosa!», Becky acabó perdiendo la paciencia y dijo:

—No me molestes más. ¡No me importan un comino las imágenes! —Y rompió a llorar, se levantó y se fue.

Alfred la siguió y se disponía a intentar consolarla, cuando ella le atajó:

—¿Es que no puedes dejarme sola? Te detesto.

Alfred se detuvo preguntándose qué error habría cometido, ya que Becky le dijo que mirarían las imágenes durante la pausa de mediodía. Becky se alejó llorando. Alfred entró en la escuela desierta. Estaba humillado y furioso. Enseguida adivinó toda la verdad: la muchacha lo había utilizado para desahogar su despecho hacia Tom Sawyer. Ese pensamiento no aminoró su odio hacia Tom. Deseó encontrar algún medio de perjudicar al muchacho sin comprometerse. Allí, a su alcance, estaba el libro de lectura de Tom. Aprovechó la ocasión. Lo abrió satisfecho en la lección de aquella tarde y llenó la página de manchas de tinta.

Becky, que estaba mirando el aula por una ventana, vio la maniobra y se alejó sin descubrir su presencia. Entonces emprendió el camino hacia su casa con la intención de encontrar a Tom y contárselo; Tom se lo agradecería y se arreglaría todo. Pero a medio camino de su casa cambió de parecer. Recordó indignada cómo la había tratado Tom cuando ella hablara del picnic y se avergonzó. Resolvió dejar que lo castigaran a causa del libro de lectura manchado y, además, odiarlo eternamente.

XIX

«LO HE HECHO SIN PENSAR»

Tom llegó a su casa muy abatido, y lo primero que le dijo su tía al entrar le demostró que había llevado sus pesares a un mercado poco acogedor.

—¡Tom, te voy a arrancar la piel!

—Tita, ¿qué he hecho?

—Pues bastante. He ido a visitar a Sereny Harper, como una vieja tonta, esperando hacerle creer todas las boberías de aquel sueño, y descubro, ¡prepárate!, que ha sabido por Joe que aquella noche viniste aquí y oíste toda la conversación. Tom, no sé adónde puede llegar un muchacho que obra de este modo. ¡Cuánto me duele pensar que has dejado que hiciera el ridículo yendo a ver a Sereny Harper, sin decirme una palabra!

Tom vio entonces el asunto bajo otra luz. Su agudeza de la mañana le había parecido entonces una chanza estupenda e ingeniosa. De pronto solo le parecía mezquina y vil. Agachó la cabeza y no supo qué decir durante un momento. Después exclamó:

—Tita, ojalá no lo hubiera hecho, pero lo he hecho sin pensar.

—¡Ay, niño, jamás piensas! Solo piensas en ti. Se te ocurrió venir hasta aquí desde la isla de Jackson, de noche, para reírte de nuestras penas, y se te ocurrió burlarte de mí con la mentira del sueño; pero nunca has pensado en compadecerte de nosotros y en ahorrarnos tanto pesar.

—Tía, sé que obré mal, pero no tenía esa intención. No la

tenía, de veras. Y, además, aquella noche no vine aquí para reírme de usted.

—Pues ¿a qué viniste?

—A decirle que no se preocupara por nosotros, porque no nos habíamos ahogado.

—Tom, Tom, sería el alma más agradecida del mundo si pudiese creer que se te ocurrió esta idea, pero tú sabes que jamás se te ocurrió... y yo también lo sé, Tom.

—De veras, de veras que lo pensé, tita, ¡que me muera si es mentira!

—No mientas más, Tom, no mientas más. Solo consigues empeorar las cosas.

—No es mentira, tía, es la verdad. Yo no quería que usted se afligiese; por eso vine.

—Daría el mundo entero por creerte; eso te redimiría de un buen número de pecados, Tom. Casi me alegraría de que hubieses escapado y obrado tan mal. Pero es una locura; si no, di: ¿por qué no me advertiste?

—Porque empezaron a hablar de los funerales, y entonces me entusiasmó la idea de escondernos en la iglesia, y no logré decidirme a echarla a perder. Así que me guardé la corteza en el bolsillo y no dije nada.

—¿Qué corteza?

—La corteza donde le escribí que estábamos haciendo de piratas. ¡Ojalá la hubiese despertado entonces, cuando la besé, ojalá!

Los severos rasgos del rostro de la tía Polly se suavizaron y una súbita ternura le iluminó los ojos.

—Pero ¿me besaste, Tom?

—Claro que sí.

—¿Estás seguro, Tom?

—Pues claro que sí, tía, bien seguro.

—¿Por qué me besaste, Tom?

—Porque la quiero, y estaba usted llorando y yo sentía mucha pena.

Las palabras parecían sinceras. La anciana no pudo disimular un temblor en la voz cuando dijo:

—Bésame otra vez, Tom... y ahora vete a la escuela, y no me fastidies más.

En cuanto Tom se marchó, la tía Polly corrió al armario y sacó la chaqueta destrozada que había llevado Tom en sus piraterías. Entonces se detuvo, con la prenda en la mano, y dijo para sí:

—No, no me atrevo. Pobrecillo, supongo que habrá mentido, pero bendita sea su mentira, ya que tanto consuelo me da. Espero que el Señor... Sé que el Señor lo perdonará, porque se lo dictó su buen corazón. Y no quiero descubrir que es una mentira. No, no quiero saberlo.

Dejó a un lado la chaqueta y se quedó pensativa durante un minuto. Alargó la mano dos veces para coger de nuevo la prenda, y se refrenó dos veces. Se aventuró otra vez y se convenció al pensar: «Es una mentira bien intencionada, y una mentira bien intencionada no debe causarme pesadumbre».

Registró el bolsillo de la chaqueta. Un instante después leía el trozo de corteza de Tom a través de un río de lágrimas y decía:

—¡Ahora perdonaría al muchacho, aunque hubiera pecado un millón de veces!

XX

TOM CARGA CON EL CASTIGO DE BECKY

Algo en el modo de besarlo de la tía Polly desvaneció la tristeza de Tom y le hizo sentirse de nuevo animado y alegre. Se dirigió a la escuela y tuvo la suerte de tropezarse con Becky Thatcher delante de Meadow Lane. Su ánimo determinaba siempre su manera de proceder. Sin vacilar ni un instante, corrió hacia ella y le dijo:

—Hoy me he portado de un modo muy vil, Becky, y lo siento. Jamás, jamás volveré a portarme así mientras viva; hagamos las paces, ¿quieres?

La niña se detuvo y lo miró desdeñosamente.

—Le agradeceré que se ocupe de sus asuntos, señor Thomas Sawyer. No pienso dirigirle más la palabra.

Sin decir ni una palabra más prosiguió su camino. Tom se quedó tan aturdido que ni siquiera tuvo presencia de ánimo para decir: «¿Y a quién le importa esto, señorita Presumida?» hasta que hubo pasado el momento oportuno, así que no dijo nada. Sin embargo, se enfureció más de la cuenta. Entró en el patio de la escuela, deseando que Becky hubiera sido un muchacho e imaginando cómo la trataría de haber sido un chico. Al cabo de poco se encontró con ella y al cruzársela soltó una hiriente burla. Ella le contestó a gritos y la furiosa ruptura fue absoluta. Becky, en su encendido resentimiento, creía que apenas podía esperar la hora de entrar en clase, consumida por la impaciencia de ver a Tom azotado a causa del libro de lectura. Si tuvo alguna vaga intención de descubrir a Alfred Temple, la ofensiva burla de Tom la desvaneció por completo.

La pobre niña no sabía cuán cerca estaba ella también de sufrir un tropiezo. El maestro, el señor Dobbins, había llegado a una edad avanzada con una ambición insatisfecha. Su mayor deseo era ser médico, pero la pobreza había decretado que no pasaría de maestro de escuela. Cada día sacaba de su pupitre un libro misterioso y se enfrascaba en su lectura mientras no se recitaba la lección. Guardaba el libro bajo llave. No había un solo chiquillo en la escuela que no se muriese de ganas de echarle una ojeada, pero la ocasión no se presentaba nunca. Cada chico y cada chica tenía su propia teoría acerca de la naturaleza de aquel libro; pero no había dos teorías iguales, y no había manera de llegar a una idea concreta.

Cuando Becky pasó junto al pupitre, que se encontraba cerca de la puerta, advirtió que la llave estaba en la cerradura. Era una oportunidad única. Echó un vistazo en derredor; se encontró sola y un momento después tenía el libro entre las manos. El título que aparecía en la primera página, *Anatomía* del profesor Tal, no le procuró información alguna, así que comenzó a pasar las páginas. De pronto encontró una hermosa lámina de colores que representaba una figura humana en cueros. En aquel instante se proyectó una sombra sobre la página, Tom Sawyer atravesó el umbral y echó una ojeada a la lámina. Becky dio un fuerte tirón al libro para cerrarlo, y tuvo la mala suerte de rasgar el grabado hasta media página. Metió el volumen en el pupitre, giró la llave y rompió a llorar avergonzada y temerosa.

—Tom Sawyer, eres la persona más vil del mundo, acechando a otra persona para ver qué mira.

—¿Cómo iba a saber yo que estabas mirando algo?

—Tendrías que avergonzarte de ti mismo, Tom Sawyer; sé que me delatarás, y ¿qué haré entonces, qué haré? Me azotarán, y será la primera vez que me peguen en la escuela. —Después, pateando con impaciencia en el suelo, dijo—: Eres vil y rastrero. Yo sé que va a ocurrir algo. Espera y verás. ¡Eres odioso, odioso! —Y se marchó hecha un mar de lágrimas.

Tom se quedó inmóvil, un poco aturdido por esta embestida. Al cabo de poco se dijo:

—¡Qué curiosas tontuelas son las chicas! No la han azotado nunca en la escuela. ¡Boberías! ¿Qué es una azotaina? Bah, es propio de una chica: piel fina y corazón de polluelo. Bueno, por supuesto que no voy a delatar a esa tontuela ante el señor Dobbins, porque existen otras maneras de vengarme menos ruines; pero ¿qué ocurrirá? El viejo Dobbins preguntará quién ha roto el libro. Nadie contestará. Entonces empleará el procedimiento de siempre, preguntar primero a uno y luego a otro, y cuando llegue a la chica culpable lo sabrá, sin que se lo diga nadie. Las caras de las muchachas se delatan siempre. No saben disimular. Y recibirá la azotaina. En mal paso se ha metido Becky Thatcher, pues no hay ninguna salida. —Tom caviló unos momentos más y luego añadió—: Al fin y al cabo, a ella le gustaría verme en un aprieto así, ¡qué se fastidie!

Tom fue a unirse al enjambre de ruidosos escolares en el patio. Al cabo de unos momentos llegó el maestro y comenzó la clase. Tom no sentía gran interés por sus estudios. Cada vez que dirigía la mirada al lado de las chicas, el rostro de Becky lo llenaba de turbación. Teniendo en cuenta lo sucedido, él no quería compadecerla y, sin embargo, tampoco experimentaba alegría alguna. No sentía una exaltación que fuese realmente digna de ese nombre. Poco después se descubrió el libro de lectura manchado, y Tom se quedó absorto en sus propios asuntos durante el rato que siguió. Becky salió del letargo de su infortunio y mostró un gran interés por los procedimientos penales. No confiaba en que Tom saliese del apuro negando que había manchado el libro de tinta, y tenía razón. La negativa, al parecer, solo empeoró la situación de Tom. Becky suponía que debía alegrarse de ello, y trató de creer que se alegraba, pero descubrió que no estaba muy segura.

Cuando llegó lo peor, sintió el impulso de levantarse y delatar a Alfred Temple, pero hizo un esfuerzo y se obligó a permanecer quieta, diciéndose a sí misma que «él dirá que he rasgado la imagen del libro. ¡No diría una palabra, ni para salvarle la vida!».

Tom recibió una azotaina y volvió a su sitio no del todo descorazonado, pues creía muy posible que él mismo hubiese vertido la tinta sobre el libro sin darse cuenta, en alguna de sus impetuosas gestas; lo había negado por pura fórmula y porque era costumbre, y había insistido por una cuestión de principios.

Una hora después el maestro daba cabezadas en su trono y el murmullo de los estudios entorpecía el aire. Poco después el señor Dobbins se desperezó, bostezó, luego abrió el pupitre y cogió el libro, pero se mostró indeciso entre sacarlo o dejarlo. La mayoría de los alumnos dirigieron una lánguida mirada, pero había dos entre ellos que observaban sus movimientos con detenimiento. El señor Dobbins manoseó el libro distraídamente unos instantes, luego lo sacó y se acomodó en su asiento para leer. Tom echó un vistazo a Becky. En una ocasión había visto un conejillo desvalido y atrapado, con un fusil apuntándole en la cabeza, que tenía el mismo aspecto. Tom se olvidó al instante de su disputa con ella. ¡Tenía que hacer algo en un abrir y cerrar de ojos! Pero la misma inminencia de la catástrofe le paralizaba la inventiva. Al fin tuvo una inspiración. Se apoderaría del libro por sorpresa, saltaría hacia la puerta y emprendería la fuga. Pero su resolución titubeó durante un breve instante, y perdió la oportunidad: el maestro ya estaba abriendo el libro. ¡Ojalá la desperdiciada ocasión hubiera vuelto a presentársele! Pero era demasiado tarde. Ya no había salvación para Becky, pensó Tom. Un momento después el maestro se encaraba con los alumnos. Todos los ojos se agacharon ante su mirada. Había algo en ella que amedrentaba incluso a los inocentes. Reinó el silencio el tiempo de contar hasta diez, mientras el maestro se iba enfureciendo.

—¿Quién ha rasgado este libro? —preguntó.

Se hizo el silencio más absoluto. Hubiera podido oírse la caída de un alfiler. El maestro escudriñaba un rostro tras otro en busca de indicios culpables.

—Benjamin Rogers, ¿has rasgado este libro?

Negativa. Otra pausa.

—Joseph Harper, ¿lo has hecho tú?

Otra negativa. La inquietud de Tom iba en aumento bajo la lenta tortura de ese procedimiento. El maestro examinó las hileras de muchachos, caviló un rato y luego se dirigió a las chicas.

—¿Amy Lawrence?

Brusco movimiento de cabeza.

—¿Gracie Miller?

Mismo gesto.

—Susan Harper, ¿lo has hecho tú?

Otra negativa. La siguiente muchacha era Becky Thatcher. Tom temblaba de pies a cabeza, agitado ante la desesperada situación.

—Rebecca Thatcher —Tom le miró el rostro: estaba blanca de terror—, ¿has rasgado... no, mírame a la cara —sus manitas se alzaron suplicantes—, has rasgado el libro?

Una idea atravesó como un rayo el cerebro de Tom. Se puso en pie de un salto y gritó:

—¡He sido yo!

Todos los alumnos se quedaron perplejos ante aquella increíble locura. Tom permaneció un instante inmóvil concentrando sus facultades dispersas, y cuando se adelantó para recibir su castigo, la sorpresa, la gratitud y la adoración que derramaron sobre él los ojos de la pobre Becky le parecieron la paga suficiente de cien azotainas. Inspirado por el esplendor de su propio acto, recibió sin una queja la paliza más inhumana que había administrado el señor Dobbins en su vida, y también recibió con indiferencia la orden, cruelmente añadida, de quedarse dos horas más una vez terminadas las clases, pues sabía quién le esperaría fuera hasta que hubiese terminado su cautiverio, sin creer tampoco que aquel largo intervalo era tiempo perdido.

Aquella noche Tom se acostó planeando su venganza contra Alfred Temple; ya que, avergonzada y contrita, Becky se lo contó todo, sin omitir su propia traición; pero hasta los anhelos de venganza tuvieron que dar paso enseguida a pensamientos más agradables, y se durmió al fin con las últimas palabras de Becky resonando dulcemente en su oído.

—Tom, ¿cómo has podido ser tan noble?

XXI

ELOCUENCIA, Y LA DORADA CÚPULA DEL PROFESOR

Se aproximaban las vacaciones. El maestro de escuela, que siempre era severo, mostraba más severidad y exigencia que nunca, pues quería que los alumnos se lucieran el día de los exámenes. La vara y la palmeta estaban a la sazón raramente ociosas, por lo menos entre los escolares más pequeños. Solo los muchachos mayores y las señoritas de dieciocho y veinte años escapaban a los azotes. Además, los azotes que propinaba el señor Dobbins eran muy vigorosos, pues aunque bajo la peluca tuviera la cabeza perfectamente calva y brillante, y fuera un hombre entrado en años, sus músculos no mostraban el menor signo de fatiga. A medida que se aproximaba el gran día, toda la tiranía que anidaba en él subía a la superficie; parecía encontrar un rencoroso placer castigando los menores descuidos. La consecuencia era que los pequeños pasaban los días sumidos en el terror y el sufrimiento, y las noches planeando venganzas. No desperdiciaban la ocasión de jugarle una mala pasada. Pero el maestro les llevaba siempre ventaja. La retribución que seguía a cada éxito vengativo era tan arrolladora y majestuosa que los muchachos se retiraban siempre del campo maltrechos y derrotados. Al final conspiraron juntos y se les ocurrió un plan que prometía una deslumbrante victoria. Enzarzaron en el complot al hijo del pintor de rótulos, le explicaron el proyecto y le pidieron que participara. Este tenía sus propias razones para aceptar, pues el maestro se hospedaba en casa de su padre y había dado al muchacho amplios motivos para odiarle. La esposa del maestro tenía que marcharse al campo unos días, de modo que nada estorbaría el plan; el maestro se preparaba siempre para las grandes ocasiones cogiendo una borrachera, y el hijo del pintor de rótulos dijo que, la tarde de los exámenes, cuando el dómine se encontrase en el estado ideal, él «arreglaría la cosa», mientras dormitase en su silla; luego lo despertaría a la hora exacta y correría hacia la escuela.

Al fin llegó el día del interesante acontecimiento. A las ocho de la noche la escuela estaba muy iluminada y adornada con guirnaldas de flores y hojas. El maestro estaba entronizado en su amplio asiento, sobre una alta plataforma, con la pizarra a su espalda. Tres hileras de bancos a cada lado y otras seis hileras enfrente de él estaban ocupados por los dignatarios de la ciudad y por los familiares de los alumnos; hileras de chiquillos, aseados y vestidos hasta sentirse incómodos; hileras de zafios muchachotes; bancos níveos de muchachas y señoritas vestidas de linón y muselina, muy conscientes de sus brazos desnudos, de las antiguas alhajas de sus abuelas, de los trocitos de cinta rosa y azul y de las flores que lucían en el cabello. El resto de la sala estaba ocupada por los alumnos que no participaban en los exámenes.

Empezaron los ejercicios. Un niño muy pequeño se puso en pie y recitó con timidez: «Poco podían suponer ustedes verme a mi edad dirigiéndome a un público», etc., acompañándose de una gesticulación tan penosamente exacta y espasmódica que parecía propia de una máquina, suponiendo que la máquina estuviera algo descompuesta. Llegó al final sin tropiezos, aunque con un pavor cruel, recibió los aplausos al hacer un saludo ensayado y se retiró.

Una vergonzosa muchachita tartamudeó «María tenía una ovejita», etc., ejecutó un saludo que partía el alma, recibió su tanda de aplausos y se sentó ruborizada y feliz.

Tom Sawyer avanzó con arrogante confianza y se aventuró con el inextinguible e indestructible discurso «Dadme la libertad o la muerte», con bello ímpetu y frenética gesticulación, y se quedó mudo a la mitad. Un tétrico pavor se apoderó de él; le temblaban las piernas y casi se ahogaba. Cierto es que tenía a su favor la manifiesta simpatía del público, pero tenía también el silencio del público, que era todavía peor que su simpatía. El maestro frunció las cejas y aquello completó el desastre. Tom luchó unos instantes y luego se retiró derrotado. Hubo un débil conato de aplauso que se extinguió al nacer.

Luego siguió «El muchacho estaba sobre el puente en llamas», así como «El asirio llegó» y otras perlas declamatorias. Luego tuvieron lugar ejercicios de lectura y un torneo de ortografía. La exigua clase de latín recitó con honor. Luego le llegó el turno a la flor del programa: las «composiciones» originales de las señoritas. Cada una por turno se adelantó hasta el borde de la plataforma, carraspeó, alzó su manuscrito (atado con una primorosa cinta) y comenzó la lectura, cuidando especialmente la «expresión» y la puntuación. Los temas eran los mismos que habían tratado ya en similares ocasiones las madres de las señoritas, las abuelas y todos los antepasados de sexo femenino hasta las Cruzadas. Los títulos eran: «Amistad»; «Recuerdos de otro tiempo»; «La religión en la historia»; «Tierra de ensueño»; «Las ventajas de la cultura»; «Formas de gobierno político comparadas y contrastadas»; «Melancolía»; «Amor filial»; «Anhelos del corazón», etc.

Un rasgo característico de esas composiciones era su intencionada melancolía; otro, el chorro pródigo y opulento de «fino lenguaje»; otro, la tendencia a repetir palabras y frases especialmente apreciadas, hasta agotarlas del todo; y una particularidad que las distinguía y echaba a perder notablemente era el inveterado e intolerable sermón que meneaba su estropeado rabo al final de cada una de ellas. Cualquiera que fuese el tema, se hacía un torturador esfuerzo del cerebro para rematarlo en un sentido u otro que el espíritu moral y religioso pudiera considerar edificante. La evidente falta de sinceridad de esos sermones no era suficiente para conseguir que la moda de pronunciarlos se desterrara de las escuelas, ni es suficiente hoy día; ni tal vez sea suficiente jamás, mientras exista el mundo. No existe ninguna escuela en nuestro país donde las señoritas no se sientan obligadas a terminar sus composiciones con un sermón; y veréis que el sermón de la muchacha más frívola y menos religiosa de la escuela es siempre el más largo y piadoso. Pero dejémoslo ahí, porque la verdad casera es desabrida.

Volvamos a los exámenes. La primera composición que se leyó fue la titulada «¿Es esto, pues, la vida?». Tal vez el lector pueda soportar un extracto de ella:

> En el monótono transcurso de la vida, ¡con qué deleitosas emociones anhela una mente joven una escena de fiesta! La imaginación está ocupada esbozando gozosos cuadros de rosados tonos. En su fantasía, la voluptuosa devota de la moda se ve a sí misma entre la festiva multitud, «observada por todos». Su grácil figura, envuelta en níveas telas, remolinea a través de los laberintos de la alegre danza; sus ojos son los más brillantes y sus pasos los más ligeros de la jubilosa reunión.
>
> Con tales deliciosas fantasías vuela el tiempo, y llega la esperada hora de entrar en el mundo elisio, del cual ella tiene tantos sueños brillantes. ¡Qué mágicas le parecen las cosas a su hechizada mirada! Cada nueva escena es más encantadora que la anterior. Pero no tarda en descubrir que bajo aquella hermosa apariencia todo es vanidad; los halagos que una vez le hechizaron el alma de pronto le rechinan con aspereza en los oídos; la sala de baile ha perdido sus encantos, y se aleja con la salud mermada y el corazón amargado, convencida de que los placeres terrenos no pueden colmar las ansias de su alma.

Y así sucesivamente. En el transcurso de la lectura, de vez en cuando se oía un murmullo de deleite, acompañado de exclamaciones susurradas apenas: «¡Qué hermoso!», «¡Qué elocuente!», «¡Es verdad!», etc., y después de que concluyera con un sermón sumamente aflictivo, los aplausos fueron entusiastas.

Luego se levantó una muchacha flaca y melancólica, cuyo rostro tenía la «interesante» palidez que causan las píldoras y la propensión a las indigestiones, y leyó un «poema». Bastarán dos estrofas:

EL ADIÓS A ALABAMA DE UNA MUCHACHA DE MISSOURI

¡Adiós, Alabama! ¡Dulce tierra adorada
que contra mis deseos tengo que abandonar!
Tus recuerdos acuden a mi frente abrasada,
mi corazón llora, presa de un hondo pesar.
Deambulé por tus bosques de flores olorosas,
y junto a la corriente del Tallapoosa leí horas y horas,
y oí del Tallassce las olas belicosas,
y en el Coosa admiré los rayos de la aurora.

El peso de mi grávido corazón no me avergüenza
ni me humillan mis lágrimas que fluyen como un mar.
Pues la que abandono no es una tierra extraña,
ni a extranjeros libro mi pesar.
¡Hogar acogedor!, en este estado te hallas;
un estado cuyos valles se alejan de mí.
Mi corazón se enfría, mis ojos y mi tête,
todo, porque ¡Alabama querida! los apartó de ti.

Muy pocos sabían qué significaba *tête*, pero, con todo, el poema gustó muchísimo.

Después apareció una señorita de tez oscura, de ojos y de cabellos negros, que guardó un impresionante momento de silencio, asumió una actitud trágica y comenzó a leer en un tono solemne y mesurado.

Sombría y tormentosa era la noche. Alrededor del divino trono, en las alturas, no parpadeaba ni una sola estrella, pero las hondas detonaciones del pesado trueno vibraban sin cesar en el oído, mientras el terrorífico rayo se entregaba a una furiosa orgía en los nebulosos aposentos del firmamento, pareciendo desdeñar el poder ejercido sobre sus terrores por el ilustre Franklin. Hasta los vientos ruidosos vinieron unánimemente de sus místicas moradas, y bramaron a un lado y a otro como si quisieran contribuir al horror de la escena.

En aquella hora tan oscura y triste, mi espíritu suspiraba por una humana simpatía; pero entonces:

Mi más querida amiga, mi consejera y guía,
la alegría en mis penas, hacia mí venía.

Se movía como uno de esos brillantes seres imaginados en los soleados paseos de un Edén fantástico por mentes románticas y jóvenes, cual reina de hermosura a quien solo adornara su propia belleza trascendente. Tan leve era su paso que no hacía el menor ruido, y a no ser por la mágica impresión que producía su benigno contacto, hubiera pasado inadvertida, omisa, como otras bellezas llenas de modestia. Una rara tristeza reposaba en sus rasgos, como heladas lágrimas sobre el manto de diciembre, al señalarme los belicosos elementos del exterior e invitarme a contemplar los dos seres que indicaba.

Aquella pesadilla ocupó unas diez páginas de manuscrito y culminó en un sermón que destruía tanto cualquier esperanza para los no presbiterianos que logró el primer premio. Esa composición se consideró el más bello esfuerzo de la velada. El alcalde del pueblo, al entregar el premio a la autora, pronunció un fervoroso discurso en el que dijo que era la composición más «elocuente» que había oído en su vida y que el mismo Daniel Webster no hubiese desdeñado firmarla.

Cabe observar, de paso, que el número de composiciones en que se prodigó la palabra «bellísimo» y se aludió a la experiencia humana como una «página de la vida» sobrepasó el porcentaje habitual.

Entonces el maestro, suavizado casi hasta los límites de la jovialidad, retiró a un lado su asiento, volvió la espalda al público y se puso a dibujar un mapa de América en el encerado para los ejercicios de la clase de geografía. Pero su mano vacilante no logró una obra perfecta, y se oyeron unas risitas ahogadas entre el público. El maestro sospechó el motivo y se dispuso a enmendar el yerro. Borró las líneas y las trazó de nuevo; pero solo consiguió desviarlas más que antes, y las risitas se volvieron más intensas. Entonces concentró toda su atención en la labor, dispuesto a no dejarse intimidar. Notó que las miradas estaban fijas en él; imaginó que lograba su objeto, pero las risas continuaron; de hecho, era evidente que aumentaban. Y con razón. En el techo había un desván con un escotillón que daba sobre su cabeza; y a través de esa abertura se asomaba un gato, colgado de una cuerda por las patas traseras; llevaba atadas la cabeza y las quijadas con un trapo para impedir que maullase; en su lento descenso se encorvaba hacia arriba y se aferraba a la cuerda o se balanceaba hacia abajo, dando zarpazos en el aire intangible. Las risas fueron subiendo de tono. El gato estaba a seis pulgadas de la cabeza del absorto profesor, bajó un poco más, un poco más, y le agarró la peluca con sus zarpas desesperadas, se aferró a ella y de un tirón fue izado al desván con el trofeo aún en su poder. ¡Y cómo irradió la luz de la calva mollera del profesor...! ¡El chico del pintor de rótulos la había dorado!

La fiesta quedó interrumpida al instante. Los muchachos se habían vengado. Acababan de empezar las vacaciones.

XXII

HUCK FINN CITA LAS ESCRITURAS

Tom se incorporó a la nueva orden de los Cadetes de la Templanza, atraído por el deslumbrante aspecto de sus insignias y distintivos. Prometió abstenerse de fumar, de mascar tabaco y de cualquier otra profanación mientras fuese miembro de la orden. Entonces descubrió algo nuevo, a saber: que la promesa de no hacer una cosa es el medio más seguro del mundo para tener ganas de hacerla. Enseguida Tom fue presa del deseo de beber y jurar; el deseo se volvió tan intenso que tan solo la esperanza de tener la ocasión de mostrarse con su faja encarnada le impidió abandonar la orden. Se acercaba el 4 de julio, pero pronto renunció a pensar en ese día —renunció antes de haber llevado las cadenas cuarenta y ocho horas— y fijó sus esperanzas en el viejo juez de paz Frazer, que al parecer estaba enfermo de muerte y al que se harían grandes funerales públicos debido a su alto cargo. Durante tres días Tom estuvo profundamente interesado en el estado del juez y ansioso por tener noticias. A veces sus esperanzas remontaban tanto el vuelo que se aventuraba a sacar sus insignias y se las probaba ante el espejo. Pero el juez tenía un modo de fluctuar sumamente desalentador. Empezó a mejorar y luego estuvo convaleciente. Tom se sentía contrariado y tenía la impresión de haber sufrido una estafa. Presentó su dimisión de inmediato, y aquella misma noche el juez sufrió una recaída y murió. Tom decidió que jamás volvería a depositar su confianza en un hombre como aquel.

El entierro fue magnífico. Los Cadetes desfilaron con una pompa que parecía intencionada para hacer morir de envidia al antiguo miembro. No obstante, Tom volvió a ser un muchacho libre; siempre sería una ventaja. Podía beber y jurar, pero descubrió con asombro que ya no lo deseaba. El simple hecho de poder llevar a cabo su deseo disipaba el encanto.

Tom se extrañó entonces de que sus codiciadas vacaciones empezaran a resultarle algo pesadas.

Se propuso comenzar un diario, pero no ocurrió nada en tres días y lo abandonó.

Una compañía de actores negros llegó al pueblo y causó sensación. Tom y Joe Harper organizaron entonces una compañía y durante dos días estuvieron contentos.

Hasta el glorioso 4 de julio fue en cierto modo un fracaso, ya que llovió a cántaros; así, pues, no hubo desfile, y el hombre más grande del mundo (como suponía Tom), el señor Benton, auténtico senador de Estados Unidos, resultó una abrumadora decepción, pues no medía ni veinticinco pies de estatura.

Llegó un circo, y los muchachos jugaron a los títeres durante los tres días siguientes, con tiendas hechas de alfombras viejas —precio de la entrada: tres alfileres los chicos, y dos las chicas—, y después olvidaron aquella distracción.

Los muchachos y las muchachas hicieron excursiones, pero fueron tan pocas y tan divertidas que solo volvieron más dolorosos los vacíos que mediaban entre una y otra.

Becky Thatcher se había ido a su casa de Constantinople a pasar allí las vacaciones con sus padres, de modo que la vida no tenía ningún encanto.

El terrible secreto del asesinato era un suplicio crónico, un verdadero cáncer a causa de su permanencia y dolor.

Después vino el sarampión.

Durante dos largas semanas, Tom estuvo prisionero, muerto para el mundo y sus acontecimientos. Estaba muy enfermo y nada le interesaba. Cuando al final se levantó de la cama y se encaminó sin fuerzas al centro del pueblo, todas las cosas y todos los seres habían sufrido un melancólico cambio. Había tenido lugar una «resurrección de la fe», y todo el mundo estaba dedicado a la religión, no solo los adultos, sino hasta los chicos y las chicas. Tom vagó de un lado para otro esperando, contra toda esperanza, tropezarse con algún bendito rostro pecador, pero en todas partes lo amargó la decepción. Encontró a Joe Harper estudiando un Nuevo Testamento, y se apartó desolado de tan deprimente espectáculo. Buscó a Ben Rogers y lo halló visitando a los pobres con un cestito de folletos de propaganda. Fue en busca de Jim Hollis, y este le llamó la atención sobre el divino aviso que significaba su reciente sarampión. Cada muchacho que encontraba acrecentaba su abatimiento, y cuando por último, desesperado, huyó a refugiarse con Huckleberry Finn y fue recibido con una cita bíblica, se le partió el corazón, volvió a casa y se metió en la cama, dándose cuenta de que solo él en todo el pueblo estaba irremisiblemente perdido.

Aquella noche se desencadenó una terrorífica tormenta, con una lluvia furiosa, pavorosos truenos y cegadores relámpagos. Se cubrió la cabeza con las sábanas y esperó inmóvil y horrorizado que se cumpliese su destino, pues no tenía la menor duda de que todo aquel alboroto era por su causa. Creía haber abusado de la clemencia de los poderes celestiales hasta el extremo de sobrepasar el límite de su tolerancia y que ese era el resultado. Le hubiera parecido un despilfarro de pompa y de municiones matar una chinche con una batería de artillería, pero no le parecía nada incongruente el estallido de aquella costosa tempestad para sacudir la hierba que pisaba un insecto como él.

Poco a poco la tormenta amainó y se extinguió sin conseguir su objetivo. El primer impulso del muchacho fue sentirse agradecido y enmendarse. El segundo fue esperar, pues acaso no hubiera más tormentas.

Al día siguiente volvieron los médicos; Tom había recaído. Las tres semanas que tuvo que pasar en la cama le parecieron un siglo. Cuando al fin pudo levantarse, apenas agradecía su restablecimiento, recordando la soledad que sufría, abandonado y sin amigos. Echó a andar calle abajo con indiferencia y se encontró a Jim Hollis haciendo de juez en un tribunal infantil que procesaba a un gato por asesino, en presencia de su víctima, un pájaro. Joe Harper y Huck Finn subían por una calle comiéndose un melón robado. ¡Desdichados! También ellos —como Tom— habían sufrido una recaída.

XXIII

LA SALVACIÓN DE MUFF POTTER

Al fin la soñolienta atmósfera sufrió una poderosísima conmoción: la vista de la causa criminal tuvo lugar en la Audiencia. De inmediato se convirtió en el tema de conversación de todo el pueblo. Tom no podía mostrarse indiferente. Cada alusión al asesinato le estremecía el corazón, pues su turbada conciencia y sus temores casi lo persuadían de que esas observaciones se decían ante él para «ponerlo a prueba»; no entendía cómo podían sospechar que supiese algo del crimen, pero, con todo, se sentía inquieto en medio de las habladurías. Se estremecía sin cesar. Se llevó a Huck a un lugar solitario para hablar con él. Algún alivio hallaría liberando la lengua durante un rato y compartiendo el peso del infortunio con otra víctima. Además, quería asegurarse de que Huck había guardado el secreto.

—Huck, ¿no has dicho a nadie... aquello?

—¿A qué te refieres?

—Ya lo sabes.

—Por supuesto que no.

—¿Ni una palabra?

—Ni una sola, te lo aseguro. ¿Por qué lo preguntas?

—No sé, tenía miedo.

—Mira, Tom Sawyer, si se supiera, no viviríamos ni dos días. Bien lo sabes tú.

Tom se quedó más tranquilo.

—Huck, nadie podría hacerte hablar, ¿verdad? —dijo tras una pausa.

—¿Hacerme hablar? Si yo quisiera que me ahogase el mestizo, sí que podrían hacerme hablar. No hay otro modo.

—Está bien. Creo que estaremos seguros mientras no digamos palabra. Pero jurémoslo otra vez, por si acaso. Es más seguro.

—¡De acuerdo!

De nuevo lo juraron con pavorosa solemnidad.

—¿Qué se dice por ahí, Huck? Yo he oído muchas cosas.

—¿Qué se dice? Pues que el asesino no es otro que Muff Potter, Muff Potter, siempre Muff Potter. Eso me trae frito y quiero esconderme en algún sitio.

—Lo mismo dicen a mi alrededor. Creo que no tiene salvación. ¿No te da pena a veces?

—Ya lo creo, ¡siempre! Es un perdulario, pero nunca ha hecho daño a nadie. Solo pescaba un poco para ganar algo de dinero con que emborracharse. Ganduleaba de lo lindo, es cierto, pero ¡por Dios!, eso lo hacemos todos, por lo menos la mayoría, hasta los predicadores. Pero tenía buen fondo; una vez me dio medio pescado cuando no tenía suficiente para él solo; y muchas veces lo he tenido a mi lado en las malas épocas.

—A mí también me reparaba las cometas, Huck, y me ponía los anzuelos en la caña. ¡Ojalá pudiésemos sacarlo de allí!

—¡Y yo! Pero no podemos, Tom. Y además, de poco serviría... lo atraparían de nuevo.

—Desde luego. Pero no soporto que lo acusen de algo que no ha hecho.

—Ni yo, Tom. Por Dios, oigo decir que es el rufián de aspecto más sanguinario que hay en el país, y se extrañan de no haberlo ahorcado antes.

—Sí, hablan así continuamente. He oído decir que si lo pusieran en libertad, lo lincharían.

—Y lo harían, no te quepa duda.

Los muchachos conversaron largamente, pero les procuró poco consuelo. Al anochecer se encontraron rondando por los alrededores de la pequeña cárcel aislada, tal vez con una vaga esperanza de que ocurriera algo que allanase las dificultades. Pero nada sucedió; no parecía haber ángeles o hadas interesados en aquel desdichado preso.

Huck y Tom hicieron lo mismo que otras veces: se acercaron a la reja de la celda y dieron a Potter un poco de tabaco y algunas cerillas. Muff estaba encerrado en la planta baja y no había guardia.

Su gratitud por esos regalos les causaba siempre una dolorosa impresión en la conciencia; esta vez el dolor fue mucho más hondo. Se sintieron más cobardes y traidores que nunca al decirles Potter:

—Os habéis portado muy bien conmigo, muchachos, como nadie en el pueblo. No creáis que lo olvido. Con frecuencia me digo: «Sí, yo solía reparar las cometas y otras cosas de los chicos, y les enseñaba los buenos sitios para pescar, y los ayudaba en cuanto podía, pero ahora todos se han olvidado del viejo Muff, porque está en apuros; pero Tom no lo olvida, ni Huck; ellos no me olvidan, me digo, y yo tampoco los olvido a ellos». Sí, muchachos, cometí un acto horrible... pero estaba loco y borracho, esta es mi única excusa; y ahora me ahorcarán por ello, y es justo. Es justo, y es mejor así, supongo, o eso espero, de todos modos. Bueno, no quiero hablaros de eso. No quiero entristeceros; sois mis amigos. Pero lo que os digo es que no os emborrachéis nunca, y así no iréis a parar a un sitio como este. Echaos un poco a un lado, así, eso es; es un gran consuelo ver caras amigas cuando está uno metido en un aprieto; y aquí no vienen más que las vuestras. Buenas caras amigas... buenas caras amigas. Subiros uno a la espalda del otro y dejad que las toque. Eso es. Dejad que os estreche las manos; las vuestras pasan por entre la reja, pero las mías son demasiado grandes. Son unas manitas débiles, pero han ayudado mucho a Muff, y más le ayudarían si pudiesen.

Tom volvió a casa desesperado, y aquella noche tuvo horrorosas pesadillas. Los dos días siguientes los pasó rondando la Audiencia con un impulso casi irresistible de entrar, pero se esforzó por quedarse fuera. A Huck le ocurría lo mismo. Evitaban encontrarse a propósito. Cada uno iba por su lado, pero la misma sombría fascinación los hacía volver al poco rato. Tom aguzaba el oído cuando los ociosos salían de la vista, pero siempre oía malas noticias; las redes se estrechaban, más inexorables cada vez, en torno del pobre Potter. Al segundo día corrió la voz en el pueblo de que la declaración del indio Joe seguía firme e inalterable y no se dudó de cuál sería el veredicto del jurado.

Tom se acostó tarde aquella noche, y entró en su dormitorio por la ventana. Se hallaba en un tremendo estado de exaltación. Tardó varias horas en dormirse. A la mañana siguiente todo el pueblo acudió a la sala del tribunal, pues aquel iba a ser el gran día. En el apretujado auditorio estaban representados los dos sexos. Tras una larga espera, aparecieron los miembros del jurado y se dirigieron a sus puestos; poco después, Potter, huraño y pálido, tímido y desesperado, fue introducido con las cadenas puestas y colocado en un sitio donde pudieran contemplarlo todas las miradas curiosas; el indio Joe, impasible como siempre, ocupaba un lugar no menos destacado. Hubo otra pausa, y entonces llegó el juez; el sheriff declaró abierta la sesión. Siguieron los acostumbrados murmullos entre los letrados, mientras recogían sus papeles. Aquellos detalles y las dilaciones que los acompañaban creaban una atmósfera de preparación que era tan sobrecogedora como fascinante.

Primero llamaron a un testigo que declaró haber encontrado a Muff Potter lavándose en el arroyo a primera hora del día en que fue descubierto el crimen. Potter, al ser visto, había huido enseguida. Después de algunas preguntas más, el fiscal dijo:

—La defensa puede interrogar al testigo.

El preso levantó un momento los ojos, pero los bajó de nuevo cuando su abogado dijo:

—No tengo nada que preguntarle.

El testigo siguiente declaró el hallazgo del cuchillo junto al cadáver. El fiscal dijo:

—Puede interrogarle la defensa.

—No tengo nada que preguntarle —replicó el abogado de Potter.

Un tercer testigo juró que había visto a menudo el cuchillo en manos de Potter.

—Puede preguntar la defensa.

El abogado de Potter se abstuvo de interrogarle. Las caras del público comenzaron a traslucir aburrimiento. ¿Es que el abogado iba a dejar que su cliente se hundiera sin hacer el menor esfuerzo?

Otros testigos declararon sobre el comportamiento culpable de Potter cuando fue llevado al lugar del crimen. Todos ellos abandonaron el estrado sin que fuesen interpelados de nuevo.

Nuevos testigos dignos de crédito describieron todos los detalles de las perjudiciales circunstancias que tuvieron lugar en el cementerio aquella mañana que tan bien recordaban todos los presentes, pero el abogado de Potter no quiso interrogar a ninguno de ellos. La perplejidad y el desagrado del auditorio se manifestó en murmullos y provocó una reprimenda del tribunal. El fiscal dijo entonces:

—Gracias a las declaraciones de ciudadanos cuya palabra está por encima de toda sospecha, hemos relacionado este crimen pavoroso con el infeliz prisionero que está en el banquillo, sin la menor posibilidad en contra de tal conclusión. En consecuencia, damos por concluidos los interrogatorios.

El infortunado Potter exhaló un gemido, se cubrió el rostro con las manos y balanceó suavemente su cuerpo de un lado para otro, mientras en la sala reinaba un penoso silencio. Muchos hombres estaban conmovidos, y las lágrimas de numerosas mujeres demostraban su compasión. Entonces el abogado defensor se levantó y dijo:

—Señor juez, en nuestras observaciones al principio de la causa pretendíamos demostrar que nuestro cliente cometió aquel acto espantoso bajo la influencia de un ciego e irresponsable delirio producido por el alcohol. Hemos cambiado de opinión. Nuestra intención es ahora distinta. —Entonces se dirigió al ujier—: ¡Que pase Thomas Sawyer!

En la cara de todos los presentes, incluido Potter, se pintó un inmenso asombro. Todas las miradas se fijaron con maravillado interés en Tom mientras este se levantaba y ocupaba su sitio en el estrado. El muchacho parecía bastante asustado, pues huelga decir el miedo que lo poseía. Se procedió al juramento.

—Thomas Sawyer, ¿dónde te hallabas el 17 de junio a medianoche?

Tom echó una ojeada al rostro pétreo del indio Joe y no logró mover la lengua. El auditorio escuchaba sin respirar, pero las palabras se negaban a salir. Al cabo de unos momentos, el muchacho recobró un poco la serenidad y consiguió hacerse oír por una parte del público.

—En el cementerio.

—Un poco más alto, por favor. No tengas miedo. Estabas...

—En el cementerio.

Una desdeñosa sonrisa se dibujó en los labios del indio Joe.

—¿Te hallabas en las cercanías de la tumba de Horse Williams?

—Sí, señor.

—Habla más fuerte, un poquitín más fuerte. ¿A qué distancia estabas?

—Tan cerca como estoy de usted.

—¿Estabas escondido?

—Sí, señor.

—¿Dónde?

—Detrás de los olmos que hay al final de la tumba.

El indio Joe hizo un movimiento apenas perceptible.

—¿Había alguien contigo?

—Sí, señor. Fui allí con...

—Espera, espera un momento. No es preciso que pronuncies ahora el nombre de tu compañero. Se dirá en el instante oportuno. ¿Llevabas alguna cosa?

Tom vaciló y se mostró confuso.

—Habla, hijo mío, no tengas reparo. La verdad es siempre digna de respeto. ¿Qué llevabas?

—Solo un... un... gato muerto.

Estalló una ola de hilaridad que el tribunal reprimió.

—Se mostrará el esqueleto de ese gato. Ahora, hijo mío, cuéntanos todo lo que ocurrió; cuéntalo a tu manera, no te olvides de nada, y no tengas miedo.

El pequeño testigo titubeó al principio, pero a medida que relataba los hechos, le salían las palabras con más facilidad; al cabo de poco no se oía más que su voz; todas las miradas estaban fijas en él; con los labios entreabiertos y la respiración jadeante, el público estaba pendiente de sus palabras, indiferente al tiempo, transportado por la tétrica fascinación del relato. La tensión de la emoción reprimida llegó a su punto culminante cuando el muchacho dijo:

—... mientras el doctor blandía el madero y Muff Potter se desplomaba, el indio Joe saltó con el cuchillo y...

Al oír estas palabras, veloz como el rayo, el mestizo saltó hacia la ventana, se abrió paso entre los espectadores que tenía delante y desapareció.

XXIV

DÍAS ESPLENDOROSOS Y NOCHES SOMBRÍAS

Tom volvió a convertirse en el héroe del pueblo, el favorito de los mayores y la envidia de los jóvenes. Su nombre conoció incluso la inmortalidad de las letras de molde, pues el periódico del pueblo glorificó su hazaña. Muchos vaticinaron que llegaría a presidente, si escapaba a la horca.

Como suele ocurrir con frecuencia, la gente, voluble y tornadiza, se encariñó con Muff Potter y le mimó con la misma prodigalidad que antes mostrara en sus insultos. Pero esa es la clase de conducta que acredita al mundo y, por tanto, no está bien encontrarle peros.

Los días de Tom eran días de esplendor y de triunfo para él, pero sus noches eran períodos de horror. El indio Joe aparecía en todos sus sueños y siempre con la sentencia de muerte en la mirada. Era raro que alguna tentación persuadiera al muchacho a salir una vez que había oscurecido. El pobre Huck se encontraba en el mismo estado de miseria y de terror, pues Tom había contado toda la historia al abogado la noche antes del gran día de la causa, y Huck tenía un miedo cerval de que trasluciera su participación en el asunto, por más que la huida del indio Joe le hubiese ahorrado el suplicio de declarar en el tribunal. El pobre muchacho había logrado que el abogado le prometiera guardar el secreto, pero ¿qué ganaba con ello? Desde que la conciencia atormentada de Tom había logrado llevarle de noche a casa del abogado, arrancando una historia pavorosa de unos labios sellados por el más lóbrego y formidable de los juramentos, la confianza de Huck en la especie humana había sufrido un rudísimo golpe.

Durante el día la gratitud de Muff Potter hacía que Tom se alegrase de haber hablado, pero de noche se arrepentía de haber descosido los labios.

La mitad de las veces Tom tenía miedo de que el indio Joe jamás fuese capturado; la otra mitad temía que lo fuese. Tenía la impresión de que nunca respiraría tranquilo hasta que aquel hombre hubiera muerto y él hubiese visto su cadáver.

Aunque se habían ofrecido recompensas y se había escudriñado el país, el indio Joe no había aparecido. Una de esas maravillas omniscientes y amedrentadoras que se llaman detectives llegó procedente de San Luis, buscó por los alrededores, movió la cabeza, adoptó una actitud de sabiduría y logró aquella especie de asombroso éxito que generalmente consiguen los miembros de ese oficio. Es decir, «encontró una pista». Pero como no se puede ahorcar una «pista» por asesinato, el detective terminó sus pesquisas, se marchó del pueblo y Tom se sintió tan inseguro como antes.

Los días transcurrían despacio, y cada uno de ellos dejaba levemente aligerado el peso de las preocupaciones.

XXV

LA BUSCA DE TESOROS ENTERRADOS

Hay una época en la vida de todo muchacho de constitución normal en la que siente un rabioso deseo de ir de una parte a otra y desenterrar algún tesoro oculto. A Tom ese deseo le vino de repente. Salió en busca de Joe Harper, pero fracasó. Luego buscó a Ben Rogers: se había ido a pescar. Poco después se tropezó con Huck Finn Mano Roja. Huck respondería. Tom lo llevó a un lugar apartado y le expuso confidencialmente el asunto. Huck se mostró conforme. Huck estaba siempre dispuesto a participar en cualquier empresa que ofreciese distracción y no requiriese capital, pues tenía una fastidiosa superabundancia de esa clase de tiempo que no es oro.

—¿Dónde tenemos que cavar? —preguntó Huck.

—En muchos sitios.

—¿Están ocultos en todas partes?

—No, en todas partes no. Están ocultos en sitios muy especiales, Huck; a veces en islas, a veces en arcas carcomidas bajo la punta de una rama de un viejo árbol muerto, donde cae la sombra a medianoche; pero la mayoría de las veces se encuentran bajo el suelo de las casas hechizadas.

—¿Quién oculta los tesoros?

—Los ladrones, ¿quién si no? ¿Quién te creías tú? ¿Los superintendentes de la escuela dominical?

—No lo sé. Si yo tuviera un tesoro, no lo escondería. Lo gastaría y pasaría una época divertida.

—Yo también. Pero los ladrones no, lo esconden y lo dejan allí.

—¿No vuelven a buscarlo?

—No; tienen la intención de hacerlo, pero en general olvidan el lugar o se mueren. En cualquier caso, allí se queda el tesoro durante mucho tiempo, cubriéndose de orín; y después alguien encuentra un viejo papel amarillento que dice la manera de encontrar el sitio, un papel que se tarda una semana en descifrar, porque todo son signos y jeroglíficos.

—Jero... ¿qué?

—Jeroglíficos; figuras y símbolos, ¿sabes?, que parece que no digan nada.

—¿Y tú has encontrado alguno de esos papeles, Tom?

—No.

—Entonces ¿cómo vas a saber el sitio?

—No necesito saberlo. Lo entierran siempre en una casa hechizada o en una isla, o bajo un árbol muerto que tenga una rama larga. Ya buscamos en la isla de Jackson, y algún día podemos probarlo otra vez; además está el caserón hechizado, pasado el arroyo de Still-House, y también hay infinidad de árboles con ramas muertas.

—¿Y hay tesoros debajo de todos los árboles?

—¡Qué tonterías dices! ¡No!

—Entonces ¿cómo reconocerás el árbol?

—Los registraremos todos.

—Pero, Tom, vamos a pasarnos todo el verano buscando.

—¿Y qué? Supón que encuentras un caldero de cobre con cien dólares enmohecidos, o un arcón carcomido lleno de diamantes. ¿Qué te parece?

Los ojos de Huck brillaron.

—Es formidable. Lo que es a mí, ya me basta. Con los cien dólares me conformo, y te dejo a ti los diamantes.

—Conforme. Pero te apuesto a que yo no los dejo. Hay diamantes que valen veinte dólares cada uno... y casi no hay ninguno que no valga sesenta centavos o un dólar.

—¿De veras?

—Segurísimo, cualquiera te lo puede decir. ¿Nunca has visto ninguno, Huck?

—Que yo recuerde, no.

—Los reyes los tienen a paletadas.

—Es que yo no conozco a ningún rey, Tom.

—Me figuro que no. Pero si fueras a Europa, los verías saltando a montones.

—¿Saltando?

—¡Qué saltar ni qué niño muerto! No, hombre.

—¿Pues por qué has dicho que estarían saltando?

—Solo quería decir que los verías... no saltando, por supuesto, ¿por qué habrían de saltar? Quería decir que los verías... esparcidos por allí, ¿sabes?, de una manera general. Como el viejo Ricardo, el de la joroba.

—¿Ricardo? ¿Cuál era su apellido?

—Ricardo únicamente. Los reyes no tienen más que un apodo.

—¿Es cierto?

—Sí, hombre, sí.

—Si a ellos les gusta, Tom, bien está; pero no quisiera yo ser rey, y no tener más que un apodo, igual que un negro. Pero, dime, ¿dónde vamos a cavar primero?

—Aún no lo sé. ¿Qué te parece si la emprendiéramos con aquel árbol viejo que hay en la cuesta, al otro lado del arroyo de Still-House?

—Conforme.

Se armaron, pues, de un pico roto y una pala y emprendieron aquella excursión de tres millas. Llegaron sudorosos y jadeantes, y se tumbaron a la sombra de un olmo vecino para descansar y fumar un rato.

—Esto me gusta —dijo Tom.

—A mí también.

—Oye, Huck, si encontráramos un tesoro aquí, ¿qué harías con tu parte?

—Pues cada día me compraría un pastel y un vaso de gaseosa, e iría a todos los circos que viniesen. Te aseguro que me voy a divertir.

—¿Y no ahorrarías nada?

—¿Ahorrar? ¿Para qué?

—Para tener algo con que ir viviendo.

—Sería inútil. Papá volvería al pueblo cualquier día y metería las zarpas en el dinero, si no me apresurara a gastarlo; y te aseguro que no me dejaría ni un centavo en el bolsillo. ¿Y tú qué harías, Tom?

—Me compraría un tambor nuevo, y un sable de verdad, y una corbata encarnada, y un cachorro muy fiero, y me casaría.

—¡Casarte!

—Exacto.

—Tom, tú... tú no estás bien de la mollera.

—Espera y verás.

—Pero si es lo más desatinado que podrías hacer. Fíjate en mi padre y en mi madre. ¡Peleas y más peleas! Todo el día estaban riñendo. Aún me parece verlos.

—No importa. La muchacha con quien me case no se peleará.

—Supongo, Tom, que todas son iguales. Solo desean amargarle la existencia al hombre. Es mejor que lo pienses bien. Créeme. ¿Cómo se llama la muchacha?

—No es ninguna muchacha; es una chica.

—Viene a ser lo mismo, supongo; unos dicen muchacha, otros dicen chica; seguramente tendrán razón unos y otros. De todos modos, ¿cómo se llama, Tom?

—Ya te lo diré otro día; ahora no.

—Como quieras. Solo que si te casas estaré más solo que nunca.

—No lo creas. Vendrás a vivir conmigo. Bueno, dejemos esto y vamos a cavar.

Durante media hora trabajaron y sudaron en vano. Se afanaron media hora más. Nada todavía. Huck dijo:

—¿Lo entierran siempre tan hondo?

—A veces, no siempre. Por lo general, no. Creo que no hemos acertado con el sitio.

Después de elegir otro lugar comenzaron de nuevo. La tarea resultaba un poco lenta, pero, con todo, progresaba. Cavaron en silencio durante un rato. Entonces Huck se apoyó en la pala, se secó el sudor de la frente con la manga, y dijo:

—¿Dónde vamos a cavar luego, cuando terminemos aquí?

—Podemos ir bajo aquel árbol viejo que hay al otro lado de la colina de Cardiff, detrás de la mansión de la viuda.

—Creo que será un buen sitio. Pero ¿no se quedará la viuda con el tesoro, Tom? El terreno es suyo.

—¿Ella? ¡Que lo intente! Cuando se halla uno de estos tesoros ocultos, es del que lo encuentra. Da igual quién sea el propietario del terreno.

El trabajo continuó. Al cabo de poco Huck dijo:

—¡Maldita sea! Otra vez nos hemos equivocado con el sitio. ¿Qué opinas?

—Es curiosísimo, Huck. No lo entiendo. A veces intervienen brujas. Tal vez sea esto lo que ocurre ahora.

—No digas tonterías, las brujas de día no tienen ningún poder.

—Es cierto. No había caído en ello. ¡Ah, ya sé qué ocurre! Somos unos tontos. Primero tenemos que ver dónde cae la sombra de la rama a medianoche, y cavar allí.

—¡Córcholis! Pues hemos hecho todo ese trabajo en balde. Y tendremos que volver a la noche. Y el trecho es muy largo. ¿Podrás salir?

—Eso espero. Además, tenemos que hacerlo esta noche, porque si alguien ve los hoyos sabrá enseguida de qué se trata y empezará la busca por su cuenta.

—Vendré por la noche y maullaré.

—Conforme. Escondamos las herramientas entre los matorrales.

Por la noche, a la hora señalada, los muchachos regresaron allí. Se sentaron en la sombra y esperaron. Era un lugar solitario a una hora que las viejas tradiciones hacían solemne. En los rincones lóbregos acechaban fantasmas, el quejumbroso ladrido de un perro llegó flotando de la distancia, y una lechuza respondió con su nota sepulcral. Los muchachos estaban impresionados con tanta solemnidad y hablaban poco. Al poco rato calcularon que debían de ser las doce; marcaron el lugar de la sombra y se pusieron a cavar. Sus esperanzas comenzaron a remontar. Aumentó el interés y, proporcionalmente, la actividad. El agujero se volvía más y más hondo, pero cada vez que sus corazones saltaban al oír que el pico hallaba algo duro, no sufrían más que una decepción. Se trataba de una piedra o de una raíz.

—Es inútil, Huck, nos hemos equivocado de sitio otra vez —dijo Tom al fin.

—Pero ¡si no podemos habernos equivocado! Hemos hecho una señal donde caía la sombra.

—Lo sé, pero hay otra cosa.

—¿Qué?

—Pues que la hora solo la hemos calculado. Probablemente era más tarde o más temprano.

Huck dejó caer la pala.

—Será eso —dijo—. Ese es el motivo. Tenemos que abandonar este sitio. Nunca podremos saber la hora exacta, y, además, a uno se le encoge el corazón aquí a esta hora de la noche, con brujas y fantasmas rondando por ahí. No he dejado de tener la impresión de que hay alguien a mi espalda; y temo volverme, porque quizá haya otros enfrente esperando una oportunidad. Desde que he llegado aquí me estoy portando lo mejor posible.

—A mí me ocurre tres cuartos de lo mismo, Huck. Cuando ocultan un tesoro bajo un árbol, casi siempre entierran a un hombre muerto para que lo vigile.

—¡Córcholis!

—Eso he leído.

—Tom, no me gusta rondar por donde haya gente muerta. Puedes estar seguro de que al final lo meten a uno en un lío.

—A mí tampoco me gusta remover a los muertos. Supón que el que hay aquí asome el cráneo y diga algo.

—Calla, Tom. Eso sería horrible.

—Ya lo creo. Huck, no estoy nada tranquilo.

—Mira, Tom, dejemos este sitio y probemos en cualquier otra parte.

—Creo que será lo mejor.

—¿Dónde te parece?

Tom reflexionó un instante y luego dijo:

—En la casa hechizada.

—¡Demonio! No me gustan las casas hechizadas, Tom. Es algo muchísimo peor que los muertos. Los muertos tal vez hablen, pero no se te acercan con una mortaja cuando no te das cuenta, ni se te aparecen por detrás del hombro cuando menos te lo esperas. Yo no podría soportarlo, Tom, ni yo ni nadie.

—Es cierto, Huck, pero los fantasmas solo andan sueltos por la noche. No pueden impedir que cavemos allí de día.

—Sí, pero sabes muy bien que la gente no se acerca a la casa hechizada ni de día ni de noche.

—Porque no les gusta ir a donde mataron a un hombre. No se ha visto nada en la casa, solo por la noche. Solo algunas luces azules deslizándose detrás de las ventanas; nunca fantasmas corrientes.

—Donde veas brillar una de esas luces azules, Tom, puedes creer que bien cerca de ella anda un fantasma. No hay que darle vueltas. Porque ya sabes que solo los fantasmas tienen esas luces.

—Es verdad, pero al fin y al cabo, si no aparecen de día, ¿por qué vamos a tener miedo?

—Bien, iremos a la casa hechizada, si te empeñas, pero creo que es arriesgarse.

Entretanto habían comenzado a bajar por la colina. A sus

pies, en medio del valle bañado por la luna, se alzaba la «casa hechizada» completamente aislada: la cerca había desaparecido hacía mucho tiempo, matas de cizaña obstruían la entrada, la chimenea estaba en ruinas, los marcos de las ventanas vacíos, y en una esquina del tejado había un hoyo. Los muchachos la observaron casi a la espera de que apareciera alguna luz azul tras las ventanas; luego, hablando en voz baja, como correspondía a la hora y las circunstancias, se desviaron hacia la derecha para dar un amplio rodeo a la casa misteriosa, y emprendieron el camino de vuelta a través de los bosques que cubrían la falda trasera de la colina de Cardiff.

XXVI

UNOS LADRONES AUTÉNTICOS POSEEN UN TESORO

Al día siguiente, casi a mediodía, los muchachos llegaron al
árbol; habían ido a recoger las herramientas. Tom estaba im-
paciente por llegar a la casa hechizada; Huck también, pero
no tanto.

—Tom, ¿sabes qué día es hoy? —preguntó de repente.

Tom repasó mentalmente los días de la semana, y luego
levantó los ojos enseguida, sorprendido.

—¡Dios bendito! No se me había ocurrido.

—Ni a mí, pero de pronto me ha venido a la mollera que
era viernes.

—Te digo, Huck, que uno nunca es demasiado precavido.
En buen enredo nos podíamos haber metido yendo a la casa
en viernes.

—¡Podíamos! Di más bien que nos habríamos metido.
Puede que haya días de suerte, pero el viernes no lo es.

—Hasta los tontos lo saben. No creo que seas el primero
que lo haya descubierto, Huck.

—No he dicho nunca que fuese el primero en descubrir-
lo. Y menos tratándose del viernes. Anoche tuve una pesadilla horrorosa: soñé ratas.

—¡Malo! Señal de disturbios. ¿Se peleaban?

—No.

—Mejor, Huck. Cuando se pelean, solo indica que los
disturbios están cerca de uno, ¿sabes? Lo único que hay que

hacer es estar muy atento y mantenerse al margen. Bueno, hoy dejaremos lo del tesoro y jugaremos. ¿Sabes quién es Robin Hood?

—No. ¿Quién es?

—Uno de los hombres más grandes que han existido en Inglaterra, y el mejor. Era un ladrón.

—Estupendo. ¡Ojalá lo fuera yo! Pero, dime, ¿a quién robaba?

—Solo a los sheriffs y a los obispos, y a los ricos y a los reyes y a gente por el estilo. Pero nunca molestaba a los pobres. Los quería mucho. Siempre repartía entre ellos el botín.

—Debía de ser un gran tipo.

—No te quepa duda, Huck. Era el hombre más noble que existió nunca. Ahora no quedan hombres así. Te lo digo yo. Podía zurrar a cualquier hombre de Inglaterra con una mano atada a la espalda; y cogía su arco de tejo y acertaba siempre una moneda de diez centavos a una milla y media de distancia.

—¿Qué es un arco de tejo?

—No lo sé. Es alguna clase de arco, por supuesto. Y si solo acertaba el canto de la moneda, se sentaba en el suelo, lloraba... y juraba. Vamos a jugar a Robin Hood. Es divertidísimo. Yo te enseñaré.

—De acuerdo.

Jugaron a Robin Hood durante toda la tarde. De vez en cuando echaban una codiciosa mirada a la casa hechizada y hacían alguna observación sobre las perspectivas y las posibilidades del día siguiente. Cuando el sol empezó a ocultarse, emprendieron el camino de vuelta a través de las largas sombras de los árboles y pronto desaparecieron tras los bosques de la colina de Cardiff.

El sábado, poco después de mediodía, los muchachos se encontraban de nuevo junto al árbol muerto. Charlaron y fumaron un rato a la sombra, y luego cavaron un poco en el último agujero, no con grandes esperanzas, sino solo porque Tom dijo que había muchos casos en que la gente abandonaba un tesoro cuando estaba a seis pulgadas de él, y luego pasaba otro y lo descubría con una simple azadonada. Esta vez, sin embargo, la cosa falló, y los muchachos cargaron las herramientas al hombro y se alejaron con la impresión de que no habían jugado con la fortuna, sino que habían cumplido todos los requisitos exigidos en el negocio de la busca de tesoros.

Al llegar a la casa hechizada había algo tan terrible y fatal en el silencio de muerte que reinaba bajo el ardiente sol, y algo tan deprimente en la soledad y la desolación del lugar, que por un instante temieron aventurarse a entrar. Se deslizaron hasta la puerta y echaron una cautelosa ojeada. Vieron un aposento sin pavimentar ni enyesar invadido por la cizaña, una vieja chimenea, unas ventanas sin cristales y una escalera en ruinas: por todas partes colgaban jirones de telarañas. Luego entraron con mucho cuidado, hablando en voz baja, con el pulso acelerado, el oído alerta para descubrir el menor ruido, y los músculos tensos y preparados para una retirada instantánea.

Poco después la familiaridad modificó sus temores, que dieron paso a un examen crítico e interesado, admirando bastante su propia intrepidez y extrañándose de ella al mismo tiempo. Luego quisieron echar un vistazo al piso de arriba. Eso significaba cortarse la retirada, pero comenzaron a desafiarse el uno al otro y, por supuesto, el resultado no podía ser más que uno: tiraron las herramientas a un rincón y subieron. Arriba había las mismas señales de decadencia. En una esquina encontraron una recámara que parecía estar llena de misterio, pero la promesa fue un engaño: allí no había nada. Armados de valor, se disponían a bajar para ponerse manos a la obra cuando...

—¡Calla! —dijo Tom.

—¿Qué pasa? —susurró Huck palideciendo de miedo.

—Chis... Allí... ¿No lo oyes?

—¡Sí! ¡Dios mío, corramos!

—¡No te muevas! Vienen derechos hacia la puerta.

Los muchachos se estiraron en el suelo con los ojos pegados a las rendijas del entarimado y se quedaron allí esperando, muertos de miedo.

—Se han detenido... No, vienen... Aquí están. No digas ni una palabra más, Huck. ¡Santo cielo! ¡Ojalá estuviera en otra parte!

Entraron dos hombres. Cada uno de los muchachos dijo para sí: «Este es el viejo mexicano sordomudo que últimamente ha estado en el pueblo una o dos veces; al otro no lo he visto nunca».

«El otro» era un sujeto andrajoso y despeinado, con un rostro nada agradable. El mexicano iba envuelto en un sarape y tenía unas hirsutas patillas blancas; por debajo del sombrero le sobresalía el pelo largo y blanco, y llevaba unas gafas verdes. En el momento de entrar, «el otro» iba hablando en voz baja; se sentaron en el suelo de cara a la puerta y de espaldas a la pared, y el que hablaba continuó sus observaciones. Sus modales se volvieron menos reservados y sus palabras más inteligibles cuando prosiguió.

—No —dijo—. Lo he pensado bien y no me gusta. Es peligroso.

—¡Peligroso! —gruñó el mexicano «sordomudo» para la enorme sorpresa de los muchachos—. ¡Eres un cobarde!

Los muchachos se quedaron sin aliento al oír aquella voz. Era la del indio Joe. Hubo unos instantes de silencio. Luego Joe dijo:

—¿Hay algo más peligroso que la faena de allá arriba? Y ya ves que no ha pasado nada.

—Aquello es distinto. Está muy apartado y sin ninguna casa en los alrededores. Ni siquiera se sabrá que lo hemos probado, mientras no lo llevemos a cabo.

—¿Y hay algo más peligroso que venir aquí de día? Cualquiera que nos vea sospechará.

—Lo sé. Pero no había otro lugar más a mano después de aquella faena tan insensata. Estoy deseando abandonar este caserón. Ya quería hacerlo ayer, pero era inútil intentar salir con aquellos infernales muchachos en la colina aquí delante.

«Aquellos infernales muchachos» se estremecieron de nuevo al oír esa objeción, y pensaron en la fortuna que habían tenido recordando que era viernes y decidiendo esperar un día. En sus corazones desearon haber esperado un año.

Los dos hombres sacaron unas provisiones y comieron un poco. Tras un largo y meditativo silencio, el indio Joe dijo:

—Oye, compañero: vuelve río arriba, a tu pueblo. Espérame allí hasta que te avise. Volveré a correr el riesgo de dejarme caer por este pueblo una vez más, para echar un vistazo. Llevaremos a cabo esa faena «peligrosa» cuando haya observado bien las cosas y se presenten de manera favorable. ¡Después nos marcharemos juntos a Texas!

Aquello ya era otra cosa. Al cabo de poco los dos hombres empezaron a bostezar y el indio Joe dijo:

—¡Me muero de sueño! Te toca a ti vigilar.

Se tumbó en el suelo haciéndose un ovillo y pronto comenzó a roncar. Su compinche lo tocó un par de veces y se quedó tranquilo. Poco después el guardián empezó a cabecear; la cabeza le fue bajando cada vez más y los dos hombres iniciaron un dúo de ronquidos.

Los muchachos exhalaron un hondo y agradecido suspiro.

—Ahora es el momento, vamos —murmuró Tom.

—No puedo —dijo Huck—, me moriría si llegaran a despertarse.

Tom insistió, pero Huck se resistía. Al fin Tom se levantó despacio, sin hacer ruido, y se dispuso a marcharse solo. Pero el primer paso que dio provocó un chirrido tan horroroso del viejo entarimado que se echó al suelo casi muerto de espanto. Ya no volvió a hacer un segundo intento.

Los muchachos siguieron allí, contando los lentísimos instantes hasta que les pareció que el tiempo ya no existía y que la eternidad tenía el pelo blanco. Entonces tuvieron la dicha de observar que por fin se ponía el sol.

Los ronquidos se redujeron a la mitad. El indio Joe se incorporó, miró a su alrededor, sonrió torvamente al ver a su compinche, cuya cabeza le caía sobre las rodillas, lo despertó con el pie y dijo:

—¡Eh, tú! ¿Conque estabas de guardia? Menos mal que no ha pasado nada.

—¡Demonio! ¿Me he dormido?

—No, solo lo parecía. Bueno, ya se acerca la hora de la marcha, compañero. ¿Qué haremos con eso que tenemos escondido?

—No lo sé, dejarlo aquí como hemos hecho siempre, creo yo. Es inútil llevárnoslo hasta que nos marchemos al sur. Seiscientos cincuenta dólares en plata pesan lo suyo.

—Vale, no me importa volver aquí otra vez.

—No, pero yo preferiría volver de noche, como hacíamos antes. Es mejor.

—Sí, pero puede pasar algún tiempo antes de que vea el momento oportuno para ejecutar esa faena; pueden ocurrir muchas cosas; el dinero no está en un buen sitio, y más vale que lo enterremos bien... y hondo.

—Buena idea —dijo el compañero, que acto seguido cruzó la sala, se arrodilló, levantó una de las piedras del fondo de la chimenea y extrajo un saco que tintineó agradablemente. Separó veinte o treinta dólares para él y otros tantos para el indio Joe, y entregó el saco a este último, que estaba arrodillado en un rincón, cavando un hoyo con su cuchillo de caza.

Tom y Huck olvidaron todos sus temores y sus miserias en un instante. Observaban cada movimiento con ojos codiciosos. ¡Qué suerte! Aquel dinero superaba todo lo que habían imaginado. Seiscientos dólares bastaban para enriquecer a media docena de muchachos. Eso era buscar tesoros bajo los auspicios más felices, sin fastidiosas inseguridades sobre el lugar de la excavación. Se daban codazos a cada momento, codazos elocuentes y fáciles de entender, pues tan solo significaban: «¡Qué! ¿No te alegras de estar aquí?».

El cuchillo de Joe dio contra algo duro.

—¡Eh, tú! —exclamó.

—¿Qué pasa? —dijo su camarada.

—Un madero podrido... no, es una caja, creo. Oye, échame una mano y veremos de qué se trata. Da igual, he hecho un agujero.

Metió la mano y volvió a sacarla.

—¡Vaya, es dinero!

Los dos hombres examinaron el puñado de monedas. Eran de oro. Los muchachos, arriba, estaban tan exaltados y alegres como ellos.

—Eso lo sacamos en un momento —dijo el compinche de Joe—. Hay un pico oxidado entre las hierbas de aquel rincón, al otro lado de la chimenea; lo he visto antes.

Corrió y trajo las herramientas de los muchachos. El indio Joe cogió el pico, lo inspeccionó, movió la cabeza, murmuró algo para sí, y entonces comenzó a cavar. Enseguida desenterró la caja. No era muy grande. Estaba reforzada con hierros y había sido muy resistente antes de que el transcurso de los años la hubiese estropeado. Por unos instantes los hombres contemplaron el tesoro con arrobado silencio.

—Amigo, aquí hay miles de dólares —dijo el indio Joe.

—He oído decir que la banda de Murrel estuvo rondando un verano por aquí —observó el desconocido.

—Yo también —dijo el indio Joe—, y esto parece confirmarlo.

—Ya no necesitarás hacer aquella faena.

Joe frunció las cejas y dijo:

—Tú no me conoces. Al menos, no sabes de qué va el asunto. No es un simple robo, sino mi venganza. —Y un brillo maligno le iluminó los ojos—. Necesito que me ayudes. Cuando esté listo... entonces nos marcharemos a Texas. Vete con Nancy y los pequeños, y espera a recibir noticias mías.

—Como tú digas. ¿Qué hacemos con esto, volver a enterrarlo?

—Sí. (Alegría loca en el piso superior.) ¡No! por el gran

Sachem, no. (Honda aflicción en el piso superior.) Ya no me acordaba. El pico tenía tierra fresca pegada. (En un instante los muchachos enfermaron de terror.) ¿Qué hacen aquí un pico y una pala? ¿Qué hacen aquí, sucios de tierra fresca? ¿Quién los trajo y dónde está? ¿Has oído a alguien, has visto a alguien? ¿Enterrarlo otra vez para que venga quien sea y vea la tierra removida? ¡Qué cosas dices! Ni hablar, ni hablar. Me lo llevaré a mi madriguera.

—¡Desde luego! Ya podríamos haberlo pensado antes. ¿Te refieres a la Número Uno?

—No, a la Número Dos, debajo de la cruz. El otro sitio es malo; está demasiado a la vista.

—Bien, ya casi ha oscurecido, podemos marcharnos.

El indio Joe se levantó y recorrió todas las ventanas asomándose con cautela. Luego dijo:

—¿Quién habrá traído estas herramientas? ¿Crees que puede estar arriba?

Los muchachos se quedaron sin aliento. El indio Joe empuñó el cuchillo, se detuvo un instante indeciso, y luego se dirigió hacia la escalera. Los muchachos pensaron en la recámara, pero no tuvieron valor para moverse. Los pasos se acercaban haciendo rechinar los peldaños; la intolerable adversidad de la situación resucitó la angustia de los muchachos; se disponían a saltar hacia la recámara cuando se oyó un chasquido de madera rota y el indio Joe se cayó al suelo entre los escombros de la escalera en ruinas.

Se puso en pie mascullando juramentos, y su compañero dijo:

—¿De qué serviría? Si hay alguien arriba, que se quede, ¿a quién le importa? Si quiere bajar ahora y meterse en un lío, ¿quién se lo impide? Dentro de un cuarto de hora habrá oscurecido, y podrá seguirnos, si quiere. Ya me gustaría. En mi opinión, el que ha dejado esas herramientas aquí nos ha visto y ha debido de tomarnos por fantasmas, diablos o algo por el estilo. Aún debe de estar corriendo.

El mestizo refunfuñó un rato; luego convino con su compinche que debían aprovechar la poca luz de día que quedaba para preparar las cosas para marcharse. Poco después salieron y se dirigieron hacia el río con su preciosa carga.

Tom y Huck se pusieron en pie, débiles pero muy aliviados, y contemplaron a través de las rendijas de la pared de troncos la huida de los malhechores. ¿Debían seguirlos? Ellos no lo harían. Se contentaron con bajar a la planta baja sin romperse la crisma, y emprendieron el sendero de la colina hacia el pueblo. Apenas hablaron durante el camino de regreso. Estaban demasiado absortos maldiciéndose y maldiciendo la mala suerte que les había hecho llevar el pico y la pala. A no ser por las herramientas, el indio Joe no habría sospechado nunca. Habría enterrado las monedas de plata con las de oro mientras esperaba llevar a cabo su «venganza», y entonces hubiese tenido la desgracia de descubrir que el dinero había desaparecido. ¡Qué mala suerte haber ido allí con el pico y la pala!

Decidieron acechar al mexicano cuando fuese al pueblo en busca de la ocasión para llevar a cabo su venganza, y seguirlo hasta la Número Dos, dondequiera que estuviera. Entonces a Tom se le ocurrió una idea espantosa:

—¿Su venganza? ¿Y si se refiriese a nosotros, Huck?

—¡Ay, no digas eso! —exclamó Huck casi desmayándose.

Siguieron hablando de ello y al entrar en el pueblo convinieron que tal vez se refería a otras personas; cuando menos podía referirse únicamente a Tom, puesto que solo Tom había declarado.

Pero el hecho de ser el único en peligro apenas consoló a Tom. Y pensó que acompañado se habría sentido mucho mejor.

XXVII

SIGUIENDO LA PISTA

La aventura de aquel día atormentó los sueños de Tom durante la noche. Cuatro veces tuvo en las manos aquel tesoro y cuatro veces se le desvaneció entre los dedos, mientras el sueño lo abandonaba y el insomnio le presentaba la dura realidad de su infortunio. A la mañana siguiente, al recordar los incidentes de la gran aventura, observó que parecían curiosamente velados y lejanos, como si hubieran sucedido en otro mundo, o muchísimo tiempo atrás. Entonces se le ocurrió que la gran aventura debía de ser un sueño. Había un argumento muy poderoso a favor de aquella idea, a saber: que la cantidad de monedas que había visto era demasiado vasta para ser real. Tom nunca había visto más de cincuenta dólares reunidos y, como todos los muchachos de su edad y su posición, imaginaba que todas las referencias a «cientos» y a «miles» no eran más que fantásticas maneras de hablar, y que tales sumas no existían en realidad. Jamás había supuesto que una suma tan considerable como cien dólares pudiera estar en poder de alguien. Si se hubiesen analizado sus nociones del tesoro oculto, se habría visto que consistían en un puñado de monedas de diez centavos y un montón de vagos, espléndidos e inasequibles dólares.

Sin embargo, los incidentes de su aventura se agudizaron y se aclararon a fuerza de pensar en ellos, así que pronto tuvo la impresión de que, al fin y al cabo, podía no ser un sueño. Aquella incertidumbre tenía que desvanecerse. Desayunaría a toda prisa e iría en busca de Huck.

Encontró a Huck sentado sobre el borde de una barca plana, moviendo distraídamente los pies en el agua con una expresión muy melancólica. Tom resolvió dejar que Huck hablase primero del asunto. Si no decía nada, quedaría demostrado que la aventura no había sido más que un sueño.

—Hola, Huck.

—Hola.

Silencio durante un minuto.

—Tom, si hubiésemos dejado las condenadas herramientas en el árbol muerto, habríamos conseguido el dinero. ¿No es terrible?

—Entonces no es un sueño, no es un sueño. Sin embargo, a veces quisiera que lo fuera. Que me cuelguen si no, Huck.

—¿Qué no es un sueño?

—Lo de ayer. Creía que lo era.

—¡Un sueño! Si la escalera no llega a romperse ya hubieras visto si era un sueño. Yo he tenido pesadillas toda la noche, y en todas ellas me perseguía aquel demonio de mexicano con el parche en el ojo. ¡Que se pudra!

—No, que no se pudra. Tenemos que encontrarlo. ¡Y buscar el dinero!

—Nunca lo encontraremos, Tom. La oportunidad solo se presenta una vez... y ya se ha perdido. Además, me llevaría un buen susto si le viese.

—Y yo, pero de todos modos me gustaría verlo, y seguirle el rastro hasta su Número Dos.

—Número Dos, eso es. He pensado en ello. Pero no he sacado nada en claro. ¿Qué crees que es?

—No lo sé. Es demasiado complicado. Oye, Huck, tal vez sea el número de una casa.

—¡Dios bendito!... No, Tom, no es eso. Y si lo es, no será en este pueblo de mala muerte. Aquí no hay números.

—Es verdad. Déjame pensar un minuto. Ya está: es el número de una habitación. En una taberna, ¿sabes?

—Esa es la pista. Solo hay dos. Pronto lo sabremos.

—Espera aquí, Huck, hasta que vuelva.

Tom se fue al instante. La compañía de Huck no le interesaba en los lugares públicos. Estuvo media hora ausente. Descubrió que en la mejor taberna la habitación número dos había estado ocupada mucho tiempo por un joven abogado, que seguía allí. En la taberna de apariencia más humilde la habitación número dos era un misterio. El hijo del tabernero dijo que siempre estaba cerrada, y que nunca veía a nadie entrar o salir de ella, excepto de noche; no sabía por qué; había sentido cierta curiosidad, no muy intensa; se explicaba el misterio diciéndose que la habitación estaba hechizada: había observado que la noche anterior hubo luz.

—Eso he descubierto, Huck. Creo que ese es el número dos que buscamos.

—Yo también lo creo, Tom. ¿Y ahora qué haremos?

—Déjame pensar.

Tom reflexionó un buen rato y luego dijo:

—Verás. La puerta trasera de ese número dos es la que da al callejón sin salida que hay entre la taberna y el viejo almacén de ladrillos. Tú apodérate de todas las llaves que encuentres y yo cogeré todas las de mi tía, y la primera noche oscura que se presente iremos allí y las probaremos. Y acuérdate de vigilar al indio Joe, pues dijo que volvería al pueblo en busca de la oportunidad de vengarse. Si lo ves, síguelo; y si no va a ese número dos, será que no es el sitio que buscamos.

—No me gusta mucho esa tarea.

—Seguro que será de noche. Ni siquiera te verá, y aunque te vea, puede que no sospeche nada.

—Bueno, si es muy oscuro, creo que lo seguiré. No sé, no sé. Veremos.

—Sí que lo seguirás. Huck, si es oscuro. Puede que no encuentre la ocasión de vengarse y desaparecezca con el dinero.

—Es verdad, Tom, es verdad. Lo seguiré; lo seguiré, ¡diantre!

—Así me gusta. Si tú no te acobardas, Huck, yo tampoco me acobardaré.

XXVIII

EN LA MADRIGUERA DE JOE

A la noche los dos muchachos estaban preparados para la aventura. Acecharon las cercanías de la taberna hasta después de las nueve; uno vigilaba el callejón a distancia y el otro la puerta de la taberna. Nadie entró ni salió por la callejuela; nadie que se pareciese al mexicano entró o salió por la puerta de la taberna. La noche prometía ser clara, así que Tom volvió a casa después de acordar que si oscurecía mucho, Huck iría a «maullarle», Tom saldría y probarían las llaves. Pero la noche siguió clara, y a eso de las doce Huck abandonó la guardia y se retiró a descansar en un barril de azúcar vacío.

El martes los muchachos tuvieron la misma mala suerte. El miércoles también. Pero la noche del jueves se presentó mejor. Tom salió a la hora oportuna con la vieja linterna de hojalata de su tía y una enorme toalla para cubrirla. Ocultó la linterna en el barril de azúcar de Huck y empezó la guardia. A las once cerraron la taberna y apagaron las luces (las únicas que había por allí). Joe no había aparecido por ninguna parte. Por el callejón no había entrado ni salido nadie. Todo se presentaba favorable. Reinaba la oscuridad más absoluta, y la perfecta quietud solo era interrumpida por bramidos intermitentes de lejanos truenos.

Tom sacó la linterna, la encendió en el barril, la envolvió con la toalla, y los dos aventureros se deslizaron entre tinieblas hacia la taberna. Huck se quedó de centinela y Tom se adentró en el callejón. Transcurrió un intervalo de ansiosa espera que pesó como una montaña en el espíritu de Huck. Hubiese querido vislumbrar algún reflejo de la linterna. Aunque se hubiera asustado, por lo menos habría sabido que Tom aún estaba vivo. Le parecía que habían transcurrido varias horas desde que Tom se había ido. Probablemente se había desmayado; acaso estuviera muerto; tal vez le había estallado el corazón de terror e inquietud.

Huck se iba acercando cada vez más al callejón; temía toda clase de cosas horribles, y esperaba que de un momento a otro ocurriese alguna catástrofe que lo dejara sin aliento. Desde luego, poco aliento le quedaba, pues le parecía que el aire que respiraba cabía en un dedal, y creía que su corazón, tal y como latía, enseguida estaría agotado. De pronto brilló un rayo de luz y Tom apareció a su lado.

—¡Corre! —le dijo—, ¡corre, por tu vida!

No tuvo que repetírselo; bastaba una sola vez; antes de que Tom lo instase de nuevo, Huck ya corría a treinta o cuarenta millas por hora. Los muchachos no se detuvieron hasta alcanzar el cobertizo de un matadero desierto que había en el extremo del pueblo. Apenas se habían refugiado allí cuando estalló la tormenta y comenzó a llover. En cuanto Tom recobró el aliento dijo:

—Ha sido espantoso, Huck. He probado dos de las llaves con todas las precauciones posibles, pero chirriaban tanto que apenas podía respirar de miedo. No giraban en la cerradura. Pues, bien, sin darme cuenta de lo que hacía, cojo la manecilla de la puerta y se abre sola. No estaba cerrada. He entrado, he tirado la toalla y ¡espectro del gran César!

—¿Qué... qué has visto?

—Huck, por poco piso la mano de Joe.

—¿Cómo?

—Sí. Estaba en el suelo, dormido como un tronco, con el viejo parche en el ojo y los brazos extendidos.

—¡Dios sea loado! ¿Qué has hecho? ¿Se ha despertado?

—No, no se ha movido. Creo que estaba borracho. He recogido la toalla y he salido corriendo.

—Apuesto a que yo no me hubiese acordado de la toalla.

—Pues yo sí. Bien me hubiera mareado mi tía, si la llego a perder.

—Tom, ¿has visto aquella caja?

—La verdad, Huck, no me he entretenido a mirar. Ni he visto la caja ni la cruz. Solo he visto una botella y un vaso de estaño en el suelo, junto al indio Joe; sí, y vi dos barriles y muchísimas botellas más en la habitación. ¿Comprendes ahora qué pasa en la habitación hechizada?

—¿Qué?

—Pues que está hechizada por el whisky. Supongo que como la ley prohíbe vender licores, todas las tabernas tienen una habitación hechizada, ¿no crees, Huck?

—Puede que sí. ¿A quién se le hubiese ocurrido? Pero, oye, Tom, ahora es un momento estupendo para apoderarse de la caja, si Joe está borracho.

—¿Sí? Pruébalo.

Huck se estremeció.

—Bueno, no; supongo que no.

—Yo también supongo que no, Huck. Una botella sola al lado del indio Joe no es suficiente. Si hubiese tres, estaría lo bastante achispado para que pudiésemos intentarlo.

Hubo una larga pausa dedicada a la reflexión, y entonces Tom dijo:

—Oye, Huck, más vale que no volvamos a intentarlo hasta que sepamos que el indio Joe no está en el cuarto. Da mucho miedo. Pero si vigilamos todas las noches, podemos estar seguros de verle salir un día u otro, y entonces cogeremos la caja en un abrir y cerrar de ojos.

—Vale. Yo vigilaré durante toda la noche, cada noche, y tú te encargarás de la otra parte de la faena.

—De acuerdo. Solo tienes que subir una manzana de Hooper Street y maullar; y si estoy dormido, tiras un puñado de arena contra la ventana y eso me despertará.

—Muy bien.

—Ahora que ha acabado la tormenta, Huck, me voy a casa. Dentro de un par de horas será de día. ¿Quieres volver a la taberna y vigilar mientras tanto, Huck?

—He dicho que lo haría, Tom, y lo haré. No abandonaré la taberna ni una sola noche. Dormiré de día y vigilaré de noche.

—¿Y dónde irás a dormir?

—En el pajar de Ben Roger. Él me deja que vaya, y un negro que tiene su padre, el tío Jake, también. Al tío Jake le voy a buscar agua siempre que la necesita, y cuando le pido algo de comer, siempre me da algo. Es un negro buenísimo, Tom. A mí me quiere, porque no demuestro nunca que es inferior. A veces me he sentado y he comido con él. Pero no se lo cuentes a nadie. Cuando uno se muere de hambre tiene que hacer cosas que no haría en una situación normal.

—Si no te necesito durante el día, te dejaré dormir. No vendré a fastidiarte. Y en cuanto descubras algo ven a maullar enseguida debajo de mi ventana.

XXIX

HUCKLEBERRY SALVA A LA VIUDA DOUGLAS

La primera cosa que Tom oyó el viernes por la mañana fue una noticia alegre: la familia del juez Thatcher había vuelto al pueblo la noche antes. El indio Joe y el tesoro adquirieron una importancia secundaria, y Becky ocupó el lugar preferente en los intereses del muchacho. La vio y pasaron una tarde divertida y agotadora jugando con sus compañeros de escuela. El día se completó y se coronó de un modo especialmente satisfactorio: Becky insistió a su madre para que celebrase al día siguiente el picnic tanto tiempo prometido y aplazado, y ella consintió. La alegría de la niña fue ilimitada, y no fue más moderada la de Tom. Mandaron las invitaciones antes de ponerse el sol, y en un abrir y cerrar de ojos los jóvenes del pueblo fueron presa de una fiebre de preparativos y de perspectivas brillantes. La exaltación de Tom le mantuvo despierto hasta muy tarde, pues abrigaba la esperanza de que oiría maullar a Huck y se apoderaría del tesoro, con el que dejaría atónitos a Becky y los participantes en el picnic al día siguiente, pero tuvo una decepción. No llegó señal alguna aquella noche.

A las diez o las once de la mañana siguiente un inquieto y gozoso grupo estaba reunido en casa del juez Thatcher con todo dispuesto para la marcha. No era costumbre que las personas mayores echasen a perder los picnics con su presencia. Se consideraba que los muchachos estaban a salvo bajo las alas de unas cuantas señoritas de dieciocho años y unos cuantos jóvenes de veintitrés poco más o menos. Se había fletado para la ocasión el viejo barco de vapor; la alegre multitud no tardó en desfilar por la calle principal del pueblo cargada con los cestos de provisiones. Sid estaba enfermo y no pudo participar en el picnic; Mary se quedó en casa para hacerle compañía. Las últimas palabras de la señora Thatcher a Becky fueron:

—Será muy tarde cuando volváis. Tal vez sea mejor que te quedes a pasar la noche con alguna de las niñas que viven cerca del embarcadero, cielo.

—Entonces me quedaré en casa de Susy Harper, mamá.

—Muy bien. Y acuérdate de portarte bien y de no molestar a nadie.

Poco después, mientras levaban anclas, Tom dijo a Becky:

—¿Sabes qué podemos hacer? En vez de ir a casa de Joe Harper, subiremos a la colina y nos quedaremos en casa de la viuda Douglas. Nos dará helado. Cada día tiene a montones. Y estará muy contenta de que vayamos.

—¡Qué divertido! —Becky reflexionó un instante y dijo—: Pero ¿qué dirá mamá?

—¿Cómo va a saberlo?

La muchacha estuvo cavilando un rato y luego dijo de mala gana:

—Supongo que no está bien, pero...

—¡Tonterías! Tu mamá no lo sabrá, ¿y qué mal hay en ello? Lo que ella quiere es que estés segura; y apuesto a que no ha dicho que vayas a casa de la viuda Douglas porque no se le ha ocurrido. ¡Estoy seguro de que lo hubiese dicho!

La espléndida hospitalidad de la viuda Douglas era un cebo tentador. Ello y las persuasiones de Tom se impusieron enseguida. Decidieron, pues, no decir nada a nadie del programa de la noche. Al cabo de poco a Tom se le ocurrió que tal vez aquella misma noche Huck fuera a darle la señal. La idea restó mucho encanto a sus perspectivas. Con todo, no se decidía a renunciar a la divertida velada en casa de la viuda. ¿Y por qué había de renunciar —razonaba Tom— si no hubo señal la noche anterior? ¿Qué probabilidades había de que fuese esa noche? La perspectiva de la diversión de la velada venció al tesoro incierto y, como hacen los muchachos, Tom decidió rendirse a la inclinación más fuerte y se prohibió volver a pensar en la caja del dinero durante todo el día.

El vapor se detuvo en la boca de una frondosa ensenada, tres millas más abajo del pueblo, y amarró. Los excursionistas se desparramaron por la ribera y pronto resonaron gritos y risas en las profundidades del bosque y en las escabrosas alturas. Se pusieron en práctica todos los medios de fatigarse y sudar y poco a poco los expedicionarios volvieron al campamento. Fortalecidos por un enorme apetito, comenzaron entonces a destruir los manjares. Después de comer tuvo lugar un reparador intervalo durante el cual se descansó y se charló a la sombra de copudos olmos. Luego alguien gritó:

—¿Quién viene a la cueva?

Todos se declararon dispuestos a visitarla. Buscaron paquetes de velas, y enseguida se produjo una desbandada general montaña arriba. La boca de la cueva estaba en lo alto de la ladera: la abertura tenía forma de «a». La maciza puerta de roble estaba abierta. El interior formaba un reducido aposento, fresco como una nevera, tapiado por la naturaleza con sólida piedra caliza que chorreaba un sudor frío. Tenía algo misterioso y romántico permanecer allí, en las tinieblas profundas, y contemplar el verde valle que relucía al sol. Pero la solemnidad de la situación se desvaneció pronto, y comenzaron de nuevo el alborozo y las correrías. En el momento en que se encendía una vela, se producía una avalancha general sobre su poseedor; luego una lucha y una galante defensa, pero la vela bien enseguida caía o se apagaba, y entonces resonaba un alegre clamor de risas y se emprendía una nueva persecución. Pero todo tiene su fin. Poco después la procesión bajó por la abrupta pendiente del pasadizo principal, y la vacilante hilera de lucecitas reveló opacamente los altos muros de roca casi hasta su punto de unión, sesenta pies más arriba. Aquel pasadizo principal no tenía más de ocho o diez pies de ancho. Cada tres o cuatro escalones se ramificaba a ambos lados en otras grietas altas, todavía más estrechas, pues la cueva de McDougal era un interminable laberinto de retorcidos corredores que desembocaban sin cesar los unos en los otros y no conducían a parte ninguna. Se decía que uno podía vagar días y noches enteros por aquel intrincado embrollo de hendiduras y grietas sin hallar jamás el final de la cueva; y que podía adentrarse incansablemente en la tierra y encontrar siempre lo mismo: un laberinto bajo otro, todos ellos carentes de salida. «Conocer» la cueva por completo era imposible. La mayoría de los jóvenes conocían una parte. Y no solían aventurarse más allá de la parte conocida. Tom Sawyer conocía la misma parte que todos.

La procesión desfiló a lo largo del pasadizo principal durante tres cuartos de milla, y entonces grupos y parejas comenzaron a escurrirse por los pasillos laterales, corriendo a lo largo de los tétricos corredores y asustándose unos a otros en los puntos de unión de los pasillos. Los grupos podían evitarse por espacio de media hora sin abandonar la parte «conocida».

Luego todos los grupos fueron volviendo a la boca de la cueva, jadeantes, alegres, con goterones de cera de la cabeza a los pies, manchados de arcilla y entusiasmados con el éxito de la excursión. Entonces se asombraron al ver que no se habían preocupado del tiempo y que estaba a punto de anochecer. La campana del vapor estaba tañendo desde hacía media hora. No obstante, aquel final para las aventuras del día era romántico y, por tanto, satisfactorio. Mientras el vapor, con su turbulenta carga, se adentraba en la corriente, a nadie le importaba un ápice el tiempo perdido, excepto al capitán del barco.

Cuando las luces del vapor parpadearon en el embarcadero, Huck ya estaba de guardia. No oyó ningún ruido a bordo, pues los excursionistas estaban tan abatidos y quietos como suele estar la gente que se muere de fatiga. Se preguntó qué barco sería, y por qué no se detenía en el muelle; luego lo apartó de su pensamiento y se concentró en su tarea. La noche se estaba nublando y era cada vez más oscura. Dieron las diez, y el ruido de vehículos cesó, las esparcidas luces comenzaron a apagarse, desaparecieron todos los transeúntes rezagados y el pueblo se abandonó al reposo dejando al joven centinela solo con el silencio y los fantasmas. Dieron las once y se apagaron las luces de la taberna; reinaba una oscuridad absoluta. Huck esperó largo rato, que se le hizo interminable, pero no ocurrió nada. La fe se le debilitaba. ¿Valía la pena? ¿Valía realmente la pena? ¿No era mejor renunciar y acostarse?

Entonces llegó un rumor a sus oídos. Prestó toda su atención. La puerta del callejón se cerró suavemente. Saltó a una esquina del almacén de ladrillos. Un instante después pasaron dos hombres junto a él, y uno de ellos parecía llevar algo bajo el brazo. ¡Debía de ser la caja! Sin duda, estaban trasladando el tesoro. ¿Cómo llamar a Tom entonces? Sería absurdo, los hombres desaparecerían con la caja y el tesoro se perdería para siempre. No, era preferible seguir a los hombres. Razonando así para sus adentros, Huck salió de su escondite y se deslizó tras los rateros, descalzo, dejando que se adelantaran lo justo para poder seguirlos.

Recorrieron tres manzanas de casas en dirección al río, luego giraron a la izquierda y tomaron una calle transversal. Siguieron en línea recta hasta que llegaron al sendero que conducía a la colina de Cardiff. Pasaron sin vacilar ante la casa del viejo galés, a medio camino de la cumbre de la colina, y continuaron subiendo. «Vaya —pensó Huck—, quieren enterrarla en la vieja cantera.» Pero al llegar a la cantera no se detuvieron. Siguieron adelante hacia la cumbre. Se adentraron en un estrecho sendero entre altos matorrales y al instante quedaron ocultos en las tinieblas. Huck fue avanzando y acortando la distancia, pues ya no podían verle. Caminó un rato y después aminoró el paso, temiendo adelantarse demasiado; anduvo otro trecho y luego se detuvo; escuchó; ningún ruido; ninguno, salvo que le parecía oír los latidos de su propio corazón. El triste ulular de un búho llegó de lo alto de la colina. ¡Ominoso sonido! No se oían pasos. Cielos, ¿estaba todo perdido? Se disponía a emprender una loca carrera cuando un hombre carraspeó a cuatro pies de él. El corazón de Huck le subió a la garganta, pero lo engulló otra vez; entonces se quedó allí, temblando como si padeciera una docena de fiebres a la vez, tan débil que pensó que iba a desplomarse. Sabía dónde estaba. Se encontraba a cinco pasos del portillo que conducía a los terrenos de la viuda Douglas. «Muy bien —pensó—, que lo entierren aquí; no será difícil de encontrar.»

Entonces oyó una voz —una voz que apenas era un susurro—, la del indio Joe.

—¡Maldita sea! Puede que tenga visitas; todavía hay luz a estas horas.

—No veo ninguna.

La voz que le contestó era la del desconocido de la casa hechizada. Un frío mortal invadió el corazón de Huck; ¡esa era, pues, la «venganza»! Lo primero que se le ocurrió fue huir a toda velocidad. Entonces recordó que la viuda Douglas había sido buena con él más de una vez, y pensó que tal vez aquellos hombres intentaban asesinarla. Deseó tener valor suficiente para advertirla, pero sabía que no podría; los malhechores lo atraparían. Pensó todo eso y muchas cosas más en el lapso de tiempo que transcurrió entre la observación del desconocido y la respuesta de Joe.

—Es que tienes el matorral delante. Ven aquí. ¿Ves ahora?

—Sí. No cabe duda de que *tiene* visitas. Mejor será dejarlo.

—¡Dejarlo, si voy a abandonar el país para siempre! ¡Si lo dejo quizá no se presente otra ocasión! Te lo vuelvo a decir, como te lo dije antes: no me importa su dinero, será para ti. Pero su marido fue duro conmigo, fue duro conmigo muchas veces y, por si fuera poco, era el juez de paz que me encarceló por vagabundo. Y eso no es todo. Ni la millonésima parte.

Me hizo dar latigazos como a un caballo, fui azotado delante de la cárcel igual que un negro, con todo el pueblo mirando. ¡A latigazos!, ¿comprendes? Tuvo la suerte de morirse. Pero ella me las pagará.

—No la mates. ¡No lo hagas!

—¿Matarla? ¿Quién habla de matarla? A él sí que lo mataría, si estuviese aquí. Cuando te quieres vengar de una mujer no la matas, ¡qué tontería!, te ensañas con su aspecto. Le agujereas las aletas de la nariz, le recortas las orejas como a una cerda...

—¡Por Dios! Eso es...

—¡Guárdate tu opinión! Será mejor para ti. La ataré a la cama. Si se desangra hasta morirse, ¿tendré yo la culpa? No seré yo quien la llore. Amigo, tú me ayudarás en esta faena... porque te lo pido. Por eso estás aquí; yo solo tal vez no podría. Si vacilas, te mato. ¿Me entiendes? Y si tengo que matarte, la mato después a ella... y entonces creo que nadie sabrá quién hizo la faena.

—Está bien, si hay que hacerlo, adelante. Cuanto antes mejor. Estoy temblando.

—¿Conque temblando? ¿Y hay visitas? Oye, te advierto que empiezo a sospechar de ti, ¿sabes? No; esperaremos a que apaguen las luces. No hay prisa.

A Huck le pareció que a partir de entonces reinaría el silencio, cosa todavía más pavorosa que cualquier discusión criminal; así que contuvo el aliento y, dando un paso hacia atrás despacio, plantó el pie cuidadosa y firmemente, después se sostuvo sobre una sola pierna, de un modo incierto y cayéndose casi, primero a un lado y luego al otro. Dio otro paso atrás, con el mismo cuidado y los mismos riesgos; luego otro y otro, y una ramita crujió bajo sus pies. Perdió el aliento y escuchó. La calma era absoluta. Su gratitud fue inconmensurable. Luego volvió sobre sus pasos entre las paredes que formaban los matorrales, giró sobre sus talones con el mismo cuidado que si fuera un buque y entonces se puso a caminar a toda prisa, con suma cautela. Cuando salió a la cantera se sintió seguro y emprendió una veloz carrera. Corrió sendero abajo hasta llegar a la casa del galés. Llamó a la puerta, y enseguida las cabezas del anciano y de sus dos robustos hijos se asomaron por las ventanas.

—¿Qué alboroto es ese? ¿Quién llama? ¿Qué pasa?

—Déjenme entrar deprisa. Se lo contaré todo.

—¿Quién es?

—Huckleberry Finn; ¡deprisa, déjenme entrar!

—¡Conque Huckleberry Finn! No es un nombre para abrir muchas puertas... Pero dejadle entrar, muchachos, y veamos qué quiere.

—Por favor, no digan nunca que lo dije yo —fueron las primeras palabras de Huck cuando entró—. Por favor, no lo digan; me matarían, estoy seguro... pero la viuda ha sido buena conmigo muchas veces, y quiero decir... lo diré si me prometen no decir nunca que se enteraron por mí.

—¡Diantre!, algo tendrá que decir si toma tantas precauciones —exclamó el anciano—; desembucha, que nadie lo dirá, muchacho.

Al cabo de tres minutos, el anciano y sus hijos, bien armados, se hallaban en lo alto de la colina y se adentraban de puntillas en el sendero pistola en mano. Huck ya no los acompañó más lejos. Se ocultó detrás de una roca y aguzó el oído. Hubo un lento y angustioso silencio y luego, repentinamente, se oyó una explosión de armas de fuego y un grito.

Huck no aguardó a saber detalles. Echó a correr colina abajo tan deprisa como le permitían las piernas.

XXX

PERDIDOS EN LA CUEVA

En cuanto despuntó el alba el domingo por la mañana, Huck subió a tientas la colina y llamó suavemente a la puerta del viejo galés. Los habitantes de la casa estaban dormidos, pero su sueño era muy ligero tras el excitante episodio de la noche.

—¿Quién está ahí?—preguntaron desde una ventana.

La voz amedrentada de Huck contestó muy quedo:

—¡Por favor, déjenme entrar! ¡Soy Huck Finn!

—¡Es un nombre que puede abrir esta puerta día y noche, muchacho! ¡Y bienvenido!

Aquellas palabras resultaban extrañas a oídos del vagabundo; eran las más agradables que había oído nunca. No recordaba que nadie las hubiese dicho jamás refiriéndose a él. La puerta se abrió enseguida, y Huck entró. Le ofrecieron un asiento, y el anciano y los dos mocetones se vistieron en un instante.

—Bien, muchacho, espero que estés bien y que tengas hambre, pues el desayuno estará listo en cuanto salga el sol; ya puedes prepararte. Los chicos y yo esperábamos que volverías a pasar aquí la noche.

—No me llegaba la camisa al cuerpo —dijo Huck—; me eché a correr cuando se oyeron los disparos, y no me paré en tres millas. He venido porque quería saber qué ocurrió; y he llegado antes de que fuese de día para no encontrarme con aquellos demonios, aunque estuviesen muertos.

—¡Pobre Huck! Tienes aspecto de haber pasado una mala noche; pero aquí hay una cama para cuando hayas terminado el desayuno. No, no están muertos, muchacho... por desgracia. Sabíamos bien dónde echarles el guante, siguiendo tus indicaciones; así que nos deslizamos de puntillas hasta que estuvimos a quince pies de ellos; aquel sendero de matorrales estaba oscuro como una bodega, y en aquel preciso momento sentí que iba a estornudar. ¡Qué suerte tan perra! Intenté contenerme, pero fue en vano; tenía que salir, y salió. Yo iba delante con la pistola levantada, y cuando el estornudo puso a los bergantes en movimiento y se disponían a salir del sendero, grité «¡Fuego, muchachos!» y disparé hacia donde se oía el ruido. Los muchachos dispararon también. Pero los pillastres escaparon en un abrir y cerrar de ojos, y corrimos tras ellos, persiguiéndolos hasta los bosques. Creo que no los tocamos. Al escapar hicieron un disparo cada uno, pero sus balas silbaron junto a nosotros sin hacernos daño. En cuanto dejamos de oír sus pisadas, abandonamos la persecución y bajamos a despertar a los alguaciles. Reunieron algunas fuerzas y salieron a vigilar la orilla del río. En cuanto amanezca, el sheriff y sus hombres harán una batida por los bosques. Mis chicos irán a reunirse con ellos dentro de unos momentos. Quisiera que me describieras a esos bandidos; sería de gran ayuda. Supongo que en la oscuridad no verías cómo eran, ¿verdad, muchacho?

—Sí, los vi ya en el pueblo y los seguí.

—¡Magnífico! Descríbelos, descríbelos, hijo mío.

—Uno es el mexicano sordomudo que ha rondado por aquí una o dos veces, y el otro es un tipo que va muy andrajoso...

—Con eso es suficiente, muchachos, ya sé quiénes son. Me tropecé con ellos en el bosque, un día que regresaba de casa de la viuda, y al verme se alejaron. En marcha, muchachos, y contádselo al sheriff; ya desayunaréis mañana por la mañana.

Los hijos del galés se marcharon de inmediato. Cuando iban a salir de la sala, Huck se puso en pie de un salto y exclamó:

—Por favor, no digan a nadie que yo di el soplo.

—Así se hará, Huck, si lo deseas, pero creo que tu buena acción debería ser conocida por todo el mundo.

—No, no. No lo digan, por favor.

Cuando los jóvenes se hubieron ido, el viejo galés dijo:

—No lo dirán, ni yo tampoco, pero ¿por qué no quieres que se sepa?

Huck se limitó a decir que bastante sabía ya de uno de aquellos hombres y que no quería por nada del mundo que ese hombre supiera lo que él sabía en contra suya; seguramente lo mataría por saberlo.

El anciano prometió una vez más guardar el secreto y dijo:

—¿Cómo se te ocurrió seguir a esos bandidos, muchacho? ¿Tenían aspecto sospechoso?

Huck calló mientras urdía una respuesta suficientemente cauta. Luego dijo:

—Pues, verá usted, yo soy un poco granuja; por lo menos lo dice todo el mundo y nada veo en contra de ello, y a veces no puedo dormir pensándolo y diciéndome que he de obrar de otro modo. Eso es lo que me ocurrió anoche. No podía dormir y me puse a rondar por las calles a medianoche, y cuando llegué al viejo y arruinado almacén de ladrillos que hay junto a la taberna me recosté contra el muro para pensar otro rato. Bien, pues precisamente entonces pasaron junto a mí aquellos dos tipos con un bulto debajo del brazo y sospeché que lo habrían robado. Uno iba fumando y el otro pidió fuego; se detuvieron frente a mí y los cigarros les iluminaron la cara y vi que el más robusto era el mexicano sordomudo, con sus patillas blancas y su parche en el ojo, y el otro un tipo miserable de aspecto andrajoso...

—¿Lograste ver los andrajos a la luz de los cigarros?

Huck titubeó un instante.

—Pues no lo sé... pero de alguna manera creo que los vi —dijo.

—Entonces siguieron su camino, y tú...

—Los seguí, sí. Quería saber qué ocurría y por qué se deslizaban de aquel modo. Los seguí hasta el portillo de la viuda, y me quedé en la oscuridad y oí que el de los andrajos hablaba de la viuda, y el mexicano juró que le iba a cortar la cara, como le dije a usted y a sus dos...

—¡Cómo! ¡El sordomudo dijo todo eso!

Huck había cometido otra equivocación lamentable. Aunque hacía todo lo posible para que el anciano no sospechara quién podía ser el mexicano, su lengua parecía empeñada en traicionarle a pesar de sus esfuerzos. Intentó varias veces salir del atolladero, pero los ojos del anciano estaban fijos en él y Huck decía un despropósito tras otro. Entonces el galés dijo:

—Hijo mío, no temas nada de mí. Por nada del mundo te haría daño. Al contrario, te protegeré. Ese mexicano no es sordo ni mudo; lo has descubierto sin querer; ahora ya no puedes arreglarlo. Tú sabes algo de ese mexicano que quieres mantener oculto. Dime qué es y confía en mí; yo no te traicionaré.

Huck contempló un instante los honrados ojos del anciano, luego se inclinó y murmuró a su oído:

—No es mexicano... es el indio Joe.

El galés casi saltó de su silla. Poco después dijo:

—Ahora lo comprendo todo. Cuando me hablaste de recortar orejas y perforar narices creí que eran detalles tuyos para adornar el relato, porque los blancos no se vengan de esa manera. Pero un indio ya es otra cosa.

Siguieron charlando mientras desayunaban, y el anciano dijo que lo último que habían hecho él y sus hijos antes de retirarse fue examinar el portillo y sus contornos con una linterna en busca de señales de sangre. No hallaron ninguna, pero capturaron un pesado bulto de...

—¿De qué?

Si las palabras hubieran sido un rayo no habrían saltado con una precipitación más asombrosa de los pálidos labios de Huck. Miró al anciano abriendo los ojos desmesuradamente y contuvo el aliento, esperando la respuesta. El galés se quedó sorprendido, miró a su vez a Huck durante tres segundos, cinco segundos, diez... y entonces replicó:

—De herramientas de ratero. Pero ¿qué te pasa?

Huck se desplomó en su asiento, jadeando ahogadamente pero sintiendo una profunda e indecible gratitud. El galés lo contempló con grave sorpresa y luego dijo:

—Sí, herramientas de ratero. Parece que eso te ha quitado un peso de encima. ¿A qué se debe tu sobresalto? ¿Qué esperabas que hallara?

Huck no sabía cómo salir del apuro; los penetrantes ojos del anciano galés estaban fijos en él y hubiera dado cualquier cosa por encontrar material para una respuesta plausible; no se le ocurría nada; aquellos ojos lo taladraban cada vez más, hasta que se le pasó por la cabeza una respuesta insensata; no tuvo tiempo de examinarla, de manera que la soltó a la ventura.

—Libros para la escuela dominical, quizá.

El pobre Huck estaba demasiado apurado para sonreír, pero el anciano estalló en una fuerte y gozosa carcajada, sacudió toda su anatomía desde la cabeza hasta los pies, y acabó diciendo que una risa así era como dinero en el bolsillo, porque disminuía las facturas del médico como ninguna otra cosa. Luego añadió:

—¡Pobre Huck! Estás pálido y fatigado, tienes mal aspecto y no me extraña que desbarres así. Pero ya te repondrás. Necesitas dormir un poco.

A Huck le exasperaba pensar que había sido tan ganso y había mostrado una exaltación tan sospechosa, pues había dado a entender que el paquete sacado de la taberna era el tesoro al oír aquella conversación ante el portillo de la viuda. Con todo, solo había pensado que no fuese el tesoro —sin saberlo del todo— y por eso la sugerencia de que habían encontrado un bulto fue excesiva para poder dominarse. Pero en el fondo se alegraba de que hubiese ocurrido ese pequeño episodio, pues sabía con absoluta certeza que el bulto no era el bulto que buscaban, y tenía la cabeza en paz, sumida en un extraordinario bienestar. Todo parecía ir por el buen camino; el tesoro debía de hallarse aún en el número dos, los hombres serían capturados y encarcelados aquel día, y él y Tom podrían apoderarse del oro por la noche sin más inquietud ni temor a interrupciones.

Cuando estaban acabando de desayunar, llamaron a la puerta. Huck se ocultó, pues no tenía ganas de que lo relacionasen, ni siquiera remotamente, con el acontecimiento de la víspera. El galés recibió a damas y caballeros, entre las primeras a la viuda Douglas, y observó que varios grupos de ciudadanos subían por la colina a echar un vistazo al portillo. La noticia se había esparcido ya por el pueblo.

El galés tuvo que contar la historia nocturna a los visitantes. La viuda le expresó su gratitud con vehemencia.

—No hable usted de ello, señora. Hay alguien con quien tal vez esté más en deuda que conmigo y mis hijos, pero no quiere que diga su nombre. A no ser por él, no habríamos acudido.

Aquellas palabras, por supuesto, excitaron una curiosidad tan intensa que casi empequeñeció el hecho principal, pero el galés dejó que la curiosidad picara a sus visitantes, y que a través de ellos se transmitiese a todo el pueblo, pues él se negó a revelar su secreto. Cuando se supieron los demás detalles, la viuda dijo:

—Estaba leyendo en la cama y me quedé dormida. El alboroto no me despertó. ¿Por qué no vino usted?

—Consideramos que no valía la pena. No era probable que aquellos bribones volviesen; no tenían herramientas con que trabajar, y ¿qué necesidad había de despertarla y darle un susto de muerte? Mis tres negros se quedaron de guardia en su casa toda la noche. Ahora acaban de regresar.

El galés tuvo que contar la historia una y otra vez durante un par de horas más a medida que llegaban nuevas visitas.

Durante las vacaciones escolares no había escuela dominical, pero todo el mundo acudió temprano a la iglesia. Se comentó con detalle el sensacional acontecimiento. Llegaron noticias de que aún no se había descubierto ni rastro de los dos malhechores. Cuando terminó el sermón, la esposa del juez Thatcher se acercó a la señora Harper mientras recorría el pasillo entre la multitud y dijo:

—¿Mi Becky va a dormir todo el día? Ya sabía yo que estaría muerta de cansancio.

—¿Becky?

—Sí —dijo la señora Thatcher con una expresión de asombro—, ¿no ha pasado la noche en su casa?

—¿En mi casa? No.

La señora Thatcher palideció y se dejó caer sobre un banco en el momento en que pasaba la tía Polly, hablando animadamente con una amiga.

—Buenos días, señora Thatcher. Buenos días, señora Harper —dijo la tía Polly—. Resulta que uno de mis chicos no volvió a dormir a casa. Supongo que Tom habrá pasado la noche en casa de alguna de ustedes, y ahora debe de tener miedo de venir a la iglesia. Ya le ajustaré las cuentas.

La señora Thatcher negó con la cabeza y su palidez se acrecentó.

—En casa no ha estado —dijo la señora Harper, comenzando a mostrar cierta inquietud. Una marcada ansiedad se pintó en el rostro de la tía Polly.

—Joe Harper, ¿has visto a mi Tom esta mañana?

—No, señora.

—¿Cuándo lo viste por última vez?

Joe intentó acordarse, pero no estaba seguro de cuándo fue. La gente se había quedado parada en la iglesia. Corrió la voz de lo que ocurría y en todos los rostros se reflejó una expresión de inquietud. Los niños y los jóvenes maestros fueron interrogados con ansia. Todos dijeron que no habían observado si Tom y Becky se encontraban a bordo del vapor durante el viaje de retorno; estaba oscuro; a nadie se le había ocurrido preguntar si faltaba alguien. Por último, un joven declaró abruptamente sus temores de que se hallasen todavía en la cueva. La señora Thatcher se desmayó. La tía Polly rompió a llorar retorciéndose las manos.

Corrió la alarma de boca en boca, de grupo en grupo, de calle en calle, y al cabo de cinco minutos las campanas tañían furiosamente y todo el pueblo estaba en pie.

El episodio de Cardiff se volvió insignificante al instante, se olvidaron de los ladrones, ensillaron caballos, aparejaron botes, ordenaron la salida del vapor, y al cabo de media hora doscientos hombres se desparramaban por la calle principal y por el río en dirección a la cueva.

El pueblo dio la impresión de estar vacío y muerto durante toda la tarde. Muchas mujeres visitaron a la tía Polly y a la señora Thatcher y trataron de consolarlas. Unieron también su llanto al de ellas, y aquello fue mejor aún que las palabras. Durante el lento transcurso de la noche el pueblo esperó noticias; pero cuando al final clareó, la única nueva que llegó fue: «Enviad más velas y comida». La señora Thatcher estaba casi loca, al igual que la tía Polly. El juez Thatcher envió mensajes desde la cueva dando esperanzas, pero no procuraron ningún consuelo.

El viejo galés volvió a su casa al clarear el día, salpicado de sebo de vela, manchado de arcilla y casi sin fuerzas. Encontró a Huck todavía en la cama que le había prestado, delirando de fiebre. Los médicos estaban todos en la cueva, de modo que llamó a la viuda Douglas, que tomó el paciente a su cargo. Dijo que le cuidaría lo mejor que sabía, porque tanto si era un chico bueno, malo o indiferente, era una criatura del Señor, y nada que fuese del Señor podía desecharse. El galés dijo que Huck tenía buen fondo, y la viuda contestó:

—No lo pongo en duda. Esa es la marca del Señor. No la

olvida. No la olvida nunca. La pone en cualquier criatura que viene de Sus manos.

A mediodía algunos grupos de hombres exhaustos volvieron al pueblo, pero los ciudadanos más fuertes continuaron buscando. Las noticias más halagüeñas que llegaron fueron que estaban escudriñando remotos lugares de la cueva que nunca se habían visitado; que se buscaba en cada rincón y en cada grieta; que dondequiera que uno vagase, a través de la confusión de pasadizos, veía fluctuar luces a un lado y a otro en la distancia, y que los gritos y los disparos de pistola enviaban al oído sus huecas resonancias desde las sombrías naves. En un lugar alejado de la sección que solían frecuentar los turistas habían hallado los nombres «BECKY & TOM» trazados en la pared de piedra con humo de vela, y no lejos de allí un trozo de cinta manchada de sebo. La señora Thatcher reconoció la cinta y derramó lágrimas sobre ella. Dijo que era la última reliquia que tendría de su hijita, y que ningún otro recuerdo suyo sería tan precioso, porque ese era el último que se separó del cuerpo en vida antes de que llegara la pavorosa muerte. Alguien dijo que de vez en cuando en la cueva parpadeaba un lejano fulgor, y entonces resonaba un clamor de triunfo y una veintena de hombres se precipitaba por el pasadizo lleno de ecos... y el resultado era siempre una abrumadora decepción: los niños no estaban allí, no era más que la luz de otro buscador.

Tres días y tres noches horribles arrastraron sus horas tediosas, mientras el pueblo se hundía en un desesperado estupor. Nadie tenía ánimos para nada. El reciente descubrimiento de que el propietario de la taberna guardaba bebidas alcohólicas en su establecimiento apenas alteró el ánimo del público, por tremendo que fuese el hecho. En un momento de lucidez, Huck llevó la conversación al tema de las tabernas, y preguntó por último —temiendo casi lo peor— si se había descubierto algo en la taberna desde que estaba en cama.

—¡Sí! —dijo la viuda.

Huck dio un respingo en la cama y miró a la viuda con ojos extraviados.

—¿Qué? ¿Qué era?

—Alcohol, y han cerrado el establecimiento. Acuéstate, niño, ¡qué susto me has dado!

—Dígame solo una cosa; solo una, por favor, ¿fue Tom Sawyer quien lo descubrió?

La viuda se echó a llorar.

—Calma, niño, calma. Ya te he dicho que no debes hablar. Estás muy enfermo.

Así que no se había encontrado más que alcohol; de haber sido oro, habría causado un gran alboroto. De modo que el tesoro había desaparecido para siempre, ¡para siempre! Pero ¿por qué lloraba la viuda? Era curioso que llorara.

Esos pensamientos se abrían paso lentamente en el cerebro de Huck, que se durmió por el cansancio que le provocaron. La viuda se dijo para sí:

—Ya se ha dormido, pobrecillo. ¡Que si lo encontró Tom Sawyer! ¡Lo malo es que nadie lo encuentre a él! ¡Ay, qué pocos tienen aún esperanzas o fuerzas para seguir buscando!

XXXI

HALLADOS Y PERDIDOS DE NUEVO

Veamos ahora qué les ocurrió a Tom y Becky durante el picnic. Reecorrieron los sombríos pasadizos con los demás compañeros, visitando las maravillas conocidas de la cueva, maravillas dignificadas con nombres tan descriptivos como «el vestíbulo», «la catedral», «el palacio de Aladino» y otros por el estilo. Al cabo de poco comenzaron a jugar al escondite, y Tom y Becky participaron en el juego con entusiasmo hasta que el esfuerzo comenzó a resultar algo aburrido; entonces bajaron por una sinuosa avenida, con las velas en alto y leyendo la embrollada telaraña de nombres, fechas, direcciones y epígrafes con que se habían decorado (con humo de vela) las rocosas paredes. Caminando y charlando, apenas observaron que se hallaban en una parte de la cueva cuyos muros no estaban decorados. Escribieron sus propios nombres con humo bajo un saliente de roca y prosiguieron la marcha. Pronto llegaron a un lugar en que un arroyuelo, al escurrirse sobre uno de los bordes y llevar un sedimento de piedra caliza, había formado, con el lento transcurso de los siglos, una catarata como la del Niágara de rizos y encajes en la piedra resplandeciente e imperecedera. Tom deslizó su cuerpecillo por detrás de la cascada para iluminarla, con la consiguiente satisfacción de Becky. Vio entonces que el agua encubría una especie de abrupta escalera natural encerrada entre estrechos muros, y al instante se apoderó de él la ambición de hacer un descubrimiento. Becky respondió a su invitación, hicieron una marca con humo para guiarse más tarde, y emprendieron las pesquisas. Serpentearon por un camino y otro, adentráronse en las secretas profundidades de la cueva, hicieron otra marca, y tomaron un pasadizo lateral en busca de novedades que contar después a los compañeros. En un lugar encontraron una espaciosa caverna, de cuyo techo pendían multitud de brillantes estalactitas de la longitud y el diámetro de la pierna de un hombre; la recorrieron admirándola maravillados, y poco después tomaron uno de los numerosos pasadizos que desembocaban en ella. Aquel corredor los llevó enseguida a una encantadora fuente, cuyo pilón estaba incrustado de una escarcha de chispeantes cristales; se hallaba en medio de una caverna que sostenían innumerables y fantásticos pilares formados por la unión de grandes estalactitas y estalagmitas, resultado del incesante gotear del agua a lo largo de los siglos. Bajo el techo se habían apiñado vastos conjuntos de murciélagos, miles en cada grupo; las luces turbaron a los animalejos y se precipitaron a cientos contra las velas, chillando y aleteando furiosamente.

Tom conocía sus métodos y el peligro que estos encerraban. Cogió a Becky de la mano y la precipitó en el primer corredor que vieron, pero no fue lo bastante rápido, pues un murciélago apagó la vela de Becky de un aletazo en el momento de abandonar la caverna. Los murciélagos persiguieron a los niños durante un buen trecho, pero los fugitivos entraban en cada nuevo pasadizo que aparecía, y al final consiguieron librarse de los peligrosos animales. Al cabo de poco Tom encontró un lago subterráneo que extendía su opaca longitud hasta que su forma se perdía en las sombras. Quería explorar las orillas, pero decidió que sería mejor sentarse primero y descansar un rato. Entonces, por vez primera, la honda quietud del lugar apoyó su mano viscosa en los espíritus de los niños.

—No me había dado cuenta, pero me parece que hace

muchísimo tiempo que no oigo a ninguno de los otros —dijo Becky.

—Ten en cuenta, Becky, que estamos mucho más abajo que ellos, y no sé si más al norte, al sur o al oeste. Desde aquí no podemos oírlos.

Becky mostró cierta aprensión.

—¿Cuánto hace que estamos aquí, Tom? Creo que sería mejor regresar.

—Sí, tal vez sea lo mejor.

—¿Sabrás encontrar el camino, Tom? Para mí es un embrollo con tantas vueltas y revueltas.

—Supongo que podría encontrarlo, pero hay murciélagos. Si nos apagan las dos velas, estaremos en un terrible aprieto. Intentemos encontrar algún otro camino para no tener que pasar por allí.

—Espero que no nos perdamos. ¡Sería espantoso! —Y la muchacha se estremeció al pensar en aquellas horribles posibilidades.

Emprendieron el camino de vuelta por el corredor y recorrieron en silencio un buen trecho, observando cada nueva abertura para ver si su aspecto les resultaba familiar. Por desgracia, todas eran desconocidas. Cada vez que Tom inspeccionaba un corredor, Becky le observaba el rostro en busca de algún signo animoso, y él decía alegremente:

—No, no es este, pero ya lo encontraremos pronto. No te preocupes.

Ante cada nuevo fracaso se sentía más desalentado y enseguida comenzaron a penetrar en pasadizos divergentes, a la ventura, confiando desesperadamente en hallar el que buscaban. Tom seguía diciendo que «lo encontrarían pronto», pero el temor pesaba como un plomo en su corazón y sus palabras habían perdido su tono esperanzado. Era como si dijera: «¡Todo está perdido!». Becky no se movía de su lado angustiada por el miedo y trataba con todas sus fuerzas de retener las lágrimas, pero era inútil.

—Ay, Tom, no me importan los murciélagos, volvamos por aquel camino. Cada vez me parece que nos perdemos más —dijo al fin.

—¡Escucha! —dijo Tom deteniéndose.

Reinaba un silencio tan profundo que sus respiraciones eran audibles en aquella quietud. Tom gritó. La llamada repercutió por las naves vacías y murió en la distancia, en un sonido leve parecido al cabrilleo de una risa burlona.

—No vuelvas a llamar, Tom, es horrible —dijo Becky.

—Es horrible, pero es mejor hacerlo, Becky; tal vez nos oigan, ¿sabes? —y gritó de nuevo.

Aquel «tal vez» era de una frialdad más horrible aún que la risa espectral, pues confesaba que había perdido la esperanza. Los niños se quedaron quietos escuchando, pero no oyeron respuesta alguna. Tom volvió sobre sus pasos apresuradamente. No transcurrió mucho tiempo sin que cierta indecisión en sus maneras revelara a Becky otro hecho espantoso: no podía encontrar el camino de vuelta.

—¡Ay, Tom! No has hecho ninguna señal.

—¡He sido un estúpido, Becky! ¡Un estúpido! No pensaba que fuéramos a volver por el mismo camino. No, no encuentro el camino. Todo es confuso.

—Tom, Tom, estamos perdidos. No saldremos jamás de este horrible lugar. ¿Por qué hemos abandonado a los otros?

Se dejó caer al suelo y rompió en un llanto tan desesperado que a Tom le aterró la idea de que pudiese morir o perder la razón. Se sentó a su lado y la rodeó con los brazos; ella hundió su cabecita en el pecho de Tom, se abrazó a él, se liberó de sus terrores y de sus lamentos inútiles, y los ecos lejanos convirtieron sus palabras en risas burlonas. Tom le suplicó que tuviese valor, pero ella dijo que no podía. Tom comenzó a reprocharse y a insultarse por haberla llevado a una situación tan penosa; aquello resultó más efectivo. Becky dijo que intentaría recobrar las esperanzas e iría a dondequiera que él la llevase, con tal que no hablara otra vez de aquel modo. Al fin y al cabo, no merecía ella menos reproches que él, agregó.

Retomaron el camino sin rumbo; lo único que podían hacer era seguir adelante. Durante un rato sus esperanzas revivieron, no porque hubiese razón para ello, sino porque está en su naturaleza revivir cuando el manantial no está agostado por los años y la familiaridad con el fracaso.

Al cabo de poco Tom cogió la vela de Becky y la apagó. ¡Ese ahorro significaba mucho! No hacían falta palabras. Becky comprendió la triste realidad y sus esperanzas murieron de nuevo. Sabía que Tom tenía una vela entera y tres o cuatro pedazos en los bolsillos, pero era preciso ahorrar.

Entretanto, la fatiga comenzaba a reclamar sus derechos; los niños trataron de no prestarle atención, pues era horrible pensar en sentarse cuando el tiempo se había convertido en algo tan precioso; al menos caminar en alguna dirección, en cualquier dirección, era un progreso que podía dar sus frutos, pero sentarse era invitar a la muerte y acortar su persecución.

Al final las frágiles piernas de Becky se negaron a llevarla más lejos. Se sentó. Tom se quedó con ella, y hablaron de sus familias, de los amigos, de los lechos confortables y, sobre todo, de la luz. Becky se puso a llorar, y Tom intentó pensar en alguna manera de consolarla, pero todas sus palabras de ánimo estaban manidas y parecían sarcasmos. La fatiga se apoderó tanto de Becky que se durmió. Tom se alegró. Se puso a contemplar su carita tensa y vio que se suavizaba y volvía a su expresión natural bajo la influencia de agradables sueños, y poco después le brotó una sonrisa. Aquel rostro sosegado transmitió un poco de paz y de balsámica quietud a su propio espíritu, y sus pensamientos vagaron hacia tiempos pasados y brumosos recuerdos. Mientras estaba sumido en sus cavilaciones, Becky se despertó con una fresca risa, pero se le murió en los labios y fue seguida de un gemido.

—¿Cómo he podido dormirme? ¡Ojalá no me hubiese despertado nunca! ¡No, no quiero decir eso, Tom! No me mires así. No volveré a decirlo.

—Me alegro de que hayas dormido, Becky; ahora te sentirás más descansada y encontraremos el camino de salida.

—Intentémoslo, Tom, pero en sueños he visto un país bellísimo y creo que vamos allí.

—Puede que no, puede que no. Anímate, Becky, y sigamos probando.

Prosiguieron la marcha, cogidos de la mano y poseídos por un profundo desaliento. Intentaron calcular cuánto tiempo hacía que estaban en la cueva, pero solo llegaron a la conclusión de que podía hacer varios días o semanas. No obstante, era imposible, pues las velas aún no se habían consumido. Un buen rato después —no podían decir cuánto— Tom dijo que tenían que andar con suavidad para oír el goteo del agua; era preciso que hallasen una fuente. Pronto encontraron una, y Tom dijo que era hora de volver a descansar. Estaban muy fatigados, pero Becky insistió en seguir adelante. Le sorprendió que Tom se negara. Se sentaron y Tom fijó la vela en la pared de enfrente con un poco de arcilla. Tenía el pensamiento ocupado; durante un rato no dijeron nada, pero Becky rompió el silencio:

—Tom, estoy muy hambrienta.

Tom sacó algo del bolsillo.

—¿Lo recuerdas? —preguntó.

Becky casi sonrió.

—Es nuestro pastel de bodas, Tom.

—Sí, ¡ojalá fuese del tamaño de un barril! ¡Es lo único que tenemos!

—Lo separé de la merienda para que pudiésemos soñar con él, Tom, como hacen las personas mayores con los pasteles de boda, pero será nuestro...

Se interrumpió y dejó la frase sin concluir. Tom dividió el pastel y Becky comió con apetito, mientras Tom mordisqueaba su mitad. Allí había abundante agua fresca para terminar el banquete. Luego Becky sugirió continuar adelante. Tom guardó un momento de silencio y luego dijo:

—Becky, ¿podrás soportar que te diga una cosa?

El rostro de Becky palideció, pero dijo que sí.

—Oye, Becky, tenemos que quedarnos aquí, donde hay agua para beber. Solo nos queda ese trocito de vela.

Becky dio rienda suelta a sus lágrimas y a su dolor. Tom procuró consolarla, pero en vano.

—¡Tom! —exclamó Becky al fin.

—¿Qué, Becky?

—Nos echarán de menos y nos buscarán.

—Claro que sí. Por supuesto que sí.

—Tal vez ya nos están buscando, Tom.

—¡Ojalá!

—¿Cuándo nos echarían en falta, Tom?

—Supongo que al regresar al vapor.

—Tom, entonces ya debía de haber oscurecido; ¿se darían cuenta de que no habíamos vuelto?

—No lo sé. Pero, de todos modos, tu mamá te echaría de menos cuando volvieran los demás.

La expresión de terror que se pintó en el rostro de Becky hizo comprender a Tom que había cometido un desatino. ¡Aquella noche Becky no tenía que volver a su casa! Los niños se quedaron silenciosos y pensativos. Un momento después, una nueva explosión de dolor por parte de Becky demostró a Tom que la idea que tenía en la cabeza se le había ocurrido también a la muchacha: que podía muy bien transcurrir media mañana del domingo antes de que la señora Thatcher descubriera que Becky no había dormido en casa de la señora Harper.

Los niños se fijaron en el trocito de vela y observaron cómo se derretía lenta y despiadadamente; vieron la media pulgada de pábilo que al fin quedaba solo; vieron la débil llama alzarse y caer, trepar por la fina columna de humo, rezagarse un instante en la cumbre, y luego reinó la más tenebrosa y completa oscuridad.

Nadie podría decir el tiempo que transcurrió hasta que

Becky se dio cuenta de que estaba llorando en brazos de Tom. Lo único que sabían era que después de lo que pareció un tiempo inconmensurable, se despertaron de un soñoliento estupor mortal y sus miserias comenzaron de nuevo.

Tom dijo que tal vez fuese domingo, tal vez lunes. Trató de hacer hablar a Becky, pero la pesadumbre de la muchacha era demasiado intensa, pues ya había perdido toda esperanza. Tom dijo que ya debía de hacer tiempo que les echaron en falta y que sin duda habían comenzado a buscarlos. Gritaría y tal vez vendría alguien. Lo probó, pero los ecos distantes resonaron tan pavorosamente en la oscuridad que ya no volvió a intentarlo.

Transcurrieron las horas, y el hambre volvió a atormentar a los cautivos. Quedaba una parte de la mitad del pastel de Tom; la dividieron y se la comieron, pero les pareció que aún tenían más hambre que antes. Aquel pobre bocado solo les despertó el apetito.

—¿Has oído? —dijo Tom de repente.

Los niños contuvieron el aliento y escucharon. Era como un grito muy leve y distante. Tom respondió enseguida y, agarrando a Becky de la mano, descendieron a tientas por el corredor en aquella dirección. Volvió a aguzar el oído; de nuevo se oyó el grito, al parecer más cerca.

—¡Son ellos! —dijo Tom—; ¡ya vienen! Venga, Becky, ahora vamos por buen camino.

La alegría de los prisioneros era casi abrumadora. No obstante, andaban despacio, porque abundaban los pozos y tenían que ir con cuidado. Al cabo de poco encontraron uno y tuvieron que detenerse. Podía tener tres pies de profundidad, como podía tener cien; como quiera que fuese, era imposible seguir adelante. Tom se tendió de bruces y alargó los brazos tanto como pudo. No tocó fondo. Tenían que quedarse allí y esperar que vinieran a buscarlos. Escucharon; era evidente que los gritos se oían cada vez más lejos; un instante después habían desaparecido por completo. ¡Qué abrumadora desesperación! Tom gritó hasta quedarse ronco, pero fue inútil. Habló animadamente a Becky; pero transcurrió un siglo de anhelante espera y aquellos sonidos no volvieron a oírse.

Tom y Becky regresaron a tientas hacia la fuente. El tiempo avanzaba despacio; durmieron otra vez y se despertaron hambrientos y abatidos. Tom creía que ya debía de ser martes.

Entonces se le ocurrió una idea. No lejos de la fuente había algunos pasadizos laterales. Sería mejor explorarlos que soportar el peso de las horas ociosas. Se sacó del bolsillo un hilo bramante de cometa, lo ató a un saliente, y él y Becky empezaron a caminar, Tom a la cabeza, desovillando el hilo bramante mientras avanzaban a tientas.

Veinte pasos más allá el corredor terminaba en un «precipicio». Tom se arrodilló y palpó la parte baja y luego la esquina, tan lejos como pudo alcanzar con las manos; hizo un esfuerzo para estirarse un poco más hacia la derecha, y en aquel momento, a veinte yardas, apareció por detrás de una roca una mano humana que sostenía una vela. Tom prorrumpió en un grito de triunfo y a continuación siguió a la mano el cuerpo al que pertenecía: ¡el del indio Joe!

Tom se quedó paralizado; no podía moverse. Un instante después sentía un inmenso alivio al ver que el «mexicano» giraba sobre sus talones y desaparecía. Tom se extrañó de que Joe no hubiera reconocido su voz y se le hubiese acercado para matarle por su declaración en el tribunal. Los ecos debían de habérsela transformado. No cabía duda de que había sido así, pensó. El terror de Tom le debilitó todos los músculos del cuerpo. Se dijo que si tenía suficientes fuerzas para volver a la fuente se quedaría allí, y no correría el riesgo de volver a encontrarse al indio Joe. Ocultó a Becky lo sucedido. Le dijo que solo había gritado para «tentar a la suerte».

No obstante, a la larga el hambre y el infortunio se impusieron al temor. Otra tediosa espera en la fuente y otro largo sueño produjeron cambios. Los dos niños se despertaron atormentados por un hambre atroz. Tom creía que ya debía de ser miércoles o jueves, o incluso viernes o sábado, y que habían abandonado la búsqueda. Propuso explorar otro pasadizo. Se sentía capaz de enfrentarse con el indio Joe y con los demás terrores. Pero Becky estaba muy débil. Se había sumido en una melancólica apatía de la que no quería salir. Dijo que se quedaría donde estaba para morir, cosa que no tardaría en suceder. Le dijo a Tom que, si quería, continuase explorando con el hilo bramante de la cometa, pero le suplicó que volviera de vez en cuando con ella y le hablara; y le hizo prometer que cuando llegase el instante supremo se quedaría a su lado y le sostendría la mano entre las suyas hasta que todo hubiese terminado.

Tom la besó con una sensación opresiva en la garganta, y fingió que esperaba encontrar a los buscadores o alguna salida de la cueva; entonces cogió el ovillo y el cordel y, avanzando a gatas, se adentró en uno de los pasadizos, atormentado por el hambre y angustiado por los presagios de un fin inminente.

XXXII

HALLADOS

Llegó la tarde del martes y se desvaneció en el crepúsculo. El pueblecillo de San Petersburgo aún lloraba. No habían encontrado a los niños perdidos. Habían ofrecido plegarias públicas para ellos, amén de muchísimas plegarias particulares en las que iba el corazón entero del suplicante, pero no llegaba ninguna noticia de la cueva. La mayoría de los buscadores habían abandonado sus pesquisas y habían vuelto a sus ocupaciones habituales, diciendo que era evidente que jamás encontrarían a los niños. La señora Thatcher estaba enferma y la mayor parte del tiempo deliraba. La gente decía que partía el corazón oírla llamar a su hijita y verla alzar la cabeza y escuchar un minuto para después dejarla caer de nuevo con un gemido. La tía Polly estaba sumida en una melancolía persistente, y sus cabellos grises se habían vuelto casi blancos. El martes por la noche el pueblo se entregó al reposo triste y abatido.

En plena noche las campanas del pueblo prorrumpieron en un repique furioso, y un momento después las calles rebosaban de gente frenética y a medio vestir que gritaba: «¡Salid todos! ¡Salid todos! ¡Los han encontrado! ¡Los han encontrado!».

A la algarabía se unieron trompetas y cacerolas, y el pueblo se juntó en masa y se encaminó al río, encontró a los niños que venían en un coche abierto del que tiraban vociferantes ciudadanos, formó tropel en torno al carruaje, los escoltó hasta su hogar y se precipitó magníficamente por la calle principal voceando un viva tras otro.

Todas las luces estaban encendidas; nadie volvió a acostarse; era la noche más extraordinaria que había conocido la pequeña población. Durante la primera media hora una procesión de habitantes desfilaron por la casa del juez Thatcher, levantaron en brazos a los salvados, los besaron y estrujaron la mano de la señora Thatcher, que intentaba hablar pero no podía, y acababa estallando en sollozos.

La felicidad de la tía Polly era absoluta, y la de la señora Thatcher casi casi. No obstante, sería total en cuanto el mensajero enviado a la cueva con la gran noticia se la hubiese comunicado a su esposo. Tom descansaba en un sofá con un anhelante auditorio a su alrededor, y contaba la historia de la maravillosa aventura, introduciendo algunos retoques adicionales que la embellecían. Concluyó con una descripción de cómo dejó a Becky en una de sus exploraciones; cómo recorrió dos pasadizos hasta donde le alcanzó el hilo bramante de la cometa; luego siguió por un tercero hasta desovillar todo el cordel, y se disponía a volver cuando vislumbró una lejana claridad que le pareció luz diurna; abandonó el hilo bramante y fue tanteando hacia ella, introdujo la cabeza y los hombros por un pequeño agujero y vio el amplio Mississippi deslizarse a sus pies. Si hubiera sido de noche, no habría visto la claridad ni habría vuelto a explorar aquel pasadizo. Volvió al lado de Becky y la informó de la buena nueva, pero ella le dijo que no la fastidiara con tonterías, pues estaba cansada, sabía que iba a morirse e incluso lo deseaba. Describió cómo se esforzó y logró convencerla; y cómo Becky murió casi de dicha al llegar al sitio en que se veía la mancha azul de luz diurna. Tom se escurrió por el agujero y luego ayudó a salir a Becky; se sentaron allí y lloraron de alegría. Luego pasaron unos hombres en un bote y Tom los llamó y les explicó su situación y su famélico estado. Al principio los hombres no creyeron su sorprendente historia, «porque —dijeron— estáis cinco millas más abajo del valle en que está la cueva»; luego se los llevaron, remaron hasta una casa, les dieron comida, los hicieron dormir hasta dos o tres horas después de oscurecer, y entonces los llevaron al pueblo.

Antes del amanecer encontraron al juez Thatcher y el puñado de hombres que estaban con él en la cueva, por medio de los carretes de hilo que habían dejado a su paso, y los informaron de la gran noticia.

Tom y Becky descubrieron pronto que uno no se recuperaba enseguida de tres días y tres noches de hambre y calamidades en la cueva. Guardaron cama todo el miércoles y el jueves, sintiéndose cada vez más cansados y exhaustos. Tom comenzó a salir el jueves, el viernes llegó hasta el pueblo y el sábado estaba casi restablecido, pero Becky no salió de su cuarto hasta el domingo, y con el aspecto de haber pasado una agotadora enfermedad.

Tom se enteró de que Huck estaba enfermo y fue a visitarlo el viernes, pero no lo dejaron entrar en su dormitorio; el sábado y el domingo tampoco. Después ya fue admitido a diario, pero le advirtieron que no contara nada de sus aventuras ni introdujese en la conversación ningún tema excitante. La viuda Douglas se quedó en el cuarto para ver si obedecía. Tom se enteró en su casa de lo ocurrido en la colina de Cardiff, y de que habían encontrado el cuerpo del «hombre andrajoso» en el río, junto al embarcadero del vapor; tal vez al intentar escapar se había ahogado.

Unas dos semanas después del salvamento de Tom en la cueva, este fue a visitar a Huck, que ya estaba lo bastante fuerte para mantener una charla excitante, pensando que lo que iba a contarle le interesaría. Como tenía que pasar por delante de la casa del juez Thatcher, Tom se detuvo para ver a Becky. El juez y algunos amigos hicieron hablar a Tom, y alguien le preguntó irónicamente si le gustaría volver otra vez a la cueva. Tom dijo que no tendría inconveniente.

—Otros piensan igual que tú, Tom, estoy seguro. Pero ya me he ocupado de eso. En la cueva ya no volverá a perderse nadie.

—¿Por qué?

—Porque hace dos semanas hice forrar el portón con planchas de hierro, le puse triple cerradura... y yo tengo las llaves.

Tom se quedó blanco como el papel.

—¿Qué te pasa, muchacho? ¡Deprisa, que traigan un vaso de agua!

Trajeron el agua y rociaron el rostro de Tom.

—Vaya, ya has vuelto en ti. ¿Qué te ha ocurrido, Tom?

—Señor juez, ¡el indio Joe está en la cueva!

XXXIII

LA SUERTE DE JOB

Unos minutos después se había extendido la noticia, y una docena de botes llenos de hombres del pueblo se dirigían a la cueva de McDougal; el vapor, repleto de pasajeros, no tardó en seguirlos. Tom Sawyer iba en el bote que llevaba al juez Thatcher.

Cuando abrieron la puerta de la cueva apareció una penosa escena a la opaca luz del crepúsculo que iluminaba aquel lugar. El indio Joe yacía muerto en el suelo, con el rostro pegado a la rendija del portón, como si sus ojos anhelantes se hubieran fijado hasta el último instante en la luz y la libertad del mundo exterior. Tom se conmovió, pues sabía por experiencia lo que habría sufrido aquel infeliz. Se sintió enternecido, pero también experimentó una sensación de alivio y de seguridad que le reveló, con una intensidad que hasta entonces no había apreciado del todo, el vasto pavor que lo perseguía desde el día en que declaró contra aquel sanguinario proscrito.

El cuchillo de caza del indio Joe estaba a su lado con la hoja partida en dos. El indio había cortado y desmenuzado por completo el madero inferior del pontón, una tediosa labor en vano, por otra parte, ya que la roca viva formaba un umbral en el lado exterior, y ante aquel pétreo material el cuchillo no había logrado nada; el único daño lo sufrió el mismo cuchillo. Aunque no hubiese habido ningún obstáculo de piedra, su tarea también habría sido inútil, pues si se destruía todo el madero, era imposible que Joe se deslizara por debajo de la puerta, y él lo sabía. Había hecho astillas el madero, tan solo por hacer algo, para pasar el tiempo abrumador, para emplear sus torturadas facultades. Habitualmente uno podía hallarse media docena de trozos de vela clavados en las grietas de aquel vestíbulo, dejados allí por los turistas; pero ya no había ninguno. El prisionero los había buscado y se los había comido. Había logrado también cazar algunos murciélagos, que se había comido, dejando las garras. El desdichado había muerto de hambre. En un lugar próximo una estalagmita había crecido despacio en el suelo a lo largo de los siglos, construida por el goteo de una estalactita del techo. El cautivo había roto la estalagmita, y sobre el tocón había colocado una piedra, en la que había hecho un leve hueco, para recoger la preciosa gota que caía una vez cada tres minutos con la monótona regularidad de un mecanismo de relojería —una cucharadita de postre cada veinticuatro horas—. Aquella gota ya caía cuando las pirámides eran nuevas, cuando se conquistó Troya, cuando se colocaron los cimientos de Roma, cuando Jesucristo fue crucificado, cuando el Conquistador creó el imperio británico, cuando Colón zarpó y cuando la matanza de Lexington fue «una noticia». Sigue cayendo y caerá todavía cuando todas esas cosas se hayan hundido en el interior de la historia y en el crepúsculo de la tradición y las haya engullido la espesa noche del olvido. ¿Acaso todo tiene un propósito y una misión? ¿Cayó aquella gota pacientemente durante cien mil años para satisfacer la necesidad de un efímero insecto humano? ¿Tiene algún otro objetivo importante que cumplir dentro de diez mil años? Como quiera que sea, han transcurrido muchos años desde que el desventurado mestizo excavó un hueco en la piedra para recoger las inapreciables gotas, pero incluso hoy el turista que visita las maravillas de la cueva McDougal contempla durante largo rato aquella patética piedra y aquel lento gotear del agua. La copa del indio Joe ocupa el primer puesto en la lista de las maravillas de la caverna; ni siquiera el «palacio de Aladino» puede parangonarse con ella.

Enterraron al asesino cerca de la boca de la cueva; la gente acudió allí en barcas y carretas desde los pueblos y desde todas las granjas y los villorrios de siete millas a la redonda; trajeron a sus hijos y toda clase de provisiones, y confesaron que casi se habían divertido tanto en el entierro como si hubiesen asistido a la ahorcadura.

El entierro detuvo el crecimiento ulterior de una cosa: la solicitud de perdón al gobernador para el indio Joe. La petición había sido profusamente firmada; se habían celebrado elocuentes reuniones entre ríos de lágrimas, y se había designado una comisión de mujeres sentimentales para que fuesen a ver y a llorar al gobernador, vestidas de riguroso luto, y le suplicaran que fuese un poco clemente y pisotease su deber. Se calculaba que el indio Joe había matado a cinco habitantes del pueblo, pero ¿qué importaba eso? Aunque hubiese sido el mismo Satanás, habría habido un grupo de imbéciles dispuestos a garrapatear sus nombres en una súplica de perdón y a verter en ella alguna lágrima procedente de sus transpirables y permanentemente descompuestos depósitos hidráulicos.

La mañana después del entierro Tom llevó a Huck a un lugar apartado para mantener una conversación importante. Huck se había enterado de la aventura de Tom por el galés y la viuda Douglas, pero Tom dijo que había algo que no le habían contado, y que de eso quería hablarle precisamente. El rostro de Huck se ensombreció.

—Sé ya qué es —dijo—. Fuiste al número dos y no encontraste más que whisky. Nadie me dijo que hubieras sido tú; pero en cuanto me enteré del asunto del whisky, adiviné que no podía ser otro; y adiviné también que no habías encontrado el dinero, porque si lo hubieras encontrado, de un modo u otro habrías llegado hasta mí y me lo habrías dicho, aunque a los demás no les dijeras palabra. Tom, siempre creí que nunca conseguiríamos apoderarnos de ese dinero.

—Debes saber, Huck, que yo nunca delaté al tabernero. Ya sabes que en la taberna no pasó nada el sábado que fui al picnic. ¿No recuerdas que aquella noche estábamos de guardia?

—Es cierto. Parece que haya pasado un año. Fue la misma noche que seguí al indio Joe a casa de la viuda.

—¿Que lo seguiste?

—Sí, pero no me descubras. Supongo que el indio Joe habrá dejado amigos, y no quiero que me amarguen la vida y me jueguen una mala pasada. Si no hubiera sido por mí, ahora estaría muy tranquilo en Texas.

Entonces Huck relató confidencialmente toda su aventura a Tom, que solo estaba enterado de la parte del galés.

—Bueno —dijo a poco Huck volviendo a la cuestión principal—, sin duda el que pescó el whisky en el número dos pescó también el dinero. De todas formas, está perdido para nosotros, Tom.

—Huck, ¡ese dinero no ha estado nunca en el número dos!

—¿Qué? —Huck escrutó el rostro de su camarada—. Tom, ¿vuelves a estar sobre la pista de ese dinero?

—Está en la cueva, Huck.

Los ojos de Huck chispearon.

—Repítelo, Tom.

—El dinero está en la cueva.

—Tom, te lo suplico, ¿hablas en serio o en broma?

—En serio, Huck; tan en serio como no he dicho otra cosa en toda mi vida. ¿Quieres venir conmigo y ayudarme a sacarlo?

—¡Claro que sí! Iré si está en algún lugar al que podamos llegar sin perdernos.

—Huck, podemos llegar allí sin dificultad.

—¡Estupendo! ¿Cómo es que supones que el dinero está...?

—No quieras saber nada hasta que lleguemos allí. Si no lo encontramos, estoy dispuesto a regalarte mi tambor y todo lo que tengo en el mundo. Palabra, te lo doy.

—Muy bien, eso es hablar. ¿Cuándo iremos?

—Enseguida, si quieres. ¿Te sientes lo bastante fuerte?

—¿Está muy adentro de la cueva? Hace ya tres o cuatro días que salgo, pero no creo tener fuerzas para andar más de una milla, Tom.

—Está por el camino que seguiría todo el mundo, Huck, a unas cinco millas al interior, pero hay un atajo muy corto que solo conozco yo. Huck, te llevaré directamente allí en un bote. Lo dejaré en la corriente a la ida y remaré a la vuelta. No tendrás que mover un dedo.

—Pues no perdamos tiempo, Tom.

—Mira, necesitamos un poco de pan y carne, y nuestras pipas, y un saquito o dos, y dos o tres bramantes de cometa, y unas cuantas cosas de esas que han salido ahora y que llaman fósforos. Te aseguro que más de una vez deseé haber tenido algunos cuando estuve allí dentro.

A primera hora de la tarde los muchachos tomaron un pequeño bote prestado a un ciudadano que estaba ausente, y partieron sin dilación. Cuando se hallaban varias millas más abajo de la cueva Tom dijo:

—Mira ese peñascal que viene ofreciendo el mismo aspecto desde la boca de la cueva, sin casas ni bosque, todo son matorrales. ¿No ves aquel lugar blancuzco, ahí abajo, donde ha habido un desprendimiento de tierra? Pues bien, es una de mis marcas. Ahora vamos a tierra.

Desembarcaron.

—Desde aquí, Huck, podrías tocar el agujero por donde salí con una caña de pescar. Veamos si lo encuentras.

Huck buscó a su alrededor y no halló nada. Tom se dirigió majestuosamente a un espeso matorral.

—¡Aquí está! —dijo—. Míralo, Huck; es el agujero más formidable del país. Ni una palabra de dónde está. Hace mucho tiempo que quería convertirme en ladrón, pero sabía que me hacía falta un escondrijo así y no había manera de encontrarlo. Ahora ya lo tenemos; no se lo diremos a nadie y solo lo sabrán Joe Harper y Ben Rogers, porque, naturalmente, hay que formar una banda; si no, ya no valdría la pena. La Banda de Tom Sawyer. Suena genial, ¿no te parece, Huck?

—Ya lo creo, Tom. ¿Y a quién robaremos?

—Casi a todo el mundo. A los viandantes; es la costumbre general.

—¿Y los mataremos?

—No, no siempre. Los tendremos prisioneros en la cueva hasta que paguen un rescate.

—¿Qué es un rescate?

—Dinero. Se les hace recoger una buena suma entre sus amigos; y retienes a los prisioneros un año, y si aún no han pagado los matas. Es la costumbre. Solo que a las mujeres no las matas. Las encierras, pero sin hacerles ningún daño. Siempre son guapas y ricas y están muy asustadas. Te quedas sus relojes y sus joyas, pero siempre te quitas el sombrero y les hablas cortésmente. No hay gente más educada que los ladrones; eso puedes verlo en cualquier libro. Las mujeres se enamoran de ti, y cuando ya llevan en la cueva una o dos semanas dejan de llorar, y entonces ya no puedes conseguir que se vayan. Si las echas, dan media vuelta y regresan. En todos los libros es así.

—Es divertidísimo, Tom. Creo que es mejor que piratear, porque así estás cerca de casa y de los circos que llegan.

Mientras hablaban, los muchachos habían preparado las cosas, y entraron por el agujero, Tom a la cabeza. Avanzaron hasta el extremo más apartado del túnel, entonces ataron los bramantes de cometa empalmados y prosiguieron el camino. Unos cuantos pasos más allá se encontraron ante la fuente, y Tom sintió que un estremecimiento le recorría el cuerpo. Mostró a Huck el fragmento de pabilo pegado a una masa de arcilla, contra la pared, y le contó cómo él y Becky habían visto la llama debatirse y expirar.

Luego Huck y Tom comenzaron a bajar la voz hasta hablar en un susurro, pues la quietud y las tinieblas del lugar les oprimían el corazón. Siguieron avanzando, y pronto enfilaron otro corredor hasta llegar al «precipicio». Las velas revelaron que en realidad no era ningún despeñadero, sino una abrupta colina de arcilla de unos veinte o treinta pies de altura.

—Voy a enseñarte una cosa, Huck —murmuró Tom. Levantó la vela y dijo—: Mira al rincón hasta donde te alcance la vista. ¿Lo ves? Allí, en aquella enorme roca, hecho con humo de vela.

—Tom, ¡es una cruz!

—Pues, bien, ¿dónde está el número dos? «Debajo de la cruz», ¿no? Allí vi al indio Joe con la vela.

Tras observar un rato la mística señal, Huck dijo con la voz temblorosa:

—Tom, ¡vámonos de aquí!

—¿Qué dices? ¿Vamos a dejar el tesoro?

—Estoy seguro de que el espíritu del indio Joe anda rondando por aquí.

—No es posible, Huck, no es posible. Rondará por el sitio donde murió, en la boca de la cueva, a cinco millas de aquí.

—No, Tom, por allí no. Rondará por donde esté el dinero. Sé cómo se las gastan los fantasmas, y tú también.

Tom empezó a temer que Huck tuviese razón. Se acumularon los recelos en su pensamiento. De pronto se le ocurrió una idea.

—¡Qué tontos somos, Huck! El espíritu del indio Joe no puede rondar por un sitio donde hay una cruz.

La observación fue acertada y produjo su efecto.

—No había pensado en ello, Tom. Pero es así. Esa cruz es nuestra salvación. Bueno, ahora bajaremos a buscar la caja.

Tom empezó a cortar toscos peldaños en la arcilla mientras descendían. Huck le seguía. Cuatro pasadizos salían de la pequeña caverna en la que estaba la enorme roca. Los muchachos examinaron tres sin resultado. En el más cercano a la base de la roca encontraron una pequeña cavidad donde había un jergón de mantas; hallaron también un tirante viejo, un trozo de pellejo de tocino y los huesos bien roídos de dos o tres aves. Pero allí no había caja alguna. Los muchachos buscaron y rebuscaron en vano. Tom dijo:

—Joe dijo «debajo de la cruz». Pues, bien, este es el sitio más cercano que hay debajo de la cruz. No puede estar debajo de la misma roca, porque está clavada al suelo.

Volvieron a buscar por todas partes, y entonces se sentaron desalentados. Huck no sabía qué sugerir. Poco después dijo Tom:

—Mira, Huck, hay huellas de pisadas y algunas gotas de sebo sobre la arcilla en ese lado de la roca, pero no en los otros. ¿Cómo te lo explicas? Apuesto a que el dinero está debajo de la roca. Voy a cavar en la arcilla.

—No es mala idea, Tom —dijo Huck animado.

No tardó en entrar en acción el «auténtico Barlow» de Tom, y aún no había cavado cuatro pulgadas cuando tocó madera.

—Huck, ¿lo oyes?

Huck se puso a cavar con Tom. Pronto fueron descubiertas algunas tablas que ocultaban una grieta natural que se adentraba por debajo de la roca. Después de quitar las tablas, Tom se introdujo por la grieta y sostuvo la vela todo lo lejos que pudo bajo la roca, pero dijo que no podía ver el final de la hendidura. Propuso explorarla. Se agachó y avanzó; el estrecho camino descendía gradualmente. Siguió su tortuoso curso, primero a la derecha y luego a la izquierda, con Huck a sus talones. Poco después Tom dobló un breve recodo y exclamó:

—¡Cielos! Huck, aquí está.

Allí estaba la caja del tesoro, ocupando una pequeña caverna junto con un diminuto barril de pólvora vacío, un par de fusiles en fundas de cuero, dos o tres pares de viejos mocasines, un cinturón de cuero y otros escombros bien empapados por el goteo del agua.

—Por fin es nuestro —dijo Huck hundiendo la mano entre las empañadas monedas—. ¡Somos ricos, Tom!

—Siempre creí que lo conseguiríamos. Huck. Parece mentira, pero ya lo tenemos. Oye, no perdamos tiempo aquí dentro. Déjame ver si puedo levantar la caja.

Pesaba unos dos kilos y medio. Tom podía levantarla con más o menos contorsiones, pero le resultaba imposible llevarla como era debido.

—Ya me lo figuraba yo —dijo—. Cuando se la llevaron aquel día de la casa hechizada, vi cómo pesaba. He hecho bien al acordarme de traer los saquitos.

Una vez que hubieron guardado el dinero en los sacos, los muchachos lo subieron a la roca de la cruz.

—Vamos a por los fusiles y lo demás —dijo Huck.

—No, Huck, los dejaremos ahí. Son precisamente los avíos que necesitamos para ser ladrones. Los guardaremos siempre ahí y allí celebraremos también nuestras orgías. Es un lugar ideal para celebrar orgías.

—¿Qué son orgías?

—No lo sé. Pero como los ladrones siempre celebran orgías, nosotros también tenemos que celebrarlas. Vamos, Huck llevamos aquí mucho tiempo. Me parece que ya es tarde y tengo un hambre canina. Comeremos y fumaremos cuando lleguemos al bote.

No tardaron en aparecer entre los arracimados matorrales, echaron una prudente ojeada en derredor, vieron la costa libre, y enseguida se hallaban en el bote comiendo y fumando. Cuando el sol comenzó a hundirse en el horizonte, movieron los remos y emprendieron el camino de vuelta. Tom costeó la ribera mientras oscurecía, charlando animadamente con Huck, y desembarcaron poco después.

—Lo que haremos ahora —dijo Tom— es esconder el dinero en el desván del cobertizo de la viuda; mañana nos reuniremos, lo contaremos y haremos las partes, y entonces habrá que buscar un sitio en el bosque donde pueda estar seguro. Quédate aquí vigilando los sacos mientras yo me cojo un momento la carretilla de Benny Taylor; no tardaré un minuto.

Desapareció y volvió al poco rato con la carretilla, colocó en ella los dos sacos, los cubrió con algunos viejos andrajos, y se puso en camino tirando de la carga. Al llegar a la casa del galés, los muchachos se detuvieron para descansar. En el preciso instante en que se disponían a proseguir salió el galés y dijo:

—¡Eh! ¿Quién está ahí?

—Huck y Tom Sawyer.

—¡Magnífico! Venid conmigo, muchachos; os están esperando todos. Vamos, deprisa; ya tiraré yo de la carretilla. Caramba, no es tan ligera como creía. ¿Lleváis ladrillos? ¿O hierro viejo?

—Hierro viejo —dijo Tom.

—Me lo figuraba; los chicos de este pueblo emplean más tiempo y más trabajo en conseguir sesenta centavos de hierro viejo para vender a la fundición del que emplearían para ganar el doble en una tarea normal. Pero así es la naturaleza humana.

Los muchachos quisieron saber el motivo de la premura.

—No os preocupéis; ya lo veréis cuando lleguemos a casa de la viuda Douglas.

Huck llevaba muchos años acostumbrado a que le acusaran de falso y dijo con inquietud:

—Señor Jones, nosotros no hemos hecho nada malo.

El galés se echó a reír.

—Bueno, no lo sé, Huck, no lo sé. Pero ¿no sois buenos amigos tú y la viuda?

—Sí. Por lo menos, ella ha sido muy buena conmigo.

—Entonces ¿por qué has de tener miedo?

La pregunta no quedó contestada del todo en el lento cerebro de Huck hasta que fue empujado, junto con Tom, hacia el salón de la señora Douglas. El señor Jones dejó la carretilla cerca de la puerta y los siguió.

La estancia estaba espléndidamente iluminada, y toda la gente que representaba algo en el pueblo se encontraba allí. Estaban los Thatcher, los Harper, los Roger, la tía Polly, Sid,

Mary, el ministro, el director del periódico local y muchísimos más, todos ataviados con sus mejores galas. La viuda recibió a los muchachos todo lo cordialmente que es posible recibir a dos seres con aquella facha. Iban cubiertos de arcilla y de manchas de sebo. La tía Polly se ruborizó humillada, frunció el ceño y movió la cabeza amenazadora. Sin embargo, nadie sufrió ni la mitad que los chicos.

—Tom aún no había vuelto a casa —dijo el señor Jones—, así que he renunciado a él; pero me he tropezado con Huck y con él delante de mi puerta, y los he traído aquí a toda prisa.

—Y ha hecho usted muy bien —dijo la viuda—. Venid conmigo, niños. —Se los llevó a un dormitorio y dijo—: Ahora lavaos y vestíos. Aquí hay dos trajes nuevos, camisas, calcetines y todo lo necesario. Son de Huck; no, no me des las gracias, Huck; el señor Jones compró uno y yo el otro. Pero os irán bien a los dos. Vestíos. Os esperamos; bajad en cuanto os hayáis arreglado.

Y luego la viuda Douglas se marchó.

XXXIV

RÍOS DE ORO

—Tom, si encontráramos una cuerda —dijo Huck—, podríamos escapar. La ventana no es muy alta.

—¡Qué tontería! ¿Para qué quieres escapar?

—No estoy acostumbrado a tanta gente. No puedo resistirlo. Yo no bajo, Tom.

—¡No seas estúpido! No es nada. A mí no me importa en absoluto. Ya cuidaré de ti.

Entonces apareció Sid.

—Tom —dijo—, la tía Polly te ha esperado toda la tarde. Mary te había preparado la ropa del domingo y todos estaban inquietos por ti. Oye, ¿no es sebo y arcilla lo que hay en tu ropa?

—Mira, Sid, será mejor que te ocupes de tus asuntos. Y dime, ¿a qué viene tanta fiesta?

—Es una de las reuniones que suele ofrecer la viuda. Esta vez la dedica al galés y a sus hijos por haberla salvado la otra noche. Y, escúchame, puedo decirte algo si te interesa.

—¿Qué?

—El viejo Jones quiere dar una sorpresa a la gente reunida esta noche, pero yo he oído que se lo contaba a la tía como un secreto, y supongo que ahora es ya un secreto a voces. Todo el mundo lo sabe; la viuda también, aunque hace ver que no. El señor Jones necesitaba que Huck estuviese presente, pues sin Huck no podría contar su gran secreto, ¿sabes?

—¿De qué secreto hablas, Sid?

—Que Huck siguió a los rateros hasta el portillo. Supongo que el viejo Jones piensa causar gran sensación con su sorpresa, pero te apuesto a que se le volverá agua de borrajas.

Sid dejó escapar una risita llena de contento y satisfacción.

—Sid, ¿se lo dijiste tú?

—¿Qué más da? Alguien lo dijo, y ya está.

—Sid, en este pueblo solo hay una persona bastante mezquina para hacerlo, y esa persona eres tú. Si hubieses estado en el sitio de Huck, te habrías escabullido colina abajo y no habrías avisado a nadie. Tú no puedes hacer más que cosas mezquinas, y no puedes soportar que alaben a otro porque hizo una buena acción. Toma; no, no me des las gracias, como dice la viuda... —Y Tom le dio un par de sopapos a Sid y lo acompañó hasta la puerta con algunos puntapiés—. Y ahora cuéntaselo a la tía Polly si te atreves, y mañana verás.

Poco después los invitados de la viuda estaban sentados para la cena, y una docena de chiquillos rodeaban unas mesitas adyacentes, en el mismo comedor, según la moda de aquel país y de aquellos tiempos. En el momento oportuno el señor Jones pronunció su discursito, en el que agradeció a la viuda el honor que le hacía a él y a sus hijos, pero dijo que había otra persona, cuya modestia...

Soltó el secreto de la participación de Huck en la aventura con el estilo más dramático y florido de que pudo hacer gala, pero la sorpresa que ocasionó fue en gran parte fingida y no tan efusiva y clamorosa como podía haber sido en circunstancias más felices. Con todo, la viuda dio muestras de asombro bastante aceptables y dedicó tantos cumplidos y tanta gratitud a Huck que este olvidó la casi intolerable incomodidad de su traje nuevo ante la absolutamente intolerable incomodidad de convertirse en el blanco de todas las miradas y de todas las alabanzas.

La viuda Douglas dijo que pensaba ofrecer un hogar a Huck bajo su techo y que le daría una educación; y que cuando tuviese dinero ahorrado le haría entrar en los negocios de una manera modesta. Tom no iba a perder aquella oportunidad.

—Huck no lo necesita. ¡Huck es rico! —dijo.

Solo un sobrehumano esfuerzo de los buenos modales de los asistentes contuvo la consiguiente y adecuada carcajada de cumplido que merecía tan divertida chanza. Pero el silencio que siguió era un tanto grosero y Tom lo rompió:

—Huck tiene dinero. Tal vez no lo crean ustedes, pero tiene muchísimo dinero. No sonrían, no; me parece que puedo demostrarlo. Esperen un minuto.

Tom salió precipitadamente de la estancia. Los comensales se miraron unos a otros, interesados y perplejos. Luego miraron a Huck, que permanecía mudo.

—Sid, ¿qué le ocurre a Tom? —preguntó la tía Polly—. No hay manera de saber lo que ese muchacho...

Tom apareció encorvado por el peso de los sacos, y la tía Polly no terminó la frase. Tom vertió la masa de piezas amarillas sobre la mesa y dijo:

—¿Qué dicen ahora? La mitad es de Huck y la otra mitad mía.

Aquel espectáculo dejó a los presentes sin habla. Todos miraban aquellas riquezas mudos de asombro. Luego hubo una petición unánime de explicaciones. Tom dijo que podía ofrecerlas, y así lo hizo. El relato fue extenso, pero rebosante de interés. Apenas tuvo lugar una interrupción que rompiese el hechizo de su fluidez. Cuando hubo terminado, el señor Jones dijo:

—Creía haber preparado una pequeña sorpresa para la fiesta, pero ahora ya no vale nada. Esta otra la empequeñece mucho, lo reconozco.

Contaron el dinero. La suma ascendía a poco más de doce mil dólares. Era más de lo que cualquiera de los presentes había visto junto en su vida, pese a que algunos de ellos fuesen considerablemente más ricos en propiedades.

XXXV

EL RESPETABLE HUCK SE UNE A LA BANDA

El lector puede estar seguro de que la inesperada fortuna de Tom y Huck conmocionó al mísero pueblecillo de San Petersburgo. Una suma tan vasta, toda en dinero contante y sonante, parecía bordear lo increíble. Se habló del hecho y fue envidiado y glorificado hasta que la razón de muchos de los ciudadanos vaciló bajo el esfuerzo de tan dañina exaltación. Todas las casas hechizadas de San Petersburgo y de los pueblos limítrofes fueron desmontadas tabla por tabla y se cavaron y escudriñaron sus cimientos en busca de tesoros ocultos; y no lo hicieron chicuelos, sino hombres, algunos de los cuales eran, además, hombres graves y nada románticos. Dondequiera que apareciesen Tom y Huck eran festejados, admirados y observados. Los muchachos no podían recordar que sus observaciones hubiesen sido alguna vez de peso; pero de pronto sus palabras eran escuchadas y repetidas; todo cuanto hacían se consideraba algo notable; era evidente que habían perdido el poder de hacer o decir cosas vulgares; se rebuscó, además, en su historia y se descubrió que poseía rasgos de ilustre originalidad. El diario local publicó sucintas biografías de los dos chicos.

La viuda Douglas invirtió el dinero de Huck al 6 por ciento, y el juez Thatcher, a instancias de la tía Polly, hizo otro tanto con el de Tom. Cada uno de los muchachos percibía una renta prodigiosa: un dólar cada día laborable del año y medio dólar los domingos. Era exactamente lo que ganaba el pastor, es decir, lo que le habían prometido —generalmente no podía cobrarlo—. Con poco más de un dólar por semana bastaba, en aquellos tiempos felices, para mantener, alojar y educar a un muchacho... y hasta para vestirlo y lavarlo.

El juez Thatcher se había formado un alto concepto de Tom. Dijo que un chico cualquiera no habría logrado sacar a su hija de la cueva. Cuando Becky le contó a su padre, de un modo estrictamente confidencial, que en la escuela Tom había recibido la azotaina en su lugar, el juez se emocionó; y cuando ella suplicó gracia por la mentira que había dicho Tom a fin de cargar sobre sus hombros el castigo destinado a su compañera, el juez dijo con gran entusiasmo que era una mentira noble, generosa y magnánima, una mentira que merecía levantar la cabeza y pasar a la historia junto con la tan loada veracidad de George Washington acerca del hacha. Becky se dijo que su padre jamás había mostrado un aspecto tan majestuoso y soberbio como al decir aquello, dando zancadas y golpeando el suelo con el pie. Becky fue enseguida a contárselo a Tom.

El juez Thatcher esperaba ver a Tom convertido algún día en un gran abogado o en un gran soldado. Dijo que haría todo lo posible para que Tom fuese admitido en la Academia Militar Nacional y educado luego en el mejor colegio jurídico del país. Así estaría preparado para cualquiera de las dos carreras o para ambas a la vez.

La fortuna de Huck Finn y el hecho de encontrarse bajo la protección de la viuda Douglas lo introdujeron en la buena sociedad, es decir, lo arrastraron a ella y lo metieron dentro de un empellón. Casi sufría más de lo que podía soportar. Los criados de la viuda lo mantenían limpio, cuidado, peinado y cepillado, y lo acostaban cada noche entre sábanas antipáticas sin la más leve mácula o rotura que pudiese apretar contra el corazón y reconocer como amiga. Tenía que comer con cuchillo y tenedor, tenía que usar servilleta, vaso y plato, tenía que aprender de los libros, tenía que ir a la iglesia, tenía que hablar con tanta propiedad que el lenguaje se le hacía insípido en la boca; dondequiera que se dirigiese, las barreras y los grilletes de la civilización le cerraban el paso y lo ataban de pies y manos.

Durante tres semanas soportó bravamente sus miserias, y un buen día desapareció. La viuda, muy desesperada, lo buscó por todas partes durante cuarenta y ocho horas. El pueblo estaba muy preocupado; escudriñaron el río en busca de su cuerpo. A primera hora de la mañana del tercer día, Tom Sawyer, con certero instinto, se dedicó a buscar en unos barriles vacíos que había detrás del abandonado matadero, y en uno de ellos encontró al fugitivo. Huck había dormido allí; acababa de desayunar algunas fruslerías que había hurtado y estaba voluptuosamente tumbado, fumando una pipa. Iba sucio, despeinado y vestía los mismos andrajos que habían hecho de él un tipo pintoresco en los días que era libre y feliz. Tom lo sacó de allí, le contó los trastornos que estaba causando y trató de convencerlo para que volviera a casa. El rostro de Huck perdió su plácida expresión y se volvió melancólico.

—No me hables de eso, Tom —dijo—. Lo he probado y no funciona; no funciona, Tom; no es para mí; no estoy acostumbrado a ello. La viuda es muy buena y me quiere; pero no puedo aguantarla. Cada mañana me hace levantar a la misma hora; me hace lavar, me peinan que da asco; no permite que me duerma en el cobertizo; tengo que llevar ese maldito traje que me asfixia, Tom; es como si no dejara circular el aire; y todo está tan condenadamente limpio que no puedo sentarme, ni echarme al suelo, ni arrastrarme por donde me plazca; creo que hace varios años que no me he deslizado por la puerta de una bodega; y tengo que ir a la iglesia y sudar y sudar; aborrezco los sermones. Allí no puedo atrapar una mosca, ni mascar tabaco. Tengo que llevar zapatos todos los domingos. La viuda come a toque de campana; se acuesta a toque de campana; se levanta a toque de campana; todo es tan horriblemente metódico que se me hace insoportable.

—Pero ¡si todos vivimos así, Huck!

—Eso no importa, Tom. Yo no soy como los demás y no puedo resistirlo. Es horrible estar encadenado así. Tengo que pedir permiso para ir a pescar; tengo que pedir permiso para ir a nadar. ¡Que me ahorquen si no he de pedir permiso para todo! Además, tengo que hablar tan fino que me desespera. Últimamente subía al desván un rato cada día a jurar para darle gusto a la lengua, o de lo contrario habría reventado, Tom. La viuda no me dejaba fumar; no me dejaba gritar, ni bostezar, ni desperezarme, ni rascarme delante de la gente —y entonces, con un espasmo de especial irritación y ofensa— y, ¡Dios bendito!, no paraba de rezar. Nunca he visto una mujer igual. He tenido que escabullirme, Tom, no me quedaba otro remedio. Y además, pronto se abrirá la escuela, y tendría que ir a ella; bueno, y eso no lo aguanto, Tom. Mira, Tom, ser rico no es lo que parece a primera vista. No es más que una molestia tras otra, y un sudar continuo, y un desear morirse a cada minuto. Estas son las ropas que me convienen, y este barril también, y no volveré a separarme de ellos. Tom, si no hubiese sido por el dinero, no me habría visto en semejante lío; así, pues, te cedo mi parte; súmala a la tuya y dame diez centavos de vez en cuando, no con mucha frecuencia, porque solo me importa lo que cuesta obtener, y ahora vete y discúlpame con la viuda.

—Huck, sabes que no puedes hacer esto. No estaría bien y, además, si llevaras esa vida una temporada, acabaría gustándote.

—¡Gustándome! Sí, como me gustaría un brasero encendido si me sentara un buen rato encima. No, Tom, no quiero ser rico y no quiero vivir en esas condenadas casas que asfixian. Me gusta el bosque, y el río, y los barriles, y me quedaré con ellos. ¡Maldita sea! Justamente cuando teníamos fusiles y una cueva, y todo dispuesto para ser ladrones, ocurre eso y lo echa todo a perder.

Tom vio el momento oportuno.

—A mí, Huck, ser rico no me impedirá convertirme en ladrón.

—¿No? ¡Córcholis!, ¿estás hablando en serio, Tom?

—Tan en serio como estoy aquí sentado. Pero te advierto, Huck, que no podremos dejar que entres en la banda si no eres una persona respetable.

La alegría de Huck se extinguió.

—¿No me dejaréis entrar, Tom? Bien me dejasteis ser pirata.

—Sí, pero ahora es distinto. Por lo general un ladrón tiene más categoría que un pirata. En algunos países pertenecen a la alta nobleza. Son duques y cosas por el estilo.

—Oye, Tom, ¿no has sido siempre un buen amigo mío? No vas a dejarme fuera, ¿eh, Tom? Eso no lo harías, dime, ¿verdad que no, Tom?

—Huck, no quisiera ni quiero, pero ¿qué diría la gente? Pues diría: «¿La Banda de Tom Sawyer? ¡Valientes desastrosos!». Y lo dirían por ti, Huck. A ti no te gustaría, y a mí tampoco.

Huck guardó silencio durante un rato, mientras libraba una dura batalla en su interior.

—Bien —dijo al fin—, si me dejas formar parte de la banda, Tom, pasaré otro mes con la viuda y veré si llego a soportar esa vida.

—Muy bien, Huck, así se habla. Vamos, compañero, y ya le pediré a la viuda que afloje un poco, Huck.

—¿Lo harás, Tom, se lo dirás? ¡Magnífico! Si ella se muestra benigna en lo peor, fumaré y juraré a hurtadillas, y me saldré con la mía o reventaré. ¿Cuándo empezará a funcionar la banda y seremos ladrones?

—Muy pronto. Puede que reunamos a los muchachos esta noche para la iniciación.

—¿Para la qué?

—La iniciación.

—¿Y qué es eso?

—Jurar que uno ayudará siempre a los compañeros y nunca descubrirá los secretos de la banda aunque lo hagan pedazos, y que matará a cualquiera, y a toda su familia, que perjudique a uno de la banda.

—Estupendo, te digo que es estupendo, Tom.

—Claro que sí. Y esos juramentos se deben hacer a medianoche, en el lugar más solitario y más pavoroso que uno encuentre; una casa hechizada es lo ideal, pero ahora están todas echadas a perder.

—De todos modos, eso de hacerlo a medianoche es estupendo, Tom.

—Sí que lo es. Y se tiene que jurar sobre un ataúd, y firmar con sangre.

—Eso ya vale la pena. Mira, es un millón de veces más divertido que ser pirata. Me quedaré con la viuda hasta que me pudra, Tom; y si llego a convertirme en un bandido de primer orden y todo el mundo habla de mí, me parece que se sentiría orgullosa de haber sido ella quien me ha recogido del arroyo.

CONCLUSIÓN

Aquí termina la crónica. Como se trata estrictamente de la historia de un muchacho, tiene que detenerse aquí; no podría seguir adelante sin convertirse en la historia de un hombre. El que escribe una novela de personas mayores ya sabe dónde debe concluir —en el matrimonio—, pero cuando escribe sobre chiquillos, tiene que detenerse donde mejor puede.

Muchos de los personajes que aparecen en el libro viven todavía, y son prósperos y felices. Tal vez algún día sea interesante reanudar la historia de los más jóvenes para ver en qué clase de hombres y mujeres se convirtieron; por tanto, lo más acertado será no revelar nada, por ahora, de esa parte de su existencia.

FIN

Índice de contenidos

Papel certificado por el Forest Stewardship Council®

Papel certificado por el Forest Stewardship Council®